Cuauhtémoc
Rebelde Editores

AL MARGEN DEL CAMINO

cuentos

Jorge Majfud

Cuauhtémoc
Rebelde Editores

Al margen del camino, edición 2019.
Copyrights:
© Jorge Majfud 2019
© Cuauhtémoc Rebelde Editores 2019
ISBN-13: 978-1-7332081-2-3
ISBN-10: 1-7332081-2-7
Ilustración de portada:
Estudio Lokal
Cuauhtémoc Rebelde Editores.
Av. Cuauhtémoc II. Acapulco, México.
Correo: cuauhtemoceditorial@gmail.com

Cuauhtémoc
Rebelde Editores

como pasan las palabras
y pasan estas páginas
pasan las horas
los años
la vida
pero algo queda
en cada palabra
algo queda de todo lo que ha pasado

CUENTOS DE CUENTISTA

CUENTOS DE NOVELISTA

CUENTOS DE ENSAYISTA

CUENTOS DE CUENTISTA

EL DESEO

sta historia no la inventé yo. Es una historia que antiguamente se contaba de muchas formas, pero siempre contaba, más o menos, lo mismo. Luego, por la urgencia de los últimos siglos, cayó en el olvido. Como las historias que importan, tal vez no sea cierta, pero es verdadera.

Cuentan que hace dos mil quinientos años había un hombre muy bueno que una noche oscura recibió la visita de Dios. No pudo verlo, pero pudo escucharlo.

El hombre se asustó porque la voz no era de este mundo. Enseguida supo que era Dios que había escuchado sus plegarias y había, por fin, decidido hablarle.

El buen hombre había enfermado y se encontraba solo, abandonado, por lo que Dios le ofreció cumplirle un deseo.

Su corazón se agitó, pero antes de que dijese nada, Dios continuó: "Siempre has sido un hombre compasivo. En tus oraciones nunca han faltado los hombres y las mujeres de tu aldea. Así que, todo lo que pidas para ti, se lo daré dos veces a cada uno de ellos".

El hombre enmudeció y, luego de pensarlo un instante dijo:

"Está bien. Quítame un ojo".

Jacksonville, 2018

TODO EL PESO DE LA LEY

En la mañana del 27 de julio, los diarios y la televisión dieron la noticia de un raro crimen cometido en Sayago. Dos indigentes habían dado muerte a un tercero, posiblemente en la noche del día anterior. Aunque sin llegar a inquietar, a muchos sorprendió la noticia. Lo razonable, y lo que más se acostumbra, es matar por dinero, por orgullo o por alguna pasión familiar. Y nada de estas cosas podía tener un semihombre que vivía en los basurales de la ciudad.

Nunca se supo exactamente el motivo de la golpiza; y ya nadie quiso saber más cuando el juez dio a los asesinos diez años de prisión. Pero yo, el juez, nunca olvidé del todo el caso y algunos años después visité a los reos en la cárcel. Lo hice casi en secreto, como todo, porque la gente gustaba decir que yo tenía preferencia por los criminales y no por las víctimas. Ahora, si debiera dictar sentencia de nuevo, les daría otros diez años de cárcel; no por justicia, sino por compasión. Creo que podré explicarme.

El indigente muerto era el doctor Enríquez, el que había llevado esa vida sin casa durante los últimos seis meses. Eusebio Enríquez era médico cirujano y había perdido a su hija mayor en una sala de operaciones, el 24 de enero, donde él mismo pretendía aliviarla de una enfermedad incurable. El cirujano no tenía razones para culparse de la muerte de su hija, pero las razones de nada importaron porque, súbitamente, enloqueció y una noche se fue de su casa. Atravesó la ciudad bajo una lluvia de enero y se abandonó al costado de las vías del ferrocarril, en Sayago. Se dejó crecer la barba, ensució y destiñó la ropa; adelgazó rápidamente y su rostro se fue haciendo más oscuro y más hundido, lo que le dio una apariencia desconocida de *sannyasin* hindú. Se hizo tan al margen de la sociedad que dejó de existir para el gobierno y para la sociedad; y por eso nunca pudieron encontrarlo. Al poco tiempo conoció a Facundo y Barbarroja, los dos hombres que más tarde le darían muerte a golpes de fierro.

Ni Facundo ni Barbarroja eran criminales, pero la gente les tenía miedo o, mejor dicho, huía de ellos, como si la pobreza fuera contagiosa. Mientras hubo gente que creía en Dios o en el Infierno hubo limosnas. Pero, de a poco, la buena conciencia y el impuesto a la mala fueron decreciendo y estos miserables pasaron a integrar el inconsciente nacional, la vergüenza disimulada de una economía próspera o pretenciosa.

Los dos hombres llevaban una vida casi nómada. Habitaban todos o cualquiera de los rincones de la antigua estación de ferrocarril, evitando siempre que el guardia los descubriese durmiendo en algún vagón abandonado o en el depósito de fierros donde se refugiaban los días de lluvia. "Este lugar es triste —se decía Enríquez—; lo bueno es que ellos no lo saben".

Pero, repito, ninguno de los dos era capaz de matar un pájaro. También es verdad que durante esos seis meses de convivencia Enríquez les dirigió la palabra una sola vez. Con todo, los mendigos no le guardaron rencor. Sabían que era un pobre loco que alguna vez había vivido como la gente común, que habría tenido una casa y un auto y hasta una familia, porque lo habían visto huir de una mujer elegante y con ropa limpia. Habían aprendido a convivir con él como una familia que tiene un integrante mudo o minusválido. Alguna vez, cuando el frío fue intolerable y las mandíbulas comenzaron a temblar, le arrimaron una lata con yuyos hirviendo. Y él no la rechazó.

Pero ese invierno fue de los peores que recordaran los mendigos. Las temperaturas caían por debajo del cero; los charcos amanecían congelados y el pasto blanco con la escarcha. Era cada vez más difícil, sino imposible, conseguir botellas de vidrio y mucho menos venderlas. Porque la gente se alejaba de aquellos hombres que cada año empeoraban sus barbas y sus ropas. Y así, de a poco, fueron perdiendo el poco contacto oral que los unía al mundo.

Barbarroja enfermó de hambre y Facundo comenzó a quejarse toda la noche del reuma o de alguna otra cosa indescifrable. Las enfermedades y los sufrimientos se fueron sumando hasta confundirse en un único infierno. Sin embargo, los dos mendigos seguían esperando la primavera y el calor del verano que cada día parecía más lejano. Enríquez lo sabía. Sabía que ese podía ser el último invierno de sus acompañantes: tenían los pies hinchados y de color morado, las caras pálidas y hundidas, las manos inútiles. Sólo los ayudaba un optimismo deprimente, según él.

Una mañana Enríquez abrió su boca para leerles la sentencia de muerte. Ese día fue la única vez que hablaron los tres y hablaron durante horas. Facundo y Barbarroja se enteraron de quién era el loco y casi confirmaron lo que habían imaginado. En realidad el loco era o había sido un hombre rico. Un pequeño burgués, para sus conocidos, pero un hombre rico para aquellos marginados.

La conversación terminó por una propuesta del loco.

—Vendrá más frío —les dijo— y ustedes morirán. Ya no tienen defensas y sus cuerpos agonizan. El sufrimiento les durará hasta setiembre. O en el peor de los casos hasta octubre. Pero morirán. Y si tienen suerte de sobrevivir este año, morirán el año próximo, después de haber sufrido el doble de lo que sufrirán este invierno. Pero ustedes son tan pobres que ni siquiera tienen ideas. No sabrán cómo salir de este infierno. Ni siquiera de la forma más fácil. Ustedes son tan pobres que ni siquiera han pensado en ir a la cárcel donde los reos disfrutan de una cama con cobijas y con techo y donde comen casi todos los días. Ustedes son tan pobres que ni siquiera tendrán fuerzas para robar un mercado, porque si lo intentan los sacarán a las patadas y terminarán con la frente sangrando contra el pavimento. Y si los encarcelan por hurto los devolverán a la calle a los dos días, porque las cárceles están llenas y porque hasta el juez se compadecerá de dos miserables con hambre. Pero como yo soy médico, les voy a decir qué deben hacer para salvarse.

Los mendigos se miraron en consulta. No sabían bien qué pensar. Hasta comenzaban a dudar de la historia que les había contado al principio, de su familia y su vida anterior.

Todo el peso de la ley

—Para ir a la cárcel, por muchos años, tienen que matarme. No me miren así como idiotas. Disimulen esa estupidez honesta que llevan hediendo en sus ropas.

Facundo y Barbarroja supieron o imaginaron que ese día el loco estaba peor que nunca. Pero seguía insistiendo, con fanático realismo, sobre la conveniencia de sacrificar a uno de los tres.

—Dios nos castigará —dijo Barbarroja.

—Dios ya los ha castigado. ¿Acaso imaginan un Infierno peor que éste? ¿Ven lo que les digo? Ustedes son tan pobres que no tienen ideas. Ya no razonan. ¿Tengo que venir yo para decirles lo que deben hacer? Además, ¿por qué habría Dios de castigar a alguien que mata a un asesino? La Biblia dice "ojo por ojo y diente por diente". Yo maté a una niña, a mi propia hija. ¿Tienen compasión de mí?

Los mendigos se levantaron y se retiraron temerosos. El loco comenzaba a asustarlos de verdad. Pasó un tiempo, una semana o dos, y no volvieron a hablar. Ni siquiera se le acercaban y hasta evitaban mirarlo. El día 24 llovió intensamente. Facundo y Barbarroja se mudaron al galpón abandonado de la estación. Como dije antes, sólo iban allí los días de lluvia, porque el guardia los fastidiaba si los encontraba adentro. Por otra parte, creo que preferían el vagón sin techo, porque era más discreto y no los molestaba el vacío negro de la altura de aquel depósito. (A pesar de que vivían en la calle, descubrí que ambos sufrían de una forma rara de agorafobia).

Ese día el loco no entró al galpón. Permaneció bajo la lluvia toda la noche, como un fantasma con las manos en los bolsillos y mirando a veces al cielo que lo dibujaba con sus relámpagos y lo borraba con la lluvia oscura.

El día 25, el loco, agotado por el hambre, por el frío y por las pocas ganas de vivir, cayó inconsciente. El día 26 los mendigos se decidieron a llevarle una lata con yuyos hervidos, pero ya no reaccionaba. Su mirada estaba perdida y apenas podía mover los párpados. La piel estaba blanca y fría, no había reacción ni sensibilidad de ningún tipo. Facundo apoyó su oído en el pecho del loco y comprobó que casi no latía. Durante toda la noche de ese día, los dos hombres estuvieron controlando en silencio los casi imperceptibles golpes que daba el corazón del loco. Lo esperaron o lo cuidaron con miedo y ansiedad. Barbarroja comenzó a temblar como nunca antes, encogido de hombros y sin poder controlar los labios que parecían recitar un discurso sin voz.

El día 27 el corazón del loco ya no se oía, y por la noche lo creyeron muerto. Pero no lo estaba. Por lo tanto, la conclusión del forense fue correcta: Eusebio Enríquez no murió de frío ni de hambre; fue asesinado a golpes por dos mendigos que reconocieron el delito y se salvaron de un seguro linchamiento a la salida del juzgado, porque la policía los arrastró hasta una camioneta donde fueron depositados como basura.

Montevideo, 1996

EL DÍA QUE NUNCA EXISTIÓ

J oseph Hanlon (el autor de *Who calls the shots* y *Peace without profit*) había ido a Pemba por un reportaje para la BBC a Nteuane Samora Machel. El hijo del célebre revolucionario mozambicano se encontraba haciendo ejercicios militares en el norte; Graça, su madre, estaba en Londres recibiendo un nuevo premio y aún no era la esposa de Nelson Mandela.

Al día siguiente, *Joe* y su esposa Teresa programaron una recorrida por las islas y nos invitaron a Nadia y a mí para que los acompañásemos, no sé si por compromiso o porque les caímos bien en la cena con Nteuane. Salimos un viernes o un sábado desde Quizanga, en un barco de pescadores y llegamos a Ibo casi al atardecer.

Recuerdo, como esta noche, que nos instalamos en una casona antigua, propiedad de un amigo de S.M. Las habitaciones sobraban y yo imaginé que Nadia tomaría la que daba al mar. Porque allí había máscaras y unas enormes pinturas de algún artista desconocido; y porque Nadia evitaba siempre quedarse en la misma habitación que yo. Pero después de que arrojé mi maleta sobre una de las camas de la habitación trasera, apareció ella e hizo lo mismo. Sin consultarme siquiera, dijo que iba a quedarse ahí, conmigo, porque la asustaban las máscaras que no pueden hablar.

—Prometo que no diré ni *"a"* en toda la noche —dije yo, fingiendo suficiencia— y que no intentaré espiarte desnuda.

—Más te vale— respondió, buscándome los ojos. Sentí en mi boca esos ojos, profundamente azules como los de su madre.

—¿Hiciste tu reporte diario?— pregunté al rato, refiriéndome a las largas cartas que le escribía a Damián. Ella le detallaba todos los paisajes que había visto durante el día, evitando (lo sé) mencionar mi desinteresada compañía. Tal vez disfrutaba más escribiéndole a Damián, mirando las cosas por él que por ella misma; porque el amor es uno de esos pocos estados en que uno es feliz pero además está obligado a reconocerlo. Creo que yo también la quería de alguna forma.

—Hoy no —dijo tirándose en la cama— No tengo luz y estoy cansada. Además hoy es un día que nunca existió. Mañana seguirá a lo que fue ayer, ya que no sabemos si fue viernes o si fue sábado... No te molesta, ¿no?

—Claro que no —dije sin haber comprendido claramente—. Se te nota cansada y algo nerviosa.

Después de dudar un instante, reconoció: —Sí, es verdad. Hace demasiado tiempo que no sé nada de Damián. Yo sé que también él estará preocupado.

—Y con más razones —agregué—. Yo que él no te hubiera dejado venir sola.

—Pero si no estoy sola!— casi gritó, incorporándose de golpe. Sin embargo, como era su costumbre, poco después me invitó a retirarme porque quería descansar.

El día que nunca existió

Con el sol todavía alumbrando, salí con uno de los guardias en busca de azúcar para el té y aproveché el momento para conseguir la *zuruma*. El guardia fingió no comprender mi portugués pero, poco después, me prometió unas hojitas para el anochecer.

Cuando volvió a esa hora, los ingleses y Nadia estaban tomando el té en el patio, apenas alumbrados por una vela. Joe y Teresa festejaban una historia de Nadia. Debió contarles la vez que un ministro de la dictadura uruguaya se rio ante el ministro de la marina de Bolivia, porque le oí traducir lo que el boliviano le había respondido a su colega:

— At what do you laugh? Don't you have a Ministry of Justice?

Al lado de la puerta que daba a la calle encontré la sombra del guardia (creo que se llamaba Babá o Dadá, lo que podía ser un nombre brasileño o africano); sonriendo, me dijo que con aquello me iba a sentir muy bien y que si quería podía conseguir más. Después me habló de Pangane y de otras islas más al sur; confundió América con la américa más pobre, aduló la claridad de mi portugués y no supo decirme si era *quinta* o *sexta-feira.*

Cuando volví al patio (estaba tan oscuro que ni siquiera notaron mis movimientos) Joe me habló sobre un baile que habría en la isla. Me sugirió que fuésemos, Nadia y yo, por lo que adiviné quería quedarse solo con su mujer esa noche. Después me sorprendió que Nadia aceptase ir; porque todo en África le molestaba: el olor de los quimoanes, los mosquitos de los macondes, el machismo de los macúas que imponía a las mujeres el acarreo del agua diaria. Yo le recordé que aún más odioso era el machismo de nuestro orgulloso mundo desarrollado, que prohibía a una mujer mirar una obra en construcción o caminar sola una noche de verano. De aquel diálogo descubrió que siempre había vivido cuidándose de algún tipo de vejación; y que detrás de sus labios desnudos y su mirada clara llevaba incorporado, desde muy joven, un velo tan hermético como ese otro visible que llevan algunas mujeres musulmanas. O peor, porque ni aun así estuvo un día segura entre nuestros *latin lovers*. Y que si había una raza odiosa en el mundo era, precisamente, esos representantes del sexo superior. ¿Cuándo en India, en Egipto o en Mozambique se había sentido tan amenazada como en Montevideo o como en Chicago?

Reconozco que, a pesar de la repetida oscuridad de esa noche, Nadia llamaba la atención de cualquiera; más que de costumbre. Creo que se había arreglado con esmero; para impresionar, como en la fiesta del Buckingham Palace. El sol de África no había hecho mucho sobre su piel; porque no era posible arrancarle otro color que no fuera el rosado vergonzoso de sus mejillas cuando alguien le elogiaba la tranquilidad de sus ojos o el trazo ligero de su perfil; y porque le tenía tanto miedo a la intemperie extranjera que nunca salía sin una cantidad excesiva de escudo solar o de repelente para mosquitos. Bastaba con que el calor le bajara un poco la presión para imaginarse insolada o enferma de malaria, rodeada de dos mil kilómetros de caminos intransitables.

Esperábamos tambores y negros saltando alrededor de una hoguera y lo que encontramos fue casi lo mismo pero con música de Madona. Mientras hubo combustible para el prehistórico generador, los quimoanes y Nadia bailaron como animales.

Pero la luz y la música no llegaron hasta media noche. Poco antes, se extinguieron en un rugido casi africano. Hasta que todo quedó como en un cuarto oscuro. De a poco comenzaron a distinguirse algunas cosas, sobre todo cuando la luna salía detrás de las nubes: el mar, un enorme *cajueiro* que limitaba por arriba el patio, el muro de bambú, algunos rostros oscuros y con enormes risas blancas, casi siempre de mujeres con ganas de probar.

Salí a la calle y tomé por la principal, que era como una avenida ancha y arenosa, limitada de un lado y del otro por espesos árboles negros y ruinas de dos pisos, casi todas abandonadas. No encontré a Nadia y ni la busqué. ¿Tenía yo que cuidar de ella? Creo que sentí rabia y liberación al mismo tiempo. Armé el "cigarro de Mueda" y lo fumé mientras caminaba hacia la plaza. Entré a la plaza y recorrí todas las sombras y verifiqué que tampoco allí había nadie, como si la población toda prefiriese las *palhotas* en la selva a los antiguos palacios portugueses. Después tomé por una de las calles secundarias y caminé hasta otra sombra sobre la arena. De repente advertí gente como fantasmas. Algunas personas rodeaban algo y murmuraban quimoane en silencio. Entonces me acerqué para ver que rodeaban a Nadia, acostada en la arena blanca y oscura mientras un hombre montaba sobre su sexo. Estoy seguro de que ella me veía y veía a los demás que la miraban. Y estoy casi seguro de que sonreía o hacía un gesto que no era de dolor. El hombre era uno de los guardias de la casa, el mismo que nos había acompañado al baile y el mismo que ella mató. Porque fue ella que lo mató con una asada y no yo, como me quiso hacer creer al otro día. Pero eso de nada importa; porque ese día fue el día que nunca existió y nunca nadie lo sabrá. Por otra parte, lo que me había vendido el guardia no era *zuruma* sino hojas de otra planta que ya no recuerdo el nombre. También en esto se equivoca mi querida Nadia.

Pemba, 1997

LAS ENTRAÑAS DE LA BESTIA

Es de noche, o anochece. G. se ha sentado, como cada día a las 19:00, en su sillón de la biblioteca, con un vaso de whisky sin hielo, y mira el televisor nuevo que le entregó un viajero a cambio de una cuenta incobrable. Lo mira sin entusiasmo; no le atrae la novedad. Una mujer sonríe, sale del mar y sube a un auto descapotable. Bebe un sorbo largo y vuelve a sentir ese calor que en pocos minutos más lo dejarán del todo relajado, fugazmente feliz, como si su tristeza hubiese sido sólo un error, un estado injustificado del ánimo. Un hombre saca un revólver y apunta al espectador, o a la pantalla, o a una cámara que tal vez ahora está descompuesta y archivada en algún sótano de Londres. James Bond, agente 007, con licencia para matar. A G. le gusta esa música, porque no suena ahora; está sonando en algún tiempo indescifrable. Túru-túrun-túru. La mujer es hermosa y no se preocupa en vano. Todo termina bien. Ahora la música viene del Caribe o desde una isla griega. G. no alcanza a descubrirlo; pero no importa. La imagen de esas olas es hermosa, eterna. Tal vez el alcohol ya hizo efecto. Se sonríe, se relaja otra vez y luego baja las cejas preocupado: alguien golpea con la mano de bronce que cuelga de la puerta de entrada.

De inmediato recuerda la carta que le dejaron la otra noche por debajo de la puerta:

"Desde el mismo momento que recibas este único aviso, empieza a temblar. No a rezar, porque sabemos que sos un ateo hijo de puta que no cree en nada".

No son golpes amables, se da cuenta. Ha sido una orden.

"Ahora sabemos bien dónde vivís y dónde está la madriguera en la que se esconden tus amigos, los intelectuales que pretenden arruinar este país que no les pertenece. Sabemos muy bien dónde trabajan para difundir mentiras sobre la gente honrada que, aunque les pese, defenderá a la Patria de los comunistas, de montoneros, de los judíos y de los homosexuales. Por haber enfrentado a Dios y a la Patria, los exterminaremos como a ratas".

Entonces G. se levanta, ya relajado pero todavía triste, atraviesa la sala con esculturas, abre y los ve a los tres, uniformados de autoridad, de prepotencia.

—Señor J. G. —oye que dice el primero, el que ordena, el que no pide, el que está por encima de los cuatro y entra sin esperar.

G. no responde. Tampoco fue una pregunta. El coronel entra con los dedos cruzados detrás de la espalda, como gustan hacer los que admiran a Napoleón o a algún otro genio militar cuando está pensando en la Historia. Gira sobre su talón izquierdo y lo mira.

—Perdón, buenas noches —dice el coronel, casi amable, sonriendo— ¿Podemos pasar?

Así es, está relajado, pero todavía triste.

Las entrañas de la bestia

—Qué se les ofrece —dice G., al tiempo que piensa que esa frase la debió escuchar anoche en la televisión. Era un hombre alto y oscuro que había asesinado a otro y lo perseguía la policía.

—Venimos a hacerle una visita. Rutina, en realidad. Nos gusta ir de casa en casa, aunque le confieso que prefiero ir al cine —el coronel habla alto, como si estuviese acostumbrado a hablar en un colegio de sordos, mientras camina de un lado para el otro, por la misma senda—, pero cuando la patria llama no podemos negarnos— termina y toma un bloc de hojas que G. tiene siempre al lado del teléfono.

—Sargento —dice, entregándole el bloc— guárdelo, que nos puede servir.

—Sí, mi coronel.

Al lado, debajo de la guía telefónica, queda la carta de advertencia:

"Limpiaremos este país de las ratas, especialmente de aquellas ratas que, como usted, bajaron de las bodegas de los barcos. Y seguiremos cumpliendo con nuestro deber patriótico, mandando al infierno a los que pretenden acabar con la Libertad de nuestra Nación, sin esperar a que leyes mariconas le dejen tiempo para reproducirse.

"Abra bien los ojos, no duerma, porque lo estaremos vigilando día y noche para cumplir con nuestro irrenunciable mandato.

Libertad, Patria y Honor".

2.

El coronel le pide los lentes. G. duda, luego se los da. Con un ademán barroco, el coronel se los prueba, mira a sus subordinados y pregunta qué tal se ve. Los dos aprueban con una mueca exagerada. Luego trata de leer otro lomo de libro, evitando tocarlo.

—Caramba —dice— así se ve todo distinto.

Esta vez se anima y toma un libro, lo abre y hace que lee para una fotografía.

—A ver, soldado, ¿no parezco un intelectual?

—Sí mi coronel, parece un intelectual.

—Yo diría, un hombre inteligente.

—Eso es, mi coronel. Debería quedarse con los lentes de Cuatro Ojos.

—Soldado, ¿no le dije que tuviera respeto cuando se está en casa ajena? —le reprocha el coronel. Y luego, fingiendo que intenta olvidarlo, vuelve a mirar el libro que tiene en sus manos y pregunta:

—Dígame, doctor...

—No soy doctor, usted lo sabe.

—Bueno, digamos que no tuvo una educación formal, pero para mí es doctor. Con tanto libro amontonado, cómo podría llamarlo? Además, ¿no da usted clases en la Universidad? ¿Qué es lo que enseña, doctor?

—Literatura anglosajona... —dice G., casi disculpándose.

—¡Qué bien suena eso! Pero, dígame, profesor, ¿para qué sirve eso? —dice el coronel y lo mira, victorioso. Siempre que hace preguntas de ese tipo sale bien parado.

Las entrañas de la bestia

—¿Para qué sirve la literatura, profesor?

G. ha estado pensando la respuesta. Una pregunta obvia. Por eso, tal vez, nunca se la planteó seriamente y ahora el señor coronel viene a poner el dedo en la llaga. Sin mirarlo y sin salir de ese ligero ensimismamiento producido por la tristeza o por el alcohol, G. murmura:

—¿Para qué sirve la literatura..? Bueno, para muchas cosas. Pero si usted está preocupado por las utilidades y los beneficios, como lo sospecho en su pregunta, le diré que difícilmente un espíritu estrecho albergue una gran inteligencia. Una gran inteligencia en un espíritu estrecho tarde o temprano termina ahogándose. O se vuelve rencorosa y perversa...

G. se detiene; probablemente ha cometido un error, en todo caso intrascendente: ha querido responder con una idea en un momento en que cualquier idea o cualquier razonamiento es apenas el marco escenográfico de una acción cuyo desenlace ya está resuelto de antemano.

Baja las cejas hasta tapar casi totalmente los ojos, mientras se pregunta qué tiene él de aquellos vikingos que cruzaron el Atlántico norte hace mil años. Desde niño se los imaginaba como dioses que sólo conocían el miedo ajeno. Recorría los caminos húmedos de Fyn, donde vivía el abuelo Sune, rodeado de los campos de los Jørgensen, y no se imaginaba el dolor de la barbarie, el sudor agitado de la guerra, la tristeza del abandono. Ahí estaba delante de él ese hombre uniformado, de pelo negro y de hablar deliberadamente pausado, que en esencia no era otra cosa que uno de aquellos bárbaros que hundían barcos en Nydam Mose. Ese hombre tenía más de vikingo que él, que sólo tenía la sangre y que soñaba cada noche que un grupo de romanos invencibles habían decidido matarlo. G. levantaba una espada con mango de oro, como si con ese gesto estuviese formulando una acción mágica de sus antepasados que pondría en fuga a sus enemigos. Pero la espada se volvía tan pesada que sus dos brazos no podían sostenerla, y se caía con la punta contra el piso, momento en que los hombres de pelo muy negro aprovechaban para acercarse a él y lo rodeaban con espadas más livianas y más filosas. Y así lo mataban. Es decir, así despertaba con el corazón golpeándole la garganta y los oídos, como si fuese a reventar por el esfuerzo. Más de una vez G. pensó que moriría de esa forma, y que la gente diría, al día siguiente: "pasó de un sueño al otro", porque la gente tiene la idea que morir en la cama es una de las mejores formas de cumplir con lo inevitable, cuando en realidad puede ser una de las formas más violentas de morir, una forma irreal, víctima de una ficción que termina con un golpe en la puerta o un estruendo accidental en la calle, poniendo fin a la madre de todas las ficciones que es la vida.

En la televisión un hombre habla de frente a la cámara y con un micrófono que le tapa toda la boca y parte de la nariz. Parece preocupado. Se da vuelta y pregunta algo a otro que está al lado:

¿Cómo te sentís en el equipo?

Bueno, la verdad que bien. Llegar hasta aquí es lo más grande que le puede pasar a un jugador de fúbol, porque un equipo Grande como Peñarol es lo más grande que hay, la verdad.

Las entrañas de la bestia

G. se dirige a su botella de whisky. No está nervioso. Sólo está triste y quisiera emborracharse, definitivamente.

¿Cómo es la relación con los demás compañeros de equipo? ¿Te sentís cómodo, te llevás bien con todos ellos?

—¿Cómo, no nos sirve? —le reprocha el coronel, cambiando de tono.

—Sí, claro.

—Veo que usted no es muy amable con sus visitas. ¿Para qué me gasto yo en enseñarles a mis muchachos buenos modales si estamos en casa de un mal educado? Como siempre, mucha cultura y poca educación, como dice el General.

La verdad que sí, el compañerismo es muy bueno y pienso que todos nos estamos preparando muy bien para sacar al equipo adelante, como es que la gente quiere.

G. sirve whisky para tres más. Le acerca uno a cada uno, menos al que se entretiene dando vueltas por la biblioteca. Tiene una mandíbula cuadrada que se destaca del resto de la cara. Mira con atención y saca un libro de un estante que está contra el piso y pregunta, mi Coronel, qué idioma es éste con una *o* atravesada por un palito? El Coronel lee: Søren Kierkegaard, *Frygt og Baeven*. Ha leído con dificultad. No comprende y se fastidia. Tira el libro sobre el escritorio y sentencia: es ruso, soldado, alguna mierda de esas que leen los bolches.

—Es danés —dice G.

—Es ruso —ordena el Coronel—. Si yo te digo que es ruso, es ruso, ¿escuchaste, mierda?

—Es ruso —repite G. Está pensando en el segundo cajón de su escritorio. Por un momento lo mira. Cuando esté totalmente borracho podrá hacerlo. No debe ser tan difícil: sólo hay que poner el caño en la sien y apretar el gatillo. Tal vez duela menos que el dentista. Nadie va a lamentarlo, a excepción de Gutiérrez, al que todavía le debe un cheque que no pudo cubrir el viernes pasado. Sólo tiene que esperar el momento adecuado, porque ellos no permitirán que se mate así nomás. Primero tiene que sufrir, mi coronel, hay que hacerlo comer la mierda de su madre, qué tanto joder, al fin y al cabo usted bien sabe por qué estamos aquí, ¿o no?

—No, exactamente.

Hay un rumor de que el técnico es muy exigente con el plantel y que el Pato Lima sería dejado de lado a consecuencia del tiro penal marrado en el último encuentro —una imagen en cámara lenta muestra a un jugador de Peñarol con las manos en la cintura, acomodando el cuerpo a la espera de la orden del juez. Mastica chicle, lo que no se corresponde con la imagen serena que intenta dejar—. *¿Qué piensa un centrojad como vos que fue dirigido por tantos técnicos anteriormente?*

Bueno, yo creo que el Pato es un gran jugador y excelente persona y que algunas cosas que se dicen en la cancha son producto de la calentura del momento. Pero con la cabeza más fría pienso que se va a arreglar todo y el Pato volverá al equipo —Toma carrera, flotando en el aire de aquella noche, se aproxima a la pelota y patea. La pelota demora en despegarse de su pie y, cuando lo hace, se transforma en una especie deformada de pelota de rugby blanca, hasta que el arquero la detiene, casi sin esfuerzo.

Las entrañas de la bestia

En momentos en que estamos viendo las imágenes de aquel momento fatal para el Pato, quisiéramos saber, desde estudios, cuál es, para Almeida, la posición del técnico respecto a todo lo que se ha dicho del caso Pato Lima - Pastoriza.

Comprendido, comprendido. Te traslado la pregunta: ¿Pastoriza López?

Con el técnico no llevamos muy bien. Precisamente, el otro día estábamos comentando con el Cabeza y decíamos que era increíble lo claro que es el técnico en las charlas y lo bien que deja la idea en claro de lo que quiere.

El coronel se acerca a G., despacio y con las manos colgando detrás.

¿Cuál es la idea del técnico para esta difícil prueba que se les avecina?

Lo mira un instante, entre irónico y a punto de estallar.

Bueno, él nos pide siempre que juguemos al fúbol, que metamos para adelante y que cuando la perdamos la pelota la tratemos de recuperar.

—¿A qué está jugando?

—No lo sé —dice G., casi borracho, totalmente triste— pero estoy acostumbrándome. Llegan tres señores, rompen el cielorraso de mi habitación buscando armas o dinero, me insultan. A veces me escupen en la cara y luego se van. Al final siempre vuelven.

—¡Uy!, el señorito está molesto porque la institución, Salvaguardia de la Patria, le escupe en la cara. Y usted, ¿no nos escupe en la bandera?

G. no responde. Se sirve más whisky y procura acercarse al segundo cajón del escritorio. Pero el coronel le ordena que se siente en el sillón que acaba de quedar libre. La bandera. G. se recuesta y siente el calor que acaba de dejar el soldado. Es un calor de cuerpo, como cualquier otro. G. sólo piensa en el segundo cajón. No le importa lo que pueda estar diciendo el coronel acerca de los derechos y los deberes a la patria.

—En cada Institución del Estado —reflexiona el coronel— deberían poner a la entrada un cartel con la Ley Primera: *Cuando la Patria está en peligro no hay derechos para nadie. Sólo obligaciones*. Eso tenía que haberlo dicho Sócrates, que murió por su patria.

—¿Pero Sócrates no era un filósofo? —pregunta uno de los soldados.

—Claro, pero murió por su patria. También hay filósofos que defienden la patria. El Sócrates era un subversivo y se liquidó tomando el veneno. Así deberían hacer todos los vendepatrias.

Gracias Jaime. Mucha suerte a los muchachos de Peñarol y que sean bienvenidos a la Argentina. Suerte también a nuestro Independiente, Pepe.

Por supuesto, esperamos que los Diablos Rojos sean agraciados con mayor fortuna en el próximo partido y que nos sepan representar como Nación.

Estoy seguro de que sí, Pepe, dados los antecedentes de la institución roja...

Por supuesto. No debemos olvidar además que por algún misterio del Destino le ha tocado ser a Independiente precisamente el club que más veces ha ganado la copa Libertadores de América.

Para reflexionar, realmente. Te mandamos un saludo. Chau.

—G. intenta levantarse, pero el coronel le pone una mano en un hombro y lo vuelve a hundir en el sillón.

Del deporte ahora nos vamos a la escena internacional...

—Vayamos al grano —dice—. Le voy a contar, ya que dice no saber, por qué estamos de visita. Nos enteramos de que usted viajó a Montevideo, el día 14. No se puede uno confiar de una limpiadora; debería despedirla... ¿Es así o no?

—Debería despedirla —dice G., mientras mira que en alguna parte del mundo un edificio de diez pisos se derrumba y un río se desborda arrastrando en su corriente una vaca muerta.

—Viajó a Montevideo, sí o no.

—Sí —dice G., y luego confirma, sin necesidad—: me fui a Montevideo.

Detrás de la vaca flota un hombre que todavía está vivo, porque intenta agarrarse a un cable de corriente eléctrica. La mano se desprende del cable y el cuerpo desaparece.

—Ya, ya. Sabemos que se fue a Montevideo. Chocolate por la noticia. Pero lo que queremos saber es otra cosa —dice el coronel, volviendo a caminar de un lado para el otro con los dedos cruzados sobre las nalgas—. ¿Acaso usted no sabía que no puede viajar a Montevideo sin un permiso especial?

—Sí.

—Pero usted no tenía ningún permiso especial y de todas formas se dio una vuelta por la tacita del Plata.

—Sí. Solicité ante su Superioridad ese permiso especial y me lo negaron.

"En Mar del Plata soy feliz", dice la canción... Estamos en contacto directo con Mar del Plata. Atento Luisito, atento. ¿Me escucha?

—Bien, el *cómo* ya lo sabemos: usted falsificó documentos. Queda por saber lo más importante: el *para qué*. ¿Qué fue a hacer a Montevideo?

—Fui a buscar a una mujer.

—Carajo, qué romántico resultó el judío —dice el coronel, fingiendo sorpresa. G. no corrige esa confusión de razas—. Por favor, señor G., recién tomé una merienda, un capuchino con medialunas en el bar de la esquina, mientras esperábamos que el señor llegara. Hágame el favor, no me corte la digestión. Dentro de tres años me jubilo, pero ni piense que voy a esperar tres años para pasar a mejor vida. Le voy a ser sincero: yo tengo por principio no hacerme mala sangre. Pienso que hay que llevar las cosas con la mayor tranquilidad posible, con calma, no hay que gritar para ordenar algo. En eso me parezco a usted; no me gusta levantar la voz. Si yo cumplo bien o mal mi trabajo, igual recibo el mismo sueldo. Así que no pienso complicarme mucho en el trabajo ni voy a hacer horas extras con un judío de mierda que se las toma de avivado. Le sugiero que no nos retenga hasta las nueve de la noche, que es cuando termina mi turno, porque puedo comenzar a ponerme de mal humor.

G. no escucha, ha perdido el hilo del pensamiento militar. Logra ponerse de pie y se acerca a la botella de whisky, que ahora pone encima del segundo cajón. Sabe que si no lo agarra a tiempo ellos la descubrirán. Y será pronto, porque el soldado de la mandíbula de pelícano continúa hurgando detrás de los libros. Seguirá por el escritorio hasta abrir el segundo cajón. G. recuerda un hombre que conoció en Zárate, con una mandíbula como esa. Lo habían operado y le habían limado el hueso varias veces, pero la mandíbula le seguía creciendo. Era mozo en un bar.

—Así es —dice, como para sí mismo—. Fui a buscar a una mujer, a Montevideo.

—Oíme, hijo de puta —lo interrumpe el Coronel hundiéndole el índice en la mejilla—, dejate de estupideces. Nadie se arriesga así por una mujer. Estamos en el siglo XX, ¿me entendiste?

—Sí, lo entiendo, *perfectamente* —dice G., subrayando para sí la última palabra. En el siglo XX no se mata ni se muere por esas cosas. En el siglo XX la gente es juzgada por sus ideas políticas; no por sus sentimientos. Los delincuentes de mi partido se protegen mientras que cualquier honesto hombre del partido de enfrente puede ser objeto de la tortura, el incendio o la cárcel. ¿Cómo semejantes abstracciones pueden desencadenar tantas pasiones?

—Entonces cantá. ¿Qué fuiste a hacer a Montevideo?

—Fui a buscar a una mujer.

3.

Las rejas se abren con estrépito y G. es conducido hasta una sala oscura, con olor a humedad, a cenicero y con una lámpara sobre una mesa de acero inoxidable. Lo está esperando el coronel, sonriente, recién afeitado y con un bigote prolijo, fino y bien recortado. A G. ya no le parece tan delgado.

—Siéntese, tengo buenas noticias. Lo dejaremos en libertad, ya que pudimos comprobar que no estaba mintiendo. Efectivamente, la mujer que usted estaba buscando existe. Se llama Mabel Moreno... —dice el coronel, poniéndose los lentes para leer un informe—. *Mabel Moreno Zubizarreta*. Aquí dice que se conocieron en un barco. La señorita venía con su padre, desde España. Al llegar a Montevideo, su padre murió de un paro cardíaco, probablemente por el disgusto que le ocasionó su propia hija, enamorándose de un anarquista vagabundo, varios años mayor que ella. Y usted la abandonó a su suerte, continuando su ruta a Buenos Aires...

G. levanta por primera vez la vista y la dirige hacia el coronel que está leyendo un papel. Casi no alcanza a verlo bien por la lámpara que se interpone.

—¿Contento? No se puede quejar, hicimos el trabajo por usted. Deberíamos cobrarle.

—Mabel —dice G., con una voz muy débil y se da cuenta de que casi no puede hablar. Pero insiste:— Mabel... ¿Dónde vive?

—En Montevideo, ¿no? A ver, déjeme ver... —el coronel vuelve a leer con esfuerzo, acercándose a la luz de la lámpara—. Calle Rincón y Piedras. Barrio: Ciudad Vieja.

G. quiere saber más, pero se calla. Sabe que de todas formas se lo dirán.

—¿No pregunta más detalles? Pensé que estaba muy interesado en esa mujer. De otra forma no se hubiera jugado el pellejo cruzando el charco. Y no nos hubieras jodido a nosotros, teniendo que ir personalmente a verificar que nos estabas diciendo la verdad. Cosa que me calentó un poquito, porque yo sé que estás metido con los bolches grandes y también sé que un día te voy a agarrar.

El coronel camina tratando de pensar y continúa:

—Como le decía, hicimos el trabajo por usted, porque la inteligencia militar es superior a la inteligencia culta. Lo felicito, señor G., su mujer es hermosa, una hermosísima *prostituta*.

Los otros cuatro que estaban en la sala esperaban este momento. Fijaron sus miradas en el rostro abatido de G. Alguno dirá que ni se inmutó. Otros dirán que se le notó que se le venía el mundo abajo. Nunca se pondrán de acuerdo.

—Una hermosa prostituta que trabaja cerca del puerto —insiste el coronel, por si la frase anterior no hubiese llegado muy profundo— ¿Sabía usted que su amada, la mujer por la cual usted arriesgó su vida, se acuesta con otros hombres por dinero?

El coronel lo mira más de cerca. G. casi no reacciona y el coronel se pone furioso. Le grita:

—¡No le importa!

—No... —responde débilmente, G.

—Ah, no le importa —dice el coronel, volviendo a su posición vertical, desilusionado—. Tal vez le importe saber cuánto me cobró por media hora. ¿No calcula? Trescientos pesos uruguayos, que en moneda nacional... no sé cuánto es. Pero no importa, porque eso lo pagó el Estado, digamos los contribuyentes como usted.

Definitivamente, ya no hay expresiones vivas en el rostro de G. Los demás renuncian a observarlo. Uno se retira diciendo que no vale la pena. Los otros se quedan porque saben que hay más.

—Trescientos pesos... —reflexiona el coronel—. Trescientos pesos por media hora que estuvo gritando como loca, porque por algo me decían Cabo Largo, siendo que nunca fui cabo. Tal vez al señor no le moleste que su amada sea una prostituta porque no nos cree. Claro, pero por algo pertenecemos al ejército argentino: lo prevemos todo —dice el coronel, tomando de la mesa un sobre de papel manila. Adentro hay unas fotografías ampliadas, en blanco y negro. Las saca y las estudia un momento.

—Hemos sacado algunas instantáneas, porque el gobierno nos paga pero debemos rendirle cuentas de nuestras actividades y gastos. ¿Qué le parece? Yo le muestro una foto de medio cuerpo y usted me dice si es ella o no.

Elige y finalmente pone una de frente a G. Es Mabel que aparece casi de perfil, mirando a la cámara un poco asustada.

—¿Es ella, su Julieta, sí o no?

G. no responde.

—Bueno, tal vez esa fotografía no la represente bien —dice el coronel— A veces ocurre. Hay fotos que no se parecen al modelo. A ver, si le muestro otras tal vez la termine por reconocer.

G. no responde; sólo mueve los ojos, de vez en cuando, para comprobar que es Mabel que aparece en todas las fotos.

—Bueno, en fin, tal vez no sea su Mabel. Así que podré mostrarle todas sin que se escandalice demasiado. Ésta es mi favorita —dice el coronel como si la admirara un momento antes de exponerla a cincuenta centímetros de la cara de G.— El que aparece arriba, de espaldas, es el agente Fabiolo. Nadie diría que es el agente Fabiolo, porque nadie lo conoce por las nalgas y el muy vergonzoso escondió la cabeza. Qué muchacho. Bueno, en realidad, todos los hombres somos vergonzosos. ¿No se ha fijado usted que en las revistas pornográficas la mujer es siempre la que da la cara, mientras que el macho que las está cogiendo la esconde? La mujer siempre pierde la vergüenza más rápido. Y dicen que la vergüenza es como el virgo: se lo pierde y después no hay vuelta atrás. Bueno, aunque tal vez usted nunca haya visto una revista pornográfica. Aproveche ahora y disfrute con nosotros de estas tomas de película.

G. no quiere que lo vean con los ojos húmedos; inclina la cabeza procurando mirar para otro lado, pero atrás se encuentra con la cara sonriente de un soldado. El coronel ha ganado otra vez, piensa el soldado.

—No vaya a pensar que obligamos a esta pobre mujer a hacer lo que parece que está haciendo aquí —sigue diciendo el coronel—. No, no, señor. Eso no es de hombres. Además no quisiéramos tener problemas con nuestros hermanos uruguayos. En realidad le pagamos por el servicio, que es un trabajo como cualquier otro. Y ningún trabajo es vergonzoso. El trabajo honra a la gente. Y mira que le dimos unos pesos más por las fotografías, que fue lo único que no le gustó.

Montevideo, 2000

LA CONFESIÓN DE UN ASESINO

uando llegó al aeropuerto de Carrasco lo sorprendió gratamente el nuevo edificio. El país había olvidado la crisis y trataba de reflejar su reciente prosperidad económica en un aeropuerto pequeño pero con rasgos ultramodernos, sin nada que envidiarle a los monstruos de Estados Unidos y Japón.

Apenas tomó un taxi y fue entrando vertiginosamente en el caos de Montevideo, pensó que tal vez el país no había cambiado tanto en los últimos años. Las líneas de las calles todavía aparecían algo borrosas o desdibujadas; los conductores tocaban la bocina sin necesidad e insultaban para sí mismos o gritaban algún improperio por la ventanilla antes de darse a la fuga.

Con el correr de la semana comprobó que las cosas habían cambiado mucho y muy poco. Las diferencias entre ricos y pobres seguían siendo latinoamericanas aunque, medidos en términos monetarios, los ricos eran ahora mucho más ricos y los pobres algo menos pobres. Después de cien años de gobiernos conservadores, de una larga democracia y unas pocas dictaduras, los uruguayos vivían la discutida utopía de un gobierno formado por exguerrilleros.

La victoria en las últimas elecciones de un presidente tupamaro lo había dejado indiferente. Desde niño había

aprendido a despreciar el peligro de las ideas demasiado ela-
boradas sobre la sociedad y por sí mismo había descubierto
que las utopías no se matan; se suicidan. Y un triunfo en las
elecciones era lo peor que le podía pasar a aquellos locos de
los sesentas que habían dejado de imaginar un mundo perfecto para tratar de evitar la catástrofe.

Curiosamente, lo que más había amargado a Santiago en
toda su estadía en Estados Unidos había sido la noticia sobre
el plebiscito de 2009 en Uruguay, cuando el pueblo ratificó,
con una mayoría de abstenciones, la vieja ley que protegía y
mantenía impunes a los asesinos de la pasada dictadura militar. Se amargó secretamente porque nunca tuvo el valor de
reconocer, ante sus amigos y ante su familia, que conservaba
una rabia secreta e inexplicable por aquellos años de los cuales casi no tenía memoria. Así que no agregó más nada
cuando Paulina le escribió desde Montevideo comentando la
noticia y felicitando al pueblo uruguayo por la sabiduría de
mantener la paz y la democracia que tanto había costado recuperar, pese a la romántica estupidez de elegir como presidente a un viejo guerrillero que vivía en una cueva plantando
flores.

Tuvo la suerte de entrar en el Hospital Americano, aunque a nadie sorprendió. Las instituciones médicas más importantes (el Británico, el Italiano y la Española) se lo habían
disputado, pero el Americano fue el que ofreció mejor paga
y ciertas condiciones para llevar adelante los proyectos que
traía en mente desde mucho antes de recibir su PhD en Emory
University.

La confesión de un asesino

Paulina estaba esperanzada con el reencuentro. Aquella especie de exilio académico había madurado el joven médico.

Sus padres estaban orgullosos. Habían rescatado a Santiago de una familia disfuncional de Artigas, marcada por una cultura rural de violencia doméstica y probablemente por el abuso de su padre, lo que había dejado en Santiago una conducta agresiva y del todo inapropiada. Desde los cuatro años había manifestado un comportamiento que iba más allá de las clásicas rabietas que tienen los niños a su edad. Cuando entró al kindergarten todavía tenía ataques de rabia y en la escuela tuvo una época en que les tocaba las nalgas a sus compañeritas, lo que provocó el escándalo de sus maestras y una expulsión por mala conducta. Sus padres adoptivos lo cambiaron a un internado católico y el psicólogo confirmó las sospechas sobre los malos hábitos de sus progenitores, razón por la cual habían perdido la patria potestad. A los diez años ya era un niño normal y laborioso. Había superado milagrosamente los ataques de asma y desde entonces se destacó por ser siempre el mejor alumno de la clase y por no involucrarse nunca en política, ni siquiera en los años ochenta, cuando el país recuperó la democracia, ni en los noventa, cuando entró en la universidad.

En resumen, Santiago se sentía en toda su plenitud a su regreso. Llegaba cargado de proyectos y de otras inquietudes que no alcanzaba a racionalizar. Los sábados recorría las zonas de la Costa de Oro y los domingos daba una vuelta más breve por los barrios de Montevideo. Menos conocidos o desconocidos completamente, a no ser por las crónicas policiales, las zonas periféricas y las más antiguas del centro permanecían como parte del inconsciente colectivo, reprimido, pensaba Santiago, mientras los lujosos y pulcros apartamentos de la costa ofrecían al mundo y a sus propios pobladores el mejor rostro de la ciudad.

Un día lunes le derivaron a su consultorio un paciente de 69 años. El hombre (el que luego de escuchar su nombre completo dijo que los amigos lo llamaban Bebe y los vecinos coronel Ruiz Díaz o simplemente Coronel) no revelaba síntomas graves en su aspecto físico. Por el contrario, una risa blanquísima, recién restaurada, un físico acostumbrado al ejercicio moderado, mostraban un hombre mayor, algo encorvado, pero del todo saludable. Excepto por la obstrucción coronaria.

Mientras Santiago afinaba su diagnóstico, Bebe elogiaba la pulcritud y el espacio de su consultorio. En su tiempo, el Hospital Militar era más bien oscuro, los consultorios no olían a velas frutales y los médicos no vestían tan elegantemente.

Santiago casi no sacaba la mirada de los análisis mientras hablaba. Don Bebe le detalló todas sus preferencias por el ejercicio matinal; por la comida sana y el whisky etiqueta negra; por una vida sexual muy activa sin necesidad alguna de viagra, aunque a su edad ya había dejado de comer fuera de casa con cierta frecuencia; por los paseos por la rambla de Pocitos casi todas las tardes, de cinco a seis y media. Se extendió detallando sobre su tristeza por la decadencia de la sociedad desde que los marxistas habían tomado el gobierno, esta vez de forma legal, eso no lo cuestionaba, porque las elecciones son elecciones y hay que respetarlas, pero sin duda valiéndose de las mentiras de siempre…

Cuando Santiago le dijo que la operación era inevitable, don Bebe se sorprendió. Abrió los ojos y enseguida apretó las cejas en signo de consulta.

—¿Cómo que tengo que operarme, doctor?

—No hay otra. Tiene la aorta obstruida y hay que reemplazarla por una de cerdo.

—¿Una de cerdo?

—Sí. ¿Por qué se sorprende? Seguro que conoce a alguien que se ha operado del corazón.

—Sí, sí. Conozco a varios. Es como una plaga. Ahora todo el mundo se opera del corazón. Antes no era así.

—No todo el mundo. Y antes la gente simplemente se moría de un infarto. Eso es lo que vamos a evitar con una intervención a tiempo. Mejorará su calidad de vida. Usted cree que está sano, pero tiene ese problema ahí y no se va haciendo ejercicio. Hay que operar.

—Así que de ahí me viene ese cansancio cuando camino… ¿no, doctor?

—No lo dude. Usted es una persona que siempre ha hecho ejercicio y vida saludable. No hay razones para cansarse caminando por la rambla.

Don Bebe dijo que lo iba a pensar, que debía discutirlo con Carmencita, su esposa, y con sus tres hijos. El riesgo era muy bajo, casi nadie se moría hoy en día por una operación al corazón. Pero siempre había casos para rellenar ese cinco por ciento de fatalidades. Además la sola idea de que le abrirían el pecho de arriba abajo para sacarle el corazón como en un rito azteca lo aterrorizaba.

Por unanimidad, la familia de don Bebe era partidaria de la operación, así que el paciente no encontró más excusas, aunque dilató la fecha de la intervención mientras pudo.

Una mañana de frío se sintió mal y lo llevaron al hospital de emergencia. Llegó con un preinfarto. Santiago lo atendió hasta que se recuperó. Una vez más, los hechos le habían dado la razón al joven médico. Por entonces, su fama se había extendido por todo el sanatorio y más allá entre sus colegas y nuevos pacientes. Carmencita, la esposa de don Bebe, lo había invitado repetidas veces a tomar el té a su casa de Carrasco, para que conociera a su hija a quien le faltaban solo dos materias para recibirse de pediatra. Pero Santiago había acudido repetidas veces a la excusa de su oficio, que no tenía horarios ni descanso.

Carmencita había hecho campaña psicológica para que su marido se operase y le había prometido unas vacaciones en Miami.

—¿Ha estado usted en Miami? —le preguntó a Santiago.

—Sí, muchas veces.

—Nosotros no conocemos Estados Unidos —se quejó Carmencita—, ¿puede creerlo? Un militar de carrera como mi esposo, que siempre luchó por los valores de la democracia en la época de los revoltosos, nunca quiso ir a Estados Unidos. Dice que no sabe una palabra de inglés, pero a mí me parece que es sólo una excusa.

La confesión de un asesino

—No necesita saber inglés para visitar Estados Unidos —dijo Santiago—. Además, en Miami la mayoría de la gente habla español.

—Claro que sí. Imagínese, allí están los exiliados del régimen de Castro. Mi esposo tendría mucho para conversar con cualquiera de ellos. ¿Viste, Bebe, lo que dijo el doctor? En Miami casi todos hablan español.

Bebe hizo una mueca. Carmencita continuó con su trabajo habitual:

—No nos vamos a morir sin conocer Miami. A Europa ya fuimos. Me queda esa materia pendiente de Miami. O Nueva York, ¿por qué no? Después que te operes nos vamos. Y no se discute más, como te gusta decir a vos. No hay más excusas con el idioma. ¿Me entendiste, viejo?

—Me voy a operar, pero no voy a ir a Estados Unidos. Sólo de pensar que tengo que pasar por todos esas investigaciones para que te den una puta visa me pega en el forro de las bolas. Los yanquis se creen la flor y nata del mundo y no son más que unos traidores. Te usan y luego te tiran como un perro. No tienen coherencia, porque mientras unos defienden la libertad, otros marxistas se amparan en esa farsa de "país de leyes" para meter a la cárcel al mismo Rambo. Pero se olvidan de todas las leyes cuando Rambo está haciendo lo que tiene que hacer. No, no, señor. Prefiero disfrutar mis últimos días entre mi gente, aquí, en el paisito, que bien merecido me lo tengo después de servir toda una vida a la patria.

—¡Aleluya! Al menos te vas a operar, viejo. Eso ya es mucho en un cascarrabias terco como vos…

Al margen del camino

La operación estaba programada para el viernes 20 de mayo, pero el coronel la suspendió a último momento. Dijo que tenía "un partido muy importante" ese día, lo que desconcertó a todos. Pero nadie se atrevió a inquirirlo directamente y prefirieron especular sobre las actividades profesionales del coronel, todavía muy importantes y reservadas a pesar de que estaba retirado. Al coronel también le agradaba mantener cierto aire de misterio a su alrededor. Un sobrino bromeó que, por un momento en su vida, el coronel mostraba signos de debilidad. Alguien se lo dijo, pero él se rio de costado, como era su costumbre cuando sabía la respuesta pero prefería no contestar.

Así que finalmente la operación fue el viernes 3 de junio. La sala de espera se llenó de familiares y amigos en uniforme y el paciente les demostró a todos, en medio de bromas y risas, que no le tenía miedo a la operación ni a la muerte.

Apenas el anestesista había regulado la dosis que comenzaba a gotear, el doctor Santiago Zabala le pidió al anestesista y a los asistentes que lo dejaran solo con el paciente para confirmar su estado psicológico antes de la intervención. Los asistentes no entendieron a qué se refería pero obedecieron al pedido, más movidos por el prestigio del cardiólogo que por la regularidad del proceso.

Don Bebe inclinó la cabeza y le preguntó si todo estaba bien. Santiago confirmó:

—Todo está muy bien. En unas horas usted estará mucho mejor aún.

—Estoy en sus manos, doctor. Confío en su ciencia.

—No lo dude. ¿Cómo se siente?

La confesión de un asesino

—Muy bien, algo más relajado. Es como si recién me hubiese tomado un whisquito. Uno se siente muy bien, poco a poco.

—Sí, es algo así. Antes, cuando no había anestesia, se amputaban piernas con bastante whisky. La anestesia no sólo relaja sino que también ayuda la memoria a liberarse de los recuerdos más antiguos. ¿No recuerda nada de su infancia?

—Sí, sí… recuerdo clarito un caballo que me regaló el viejo para un cumpleaños, en Rivera. En realidad era un poni, pero para mí era enorme… Hasta recuerdo el olor a caballo y a madreselva.

—¿Se cayó alguna vez del caballo?

—Me caí y fui a dar con la cara en un matorral de madreselvas.

—¿De ahí le viene esa cicatriz en el músculo trapecio?

—¿Músculo trapecio?

—La cicatriz con forma de zeta.

—Ah, sí, ésta, aquí al lado del cuello…

—Sí, esa misma.

—No, esa, me la hice tratando de cruzar un alambrado de púa en un entrenamiento. Una púa de mierda, herrumbrada… se enganchó en la piel y como si fuese un anzuelo de pescar no se quería soltar. Y yo, por el dolor, tiré del alambre para desenganchármelo y me rasgué la piel y la carne en un tajo terrible que después costó curar. Por la infección, ¿sabe? Lo peor fue que me desmayé del dolor… Estaba en mi primer año en el ejército y los más veteranos me tomaron el pelo por un año. Tuve que esperar a que llegara la nueva camada de novatos para hacerme de algún respeto… En esa época la pase mal, pero ahora recuerdo todo eso y me parece fantástico. ¿Puede creer?

—Es la anestesia. Hace que uno se sienta bien hasta con los peores recuerdos.

—Así es, doctor…

—Yo también recuerdo esa cicatriz. Con otra igual atravesada tendría usted una perfecta cruz gamada como tatuaje.

Don Bebe inclinó la cabeza y miró al doctor con ojos borrachos pero que todavía revelaban asombro.

—Nunca olvidé esa cicatriz —continuó Santiago—. Mis padres tenían una chacra en Artigas o en Rivera. Cuando llegaron dos *jeep* del ejército, mi madre corrió a la cocina. Tengo imágenes fragmentadas. Fracturadas. Cosas de chicos. Luego recuerdo que los soldados tomaron a mi padre por los brazos y lo ataron por el pecho con una soga muy gruesa. Mi madre intentó intervenir pero uno de ellos la arrastró de nuevo hacia la casa. Recuerdo a mi padre siendo arrostrado por el campo seco, detrás de un caballo como si fuese un arado. Por mucho tiempo pensé que mi padre debió preocuparse más por agarrarse fuerte de la soga que por las piedras y las espinas que rasgaban su cuerpo. Si se soltaba de la soga moría por asfixia. ¿Sabe que Jesús murió por asfixia? Esa era la muerte de los crucificados en los tiempos del antiguo Imperio Romano. Los músculos de los brazos se agotaban, y al relajarse, el cuerpo colgaba e impedía respirar al reo. Ironías de la historia: hace un tiempo hice un breve *research* y concluí que el Che Guevara, el revoltoso asesinado por el imperio de la época, también murió de asfixia, sin duda ahogado en su propia sangre… Todavía retumban desde alguna parte de mi memoria los gritos de mi madre. Yo estaba en el galpón, en un cajón de frutas muy alto donde ponían huevos las gallinas. Desde allí pude ver cómo se llevaban primero a mi padre y después a mi madre. La subieron a un *jeep*, casi desnuda. Por último, los dos soldados que quedaban registraron todo, casa y galpón, hasta que me descubrieron escondido allí. No recuerdo haber llorado nunca. Sólo recuerdo que uno me tomó de un brazo y me llevó en el *jeep* que quedaba. Me llevaba agarrado con fuerza de los pelos de la nuca, mientras yo intentaba romper esa cicatriz con forma de zeta. Y la cicatriz no se abría. Mis uñas resbalaban sobre la piel sudorosa.

Don Bebe escuchaba con los ojos abiertos, llenos de terror.

—Ahora, coronel, dígame dónde están…

—No sé de qué habla…

—Coronel, le queda poco tiempo. La anestesia está haciendo efecto. Usted recuerda perfectamente ese momento. Usted me entregó a la familia Zabala Méndez. Mire que yo quiero a mis padres postizos, pero más quiero saber dónde están mis verdaderos padres. Quiero saber mi nombre, mi primer nombre. ¿Tal vez me llamaba Karl o Camilo? ¿Cómo me llamaba yo antes de llamarme Santiago Zabala?

—No sé de qué habla.

—Míreme bien. Le quedan pocos minutos para tomar la decisión más importante de su vida.

—¿Me está amenazando…?

—Sí.

El coronel miró al doctor a los ojos, con ojos pavorosos a pesar de la borrachera de la anestesia.

—Está bien... —dijo finalmente — está bien. No se altere. Le diré todo. De todas formas la ley me protege... Yo entregué al niño... es decir, lo entregué a usted a los Zabala. Los Zabala vivían en Buenos Aires y estaban en una lista de espera, pero eran muy amigos del general Máximo Monzalvo... Entre las preferencias habían marcado "rubio", porque eran más inteligentes y la adopción levantaría menos sospechas, y... en la zona todos sabían que aquella familia tenía un hijo comunista, producto de la mala influencia de una estudiante que conoció en la facultad de medicina... anarquista y acostumbrada a la buena vida de la capital... Necesitábamos más pistas sobre tres tupas fugados que... intentaban cruzar la frontera... Llevé a la parejita al cuartel de Rivera y los interrogué yo mismo. Dos pendejos de veintipocos años... Usé los métodos habituales, pero había un soldado que no sabía medir la fuerza de los golpes... Cuando el niño se quedó sin padres me dio pena y yo mismo me ofrecí a llevarlo a Buenos Aires. Aquel viaje en 1975 fue un infierno. Pero llegamos y tuve que ocultarles a los Zabala que el niño sufría de asma... Los Zabala, una excelente familia... Yo sólo cumplía órdenes...

—¿También cumplía órdenes cuando le apretó los testículos a mi padre y lo mandó arrastrar por el campo antes de tirarlo como un animal moribundo sobre el *jeep*, mh? Mi padre estaba amarrado y usted tenía otros hombres armados de su lado. ¿Eso era lo que aprendían en el ejército sobre cómo ser hombres de verdad? ¿También cumplía órdenes cuando le tocó el culo a mi madre y dijo que la reservaran para el coronel...? Pero entonces usted debía ser apenas un teniente de cuarta y la manoseó un poquito antes de dejársela a su superior, ¿verdad? Porque usted ya era libidinoso pero más podía su sentido de la alcahuetería. Disculpe si soy injusto; por entonces yo tendría apenas tres años, más o menos. Así que esto último lo deduzco de una sola imagen, de la imagen de una mujer, más precisamente de mi madre, siendo arrastrada hacia el *jeep* con los senos descubiertos, entre una fiesta de iguales como usted. Y como todavía la ley los protege y los protegerá hasta que se mueran (¿o cree que no me di cuenta de que estaba tan preocupado por la votación en el parlamento, el 20 de mayo?), porque siempre hay descuento para criminales mayoristas, no me queda otra que seguir especulando sobre hechos fragmentados que conservo como trozos de vidrio dentro del pecho. Ahora dígame, coronel, ¿qué hicieron después? ¿Toda esa humillación no era suficiente que además tuvieron que torturarlos y desaparecerlos, para que no haya rastros, no? Dígame, dígame, hijo de puta… No se duerma ahora. Todavía le quedan unos minutos…

Santiago le palmeó la cara varias veces, pero el paciente parecía no responder. Fue la primera vez que procedía sin cálculo y cometió el mayor error de su vida. No debió perder tantos segundos cruciales descargando su rabia. El coronel estuvo a punto de revelarle dónde habían enterrado a sus padres pero no le dio tiempo. No podía estar fingiendo. La anestesia se lo llevó a un sueño profundo. Tal vez a ese momento en que el teniente, en sus treinta y pocos años y en su mejor estado físico, había sometido a María Ocampo en la cocina —Santiago nunca sabrá que su apellido era Ocampo y que su madre se llamaba María—, un poco a la fuerza y un poco

prometiéndole piedad para su esposo. Luego supo que María
se había dejado violar porque sabía que su hijo andaba escondido en alguna parte del galpón. El marido había reventado
antes de lo que pensaban. No en el campo sino en el cuartel.
Don Bebe, que por entonces era teniente, había escuchado las
puteadas del general Máximo Monzalvo que decía que estos
milicos de mierda no habían aprendido nada en la Escuela de
las Américas, que para apremios severos estaban los médicos
que controlaban hasta dónde se le podía dar a un detenido
antes de que reventara. Así que tanto la mujer como el esposo
reventaron en manos de inexpertos, sin revelar nada, ni siquiera uno de esos nombres de amigos que inventan los detenidos para zafarse de la picana. La hembra (un desperdicio,
dijo el general, con esos ojos azules y esas tetas en su flor y
gritando por su cría en lugar de aflojarse y colaborar) murió
de un paro cardíaco. Al menos eso es lo que le dijeron al Bebe
antes de asignarle una misión menor. Carmencita no lo sabía,
pero dos de sus amigos retirados guardaban el secreto como
dos tumbas.

A las seis menos cuarto el doctor Santiago Zabala se pre-
sentó en la sala de espera y anunció que la operación había
sido un éxito. La primera en abrazarlo fue Carmencita. Luego
sus tres hijos y los compañeros de armas, los más jóvenes en
uniforme.

Agotado después de varias horas de tensa concentración,
Santiago (mejor dicho, ese otro que ahora no sabía su nombre) salió a caminar por la rambla costanera. Sabía que nunca
se encontraría con el coronel caminado por allí, pero por lo
menos ahora sabía que lo que había sido una pesadilla

La confesión de un asesino

obsesiva durante toda su vida era su memoria de niño que se resistía a olvidar. Casi no tenía ningún dato nuevo; sólo confirmaciones. La verdad se había abierto paso a través de la locura colectiva y seguramente moriría muda con él y con el coronel. Una extraña complicidad con el asesino de sus padres se había establecido desde entonces entre el laberinto de personas ("de votantes, de jueces", pensó) que iban y venían inadvertidas por la rambla.

Don Bebe tuvo una recuperación normal. Sin embargo, dijo su esposa, ya no fue el mismo. Había perdido el gusto del ejercicio y casi no salía a caminar por la rambla, a no ser en horas inapropiadas. El doctor Santiago le dijo que era normal en muchos pacientes operados del corazón, cierta depresión fácilmente controlable con la medicación que le había dado. La hija del coronel, que estaba por recibirse de pediatra, lo confirmó. Lo importante, dijo el doctor, era que su expectativa de vida ahora se había prolongado por lo menos veinte o veinticinco años.

Fue exactamente lo que le dijo a don Bebe apenas abrió los ojos y don Bebe le preguntó por qué estaba vivo. Le dijo que no se imaginara que la operación había sido un éxito porque el doctor era un hombre bueno. Por el contrario, estaba seguro de que el coronel nunca le diría dónde estaban los huesos de sus padres y que no habría justicia ni referéndum nacional ni retorcidas votaciones en el parlamento que lo obligase a confesar.

—La justicia que tarda no llega —dijo el doctor.

Y dijo que había decidido hacer su mejor trabajo para que viviera, para que viviera mucho. Porque, a diferencia de don

Bebe y de su esposa Carmencita, el doctor no creía en el infierno y tampoco creía ya en la justicia.

Así que eso era lo peor que le podía pasar al coronel, que viviera, que viviera mucho, recordando lo que nunca iba a confesar, maldiciendo a aquel hijo de puta por cada nuevo día de vida que Dios le daba.

Gainesville, 2012

DULCE VENGANZA

esde el bar de la calle Misiones la vieron pasar apurada, haciendo sonar sus tacones como de costumbre. El Willian la siguió con la mirada y Carlitos dijo:

—Esa mina cada día está más buena.

—¿La conocés? —preguntó el Willian, fingiendo sorpresa.

En el fondo, el Willian sabía que Carlitos conocía a todo el mundo, porque la gente de pueblo desarrolla esa capacidad de hurgar y recordar vida y obra de cada individuo que pasa dos veces a menos cincuenta metros de distancia. No era un problema de la cantidad de personas que viven en un pueblo chico o en una gran ciudad como Montevideo, pensaba, sino de habilidades y de intereses. En los pueblos chicos, como Rivera, los otros son siempre asunto de interés.

—Conocí al viejo, el doctor Aguirre. Tenía la oficina aquí no más, a unas cuadras, justo enfrente a la Plaza Matriz. Puerta por medio tenía su estudio el escribano Juan Rossi.

—¿Murió el tano?

—Hace como tres años. Capaz que ni lo redujeron todavía. Cuando yo conocí esta piba ella debía tener ocho o nueve años.

—¿Se acuerda tuyo?

—Ni de casualidad. Me crucé varias veces con ella por la peatonal Sarandí y parece que hasta le dio asco que un viejo la mirara.

—Es rebonita, la guacha.

—Sí. Pero yo la miraba por si esas casualidades se acordaba de mí. Un día casi la saludo y no me animé. Capaz que me hacía un desplante. Siempre fue muy estirada. Sus novios eran todos de Carrasco y si no andaban en BMW andaban en Mercedes Benz. Ahora anda con un doctor del sanatorio Americano.

—¿Y vos cómo sabés tanto?

—Cosas que uno se entera.

—No negás que sos del interior. Pasan los años, te vas volviendo viejo, y no perdés la maña que agarraste de gurí.

—Al contrario. Hay cosas que no se me olvidan. A mí siempre me gustó su madre, la mujer del doctor Aguirre. No pongas esa cara de chusma. Nunca me pasé de la raya. En todo caso fue la Grace Kelly se pasó un par de veces. Porque a las mujeres les gusta quemarte el marote y después dejarte babeando como un idiota. Con la Grace Kelly eran como dos gotas de agua. Ella debía saberlo, porque actuaba como tal.

—Y uno se pone viejo y no aprende.

—Peor. Uno se pone viejo y se pone más bobo. Pero Dios bendiga esas diosas. Total, los nabos somos nosotros y si no existieran diosas como así… ¿qué sería de la vida?

—Habría que pagar un impuesto para que no desaparezcan.

—A mí me tenía loco la Grace Kelly, que en realidad se llamaba María José, a tal punto que muchas veces fui al estudio del escribano sólo para ver si tenía la suerte de cruzármela en el ascensor. Todo al cuete. Como la vida, ¿viste?

—¿Y? Bueno, che, no te me quedés así, nostalgioso y en silencio…

—Esta muchacha, la Paulina, que por entonces era apenas "Pau", debió aprender de la madre todas esas tretas que el sexo débil se inventa para esclavizar a los brutos como nosotros. Peor que la madre, decían.

—¿Quiénes, decían?

—Los empleados del doctor Aguirre, que eran todos compinches de los empleados del escribano Rossi. ¿Necesitás algo firmado también, carajo?

—Ta, ta. No te calentés…

—Cómo no será de parecida a la madre que se le dio por darle esperanzas a uno de aquellos nabos…

—¿Cuál "aquellos"?

—Uno de los empleados del escribano Rossi… Me sabía el nombre, pero ya no me acuerdo. Un muchachito flaquito, de motitas, así, y espalda ancha, como uno de esos boxeadores mexicanos o filipinos pero de motitas, tipo peso pluma.

—¿Y?

—La chica lo había rechazado de una forma muy mal. Muy mal. Humillante, decían, pero esto último no me consta. Parece que él… Germán. Ya me acordé. Se llamaba el Negro Germán, aunque no era negro a no ser por el pelo todo apretadito. Parece que él la había esperado un día en la puerta de entrada del edificio de las oficinas, con una rosa.

—Pará, no quiero ni imaginarme… Ya me está dando vergüenza ajena.

—Sí, algo así de estúpido fue. ¿Pero cómo le decís a un estúpido que se detenga?

—¿Y qué pasó al final?

—Los detalles no los sé. Sólo sé que el portero estaba junto con los otros empleados del escribano que habían bajado para presenciar la cursi declaración de amor de este pobre diablo. Algo debió decirle ella que tuvo las consecuencias que tuvo. Parece que lo trató de pobretón o de muerto de hambre o algo así, porque él le habría contestado que una princesa como ella tanto despreciaba un pobretón como él pero en el fondo eso era lo que querían las finolis como ella, un pitucón con el que casarse y un groncho como él que las coja bien, un maleducado muerto de hambre que les ayudase a soportar el matrimonio. Ella se rió y parece que él le prometió que algún día se iba a tragar toda la leche de sus bolas. Fue entonces que uno de los empleados del doctor le reventó una piña en la cara que le dejó sangrando la boca. No sé si esto fue antes o después de haberle dicho que se la iba a tragar toda, y con placer, pero más o menos así fue.

—Pasadito de tono, el tal Germán.

—Sí. Pero hay que ver lo que es un hombre humillado. El loco dejó su trabajo en el estudio del escribano, sin que lo corriesen por el incidente, y se metió de cocinero en el restaurante que estaba en 18 y Ejido.

—La Pasiva. El viejo y querido La Pasiva.

—Ese mismo. Ahora hay un Burger King, pero cuando pasó esto todavía era el famoso La Pasiva. El negro Germán estuvo seis meses malviviendo en aquel trabajo hasta que apareció ella con un pinta que a la larga parece que resultó ser el último novio que tiene esta mina, un doctorcito que trabaja en el Sanatorio Americano, aunque este no tiene BMW.

—Viste que los doctores ya no son lo que eran. Ahora son como nosotros.

—Ella pidió ensalada y él milanesa napolitana. Al fin y al cabo no era tan finoli el doctorcito. Napolitana, no sushi ni nada raro. Entonces los atendió un mozo viejo de la casa. Cuando terminaron y pidieron el postre, el tal Germán fue al baño y se pajeó todo lo que pudo en un vasito que luego usó para coronar el heladito de chocolate.

Carlitos hizo un gesto hacia la barra y dijo:

—Marche un helado de chocolate coronado con esperma del mozo.

—Qué hijo de puta. Me vas a hacer vomitar.

—Cuando el novio pidió la cuenta, el loco se apareció. "¿Qué tal el postre?" preguntó. Ella abrió los ojos grandes, así. Entonces el loco volvió a preguntar: "Señorita, ¿disfrutó del postre? Es una especialidad de la casa. El secreto está en la crema".

—Un verdadero hijo de puta, el tal Germán.

Jacksonville, 2012

LA PESETA BLANCA

uando sintió ese olor metálico que siempre le recordaba a sus vacaciones en el monte, cazando por diversión todo tipo de pequeños animales que extremaban sus habilidades para escaparse volando, corriendo o arrastrándose, se imaginó a Marina llamando a José Ignacio. Su secretaria principal y su mano derecha habían construido una relación especial, y fácilmente adivinaba la secuencia de los hechos. Por un momento dudó y sonrió.

"La semana que viene", le había dicho a él, dilatando sin razones la tan ansiada promoción. No sabía por qué lo había hecho. Ya tenía decidido que el chico valía oro y Marina esperaba día a día, mes tras mes con inconfesable expectativa, la decisión del jefe.

Tal vez era un juego. Pensó que por naturaleza era algo sádico, un hombre práctico que a cada paso necesitaba demostrar a sus empleados que todo lo bueno cuesta mucho. Pero en el fondo, como decían algunos, no era tan malo. Era justo, terriblemente justo.

Marina y José Ignacio eran lo más parecido a lo que hubiesen sido sus hijos. Luego pensó en el ingeniero de la división *Neumáticos*, que había tenido un niño unos días antes y pensó que ninguno de sus empleados había pasado

necesidades en los últimos diez años, desde que decidió rees-
tructurar la empresa despidiendo al treinta por ciento del personal, pero salvando al resto que se hubiese quedado en la
calle si la empresa quebraba.

Pensó en lo que decían de él los diarios en público y sus
más íntimos en privado: era un hombre avaro, no del todo
malo pero su avaricia se sobreponía a cualquier contratiempo
y a cualquier sentimiento de piedad. Uno de esos intelectuales que dan clases en Europa dijo que había sido, precisamente, la avaricia, el motor principal del éxito de todas sus
empresas y que si algún otro sentimiento hubiese anidado en
el corazón del famoso *entrepreneur*, seguramente hubiese
hecho naufragar todas sus empresas; y con ellas el mediocre
destino de miles de empleados altamente calificados. Su
única pasión, el dinero, había logrado contagiar a través del
entusiasmo personal y del ejemplo de una compañía modelo,
a una legión de nuevos creyentes, por lo cual (pensaba, cada
vez que comía, bebía o hacía el sexo en exceso) un día su
muerte sería vasta e inútilmente comentada pero no acabaría
con el perdurable imperio tecnológico y financiero que había
logrado fundar a partir de la nada.

Estaba tan orgulloso de sí mismo en la misma proporción
que se detestaba. Con el tiempo había desarrollado su propia
teoría psicológica, a pesar de sus rudimentos intelectuales:
todo individuo que se ama por lo que hace, se detesta por lo
que es.

Marina era una chica demasiado joven para su talento y
su sentido de la responsabilidad. José Ignacio no le iba a la
saga en inteligencia y capacidad de prever con cinco años de

anticipación las demandas del mercado. Compartía con él no sólo la pasión por los negocios sino también unos ojos increíblemente negros, profundamente negros como la nada.

Cuando chico, sus abuelos exageraban elogios y decían que parecía una estatua egipcia, silenciosa; de mirada oscura pero hermosa, perdida en la eternidad del porvenir.

Como su padre.

—¿Por qué Clarita tiene los ojos azules y yo los tengo negros, papá?

—Porque así es la naturaleza, mi chiquito. Tu mamá tiene los ojos color café y yo tengo los ojos negros. Cuando naciste, tomaste el pelo rojo de mamá y los ojos negros de papá. Por eso te pareces un poquito a los dos.

Le fascinaban los camiones tanto como los detestaba. Los sábados, temprano por la mañana, saltaba de alegría cuando escuchaba el rugido del Ford. Los domingos de noche se escondía debajo de las sábanas para no escuchar el mismo ronquido, que se llevaba a papá por otra semana.

Cada sábado, papá le llevaba algo nuevo que había conseguido en sus viajes de camionero. Un auto en miniatura que le quitaron los amigos de la escuela; una caja de lápices de colores; un libro de cuentos llenos de animales y chinos voladores; una armónica que la dueña de una pensión cambió por cinco litros de combustible.

Un día, su padre no pudo quedarse hasta el domingo y apenas llegó tuvo que marcharse. No tuvo tiempo de llevarle un regalo y le dio una peseta blanca. Recordaba perfectamente el delicado perfil de aquella mujer y a su padre explicándole que con aquella moneda tan nuevita se podía comprar algún juguete.

Mientras anochecía, su padre se acercó al acama y le preguntó por qué lloraba.

—No quiero que te vayas hoy —dijo.

—Tengo que hacer un trabajo en la frontera, hijito, me tengo que ir pero vuelvo en unos pocos días.

—No puedes irte, yo no quiero.

—Mira, guarda esta peseta y la semana que viene yo traigo otro y te prometo que iremos a la tienda del turco a comprar un juguete.

—¿Cuál?

—Cualquiera. Con dos blancas como ésta puedes comprar cualquier juguete. Así que tenemos que decidir cuando yo vuelva. Si no lo pierdes, podremos ir a la tienda. Durante la semana pasas con mamá y miras en la vidriera el juguete que más te guste.

—Pero el sábado de tarde está cerrado.

—El turco me abrirá, estoy seguro… Además, es posible que esta semana venga un poco antes. El sábado a mediodía, o tal vez el viernes de tarde…

La promesa lo había dejado tranquilo pero pensando en el próximo fin de semana.

Su padre no cenó antes de irse, como era habitual. Estuvo conversando con su madre en la cocina un rato largo. Después escuchó, con la misma ansiedad de cada domingo, los preparativos del viaje y el rugido del camión que de a poco se perdió entre el ruido de los motores de otros iguales que circulaban por la calle.

La peseta blanca

Tarde noche llegaron ellos.

Su madre dijo que no estaba.

—No mienta, señora, que sabemos que está escondido en alguna parte de la casa.

Revisaron, inútilmente y con creciente frustración, toda la casa. Cuando uno se acercó a él, le preguntó qué estaba escondiendo en la mano. Él no respondió. Entonces uno de ellos se acercó y le abrió la mano con fuerza hasta que cayó la peseta blanca.

—Caramba —dijo el otro—. ¿Qué vamos a hacer con tanto dinero?

Él corrió a tomarlo pero uno de ellos fue más rápido y se lo quitó.

—¿Cómo te llamas?

No respondió.

—¿Te comieron la lengua los ratones? Bueno, si no me respondes no tendrás tu dinero de vuelta.

Recuerda que gritó con desesperación y alguien lo agarró por los hombros como si fuesen dos tenazas.

—Otra vez. ¿Cómo te llamas?

—Alejandro — dijo.

—Pues, qué lindo nombre. ¿Y tu papá?

No recibió respuesta.

—Si no me dices cómo se llama tu papá no te devuelvo tu blanca.

—Ernesto.

—Pues, qué lindo nombre. Ernesto…. ¿Y dónde está Ernesto?

—No sé.

—Pero cómo, ¿cómo un hijo no sabe dónde está su padre? ¿No te quiere tu padre?

—Sí.

—Entonces, ¿dónde está tu papi?

Sin respuesta.

—Muy bien. Nos tendremos que llevar la peseta.

—No! La peseta no…

—¿Quieres tu pesetita? ¿Si? ¿No? Si… Entonces, dinos dónde está tu papito. Tenemos que pagarle un trabajo.

—En el camión. Se fue a la frontera.

Recordó el grito desesperado de su madre que decía que *no*, que se había ido a Sierra, a Sierra del Rio.

—A la frontera, mamá. Papá me dijo que se iba a la frontera.

Y su madre que gritaba más fuerte que no, que se había ido a Sierra del Rio, como siempre.

—Buen chico —dijo uno de ellos— Aquí tienes tu peseta.

Alejandro tomó la peseta blanca y la apretó fuerte, recordó la sonrisa de su padre que la última vez le dijo "la semana que viene", y disparó.

Jacksonville, 2013

LA CASA AMARILLA

Sosa estaba preocupado por su hijo, Edison, desde que cumplió nueve años. Había comenzado a buscar sus propios rasgos en el rostro del pequeño y había llegado a la conclusión de que, sin duda, era su hijo.

Pero el niño lloraba con más frecuencia que lo normal, todavía se orinaba en la cama después de un par de correcciones, en la escuela prefería sentarse al lado de una niña y en los recreos recitaba los versos de Martí, que la maestra había puesto de tarea, en lugar de jugar a los policías y ladrones con los demás varones. A los catorce, Edison mostró inclinaciones por la música, más concretamente por el piano y a los quince llegó un día a la casa diciendo, con entusiasmo como si hubiese recibido un premio, que el maestro del *high school* le había visto buenas aptitudes para la danza clásica.

A los dieciocho, el señor Sosa anotó a Edison en el *army*, que además tenía la ventaja de pagar por sus estudios universitarios.

El mismo año, como hizo su padre en Puerto Rico, lo llevó a un prostíbulo de Daytona. Pero la meretriz que administraba el negocio notó que Edison parecía menor de edad.

—¿Cuántos años tiene el chico? —preguntó.

Sosa no sabía exactamente qué edad marcaba el inicio de la adultez en su país, que todavía le resultaba ajeno. Cortó por lo sano y respondió:

—Veintiuno.

—Claro que no tiene veintiuno —dijo la mujer—. ¿Piensas que me chupo el dedo? Llevo cuarenta años chupando otra cosa y sé cuándo los papis traen a sus nenes de pecho a que los hagamos hombres. Me comí más de un niño como estos y sé reconocer uno cuando recién cambió los dientes de leche.

—Diecinueve. Está bien, tiene diecinueve —dijo Sosa.

—Ni veintiuno ni diecinueve. El chico apenas si tiene dieciséis. ¿Qué quieres que haga con una de mis chicas? No tiene con qué. Espera que se haga hombre de verdad antes de traerlo de nuevo.

—Tengo dieciocho —dijo Edison, saliendo por un momento del terror que le había provocado la idea de hacer un papelón ante una mujer desnuda—, y sí tengo con qué, tengo para dar y repartir a cualquiera de esas putas y a usted también, con todas las jineteadas que tiene en su récord.

—No me hagas reír, bebé de pecho. Termina de tomar tu leche y luego hablamos. Y usted, señor, por el respeto que me merece el haber sido alguna vez uno de mis clientes, si mal no recuerdo, le pido que saque a este polluelo de aquí. No quiero volver a tener problemas con la policía ¿entiende? Y porque lo conozco, sé que usted no es uno de esos camuflados, pero no quiero arriesgar nada. Quiero retirarme pronto.

La casa amarilla

Sosa, sonriendo para atenuar la tensión de la situación, pidió una excepción con el muchacho hasta que la encargada lo amenazó con llamar a la policía. Sosa soltó la carcajada. Sabía que más de una de las chicas era ilegal en varios sentidos, pero no quiso insistir. Edison se había puesto pálido y le pareció que temblaba, sino de miedo al menos de ira. En eso salía al padre, pensó, difícil de controlarse.

Camino a casa Edison no dijo palabra. Se limitó a escuchar el monólogo fragmentado de su padre que lo felicitó por su intervención (era lo menos que se merecían esas putas) pero no dejó de anotarle otros puntos en contra, como haberse arrugado al final, "como un pollito mojado", dijo.

Edison recordaría por siempre el rostro de la mujer que llamaban "la colombiana", sus ojeras con arrugas, su pelo teñido de rubio pajoso y sus labios carnosos pero no sensuales del todo. Esos labios rojos que habían escupido en su cara "no tiene con qué", como una confirmación de lo que él siempre había sospechado. No era suficientemente macho para hembras que sabían lo que era ser perforadas por verdaderos animales de carga.

El sábado siguiente, decidió poner fin a todos los planes y especulaciones que lo habían atormentado durante la semana y le pidió el auto al viejo.

—Estás de suerte —dijo Sosa—, porque estoy molido y no salgo esta noche.

Cuando le dio las llaves del viejo Buick, le advirtió:

—Maneja con cuidado. Y cuidado con lo que subes al carro. Ya tú sabes, como los *watermelons*, tiene que estar a punto de partirse. Siempre mira si la chica tiene carozo en la garganta; es como la falta de caderas o la voz gruesa…

—Voy a la playa con los amigos, papá.

—Sí, yo decía lo mismo allá en San Juan.

Edison volvió al prostíbulo de la colombiana. Pero al estacionar vio un grupo de mexicanos que entraba haciendo bromas y pensó que su plan A era una locura o simplemente demasiado para sus posibilidades. Iba a hacer el ridículo una vez más y sabía que luego ya no podría recuperarse de una nueva derrota.

Así que fue por su plan B. Corrió por la playa a sesenta millas por hora, entró por Daytona al sur y en una de las áreas más oscuras de Port Orange, cerca de las once P.M., llegó a una dirección que había rastreado en Internet. Aparecía en distintos foros donde decenas de anónimos elogiaban o se burlaban de las viejas de Casa Amarilla.

Metió el GPS en la guantera y sacó una pistola de plástico que escondió en la chaqueta. La noche y el silencio multiplicaban el olor salado del mar. Esa impresión de irrealidad atenuaba cualquier cálculo y lo movían como una ola hacia su destino.

El plan B resultó más sencillo de lo esperado, apenas cruzó el umbral de la puerta. Efectivamente era un prostíbulo. La casa estaba organizada como las casas hispanas del siglo pasado: un patio central rodeado de arcos que de día protegían del sol el pasillo y a esa hora arrojaban sombras negras sobre las puertas donde esperaban las mujeres de la vida. Las *mujeres de la vida*, como decía su padre.

La casa amarilla

La luz de la luna dio sobre el rostro de una joven que le sonrió, pero a esa altura Edison no tenía una idea clara de lo que estaba haciendo, por lo que continuó caminando un poco más como si supiera lo que hacía. Se decidió por el segundo rostro que le sonrió, esta vez desde una de una sombra curva.

El segundo rostro no era tan hermoso o pertenecía a una mujer de unos cuarenta, tal vez cincuenta años, pero le inspiró más confianza. La belleza lo amedrentaba hasta paralizarlo. Le puso una mano en una mejilla y la mujer lo tomó del brazo. Le sonrió, le dijo "buenas noches, bienvenido".

Sin mirarlo, con movimientos que Edison adivinó rutinarios en su profesión, la mujer se dirigió al baño mientras le preguntaba, "¿dónde has estado todo este tiempo, querido?".

Edison no contestó. Era obvio que se trataba de otra frase hecha, propia del oficio. Vio sus glúteos, bastante firmes para su edad, sus senos algo caídos luego de ser liberados del sutien. Pensó en su sexo que no había respondido aún a la situación, como debiera.

La mujer tuvo que esmerarse para que el cliente entrase en confianza y se aliviara en los habituales quince minutos. Un televisor iluminaba su rostro de rojo y azul y aconsejaba cambiar su auto viejo por el nuevo *Ford* 2009. Don Francisco insistía en que Ramiro, de San Salvador, se arrodillase ante su mujer para pedirle perdón por haberle sido infiel. Su mujer lo perdonó y el público estalló de emoción. Un primer plano mereció un rostro en la platea, bañado en lágrimas.

"Muy bien hecho, señor. Muchas gracias. Nuestras secretarias los llevarán por el túnel del Amor, donde los espera nuestra Reina Latina para entregarles dos pasajes en

crucero a Islas Vírgenes y Barbados. En nuestro próximo bloque, auspiciado por Big Shield, 'asegúrate, asegúrame antes de que sea tarde', tendremos a los niños del panel quienes nos darán consejos sobre el matrimonio y mucho más, en Saaaaaaaabado Gigante...''

Casi al final, Edison logró concentrarse y cumplió con su mandato de hombre. Vio los pechos de la mujer, grandes, agitados pero flácidos, los ojos abiertos hacia el techo, como si sufriera mientras repetía que lo estaba haciendo muy bien, que faltaba poco, que ya estaba ahí. Finalmente gritó sin ganas.

La mujer le regaló cinco minutos extras. Edison quiso saber algo de quién había sido su primera mujer, de quien lo había hecho hombre. Supo que era cubana, que la vida aquí no había sido tan fácil como ella había imaginado en la isla. Había sido reina de Camagüey y le habían dicho que con su belleza llegaría a ser reina Latina en Miami. Pero un jurado estúpido no supo apreciar su orgullo por haber cruzado ese mar infestado de tiburones para enseñarle al mundo lo que es ser una verdadera reina, condición que no se hereda pero se lleva en la sangre, y la acusó de arrogante y nunca pudo cumplir con su verdadero destino.

Edison, que se había hecho llamar Ignacio desde el principio, iba a preguntarle cómo había llegado hasta allí, pero comprendió que Laira debía haber escuchado la misma pregunta mil veces y que ella habría repetido siempre la misma mentira como respuesta. También pensó que la historia de reina de Camagüey era falsa. Había conocido a muchos otros inmigrantes exagerando méritos; hasta ellos mismos se habían convencido de sus propias fantasías.

El sábado siguiente Edison volvió a la Casa Amarilla. Nunca vio el color amarillo de sus paredes, a pesar de la fuerte intensidad con que brillaba la luna, quizás, pensó, porque ese color es uno de los primeros en desvanecerse con la oscuridad.

Buscó a Laira. Nadie la conocía. Pensó que era un nombre inventado, que tal vez la cubana inventaba un nombre diferente cada noche, por lo cual las compañeras no podían identificarla. A una, que lo invitó a pasar, le explicó que era cubana.

—En la casa sirven tres cubanas, dos venezolanas, una argentina y una americana. No te puedes quejar, chico, tienes para elegir.

—La cubana que yo busco es pelirroja, mayor que tú…

—Mira, polluelo, creo que esa no está ni es pelirroja.

—¿Cómo se llama?

—Ah, no, chico, aquí no damos datos personales. Confórmate con lo que hay o ve dando la vuelta.

Edison se fue pero volvió el lunes y el martes siguientes hasta que comenzó a llamar la atención de las mujeres de la casa.

Casi un mes más tarde, un viernes, luego de tres horas de paciente espera en su auto, la vio llegar. Esperó media hora y entró. Laira, o como se llamara, estaba en su lugar de costumbre. Edison le sonrió:

—Hola, Laira. ¿Cómo estás?

Laira no respondió. Su rostro reveló sorpresa y terror. Retrocedió y dijo que no estaba disponible. Quiso cerrar la puerta pero Edison puso una mano. La puerta le apretaba los dedos y Laira le rogaba que por favor sacara la mano que se iba a lastimar. Casi murmurando, Edison le dijo:

—Me estás lastimando, Laira. Me estás quebrando los dedos.

—Vete, por favor, váyase. Ya está. Le digo que no estoy trabajando hoy.

—¿Por qué me mientes, Laira?

—No me llamo Laira y ya déjeme en paz o llamo a la policía.

—¿Qué pasa, Laira, no te gustó la vez anterior? ¿Te parezco tan poca cosa? ¿Quieres que te pague más? Tengo dinero. ¿Por qué lloras? Me estás querando los dedos.

Laira cedió y Edison, dando un empujón, logró entrar. La tiró sobre la cama y se abrió el pantalón.

—Voy a gritar y vendrán las otras chicas. Por favor, no seas necio —dijo Laira.

Edison se arrojó sobre Laira y Laira comenzó a gritar.

En un instante entró una de las mujeres de la casa y se abalanzó sobre Edison hasta arrojarlo sobre el suelo. Pero Edison se incorporó y la abofeteó. La mujer respondió tomándolo de los cabellos. Histérica, gritaba, "abusador, abusador". Hasta que cayó lentamente, deslizándose por el cuerpo de Edison.

Edison había sacado una navaja que perforó el abdomen de la argentina y al darse cuenta de lo que había hecho quedó petrificado por el horror. La argentina ya estaba muerta cuando Laira tomó a Edison de un brazo y le dijo:

—Vete, Edison, vete ya, antes que venga la policía.

Edison la miró con asombro. Estuvo a un segundo de preguntarle cómo sabía su nombre.

Finalmente huyó. En la playa el Buick se fue contra una ola y se dio varias vueltas. Edison perdió parcialmente la vista y el olfato. Gracias a una certera intervención quirúrgica, pudo recuperar la vista pero ya nunca más logró sentir el olor salado del mar.

Laira confirmó en su declaración que Edison estaba un poco pasado de copas, había querido tener relaciones con ella y ella se había negado porque sabía que Edison era el hijo que había entregado casi veinte años atrás al bueno de Sosa, quien se creyó que era su hijo y nunca se atrevió o no quiso confirmarlo. Laira comenzó a gritar y Raquel, la argentina, había acudido en su ayuda. Pero en el forcejeo, Lilian, que Edison conocía como Laira, había lastimado accidentalmente a Raquel con la navaja que siempre guardaba en su mesa de luz, más para asustar a los violentos que para otra cosa.

Jacksonville, 2014

LA VIDA ES ASÍ

apá, tenemos que hablar. Sé que te resultará difícil lo que tengo que decirte pero también sé que aprenderás a aceptarlo con el tiempo…

Tu esposa y yo nos vamos a separar. Ambos vamos a formar nuevas familias. Tú vendrás conmigo y vivirás con Amalia. Amalia es la mamá que conocí en la guardería. ¿Recuerdas aquella señora de pelo negro que siempre iba con un niño rubio que usaba lentes? Bueno, es ella. No fue un amor a primera vista. Fue algo que se fue dando con el tiempo. No sé cómo explicártelo.

Sé que en este momento estarás pensando, "¿cómo es posible que una hija deje de querer a una madre para querer a otra?". Pero hay cosas, sentimientos que tenemos los niños que un adulto no podría comprender jamás. Seguramente cuando seas un anciano logres comprenderlo. Los ancianos recuerdan mejor la infancia que el resto de sus vidas marcadas por la confusión y las fantasías propias de los adultos. Es por eso que te pido que no pretendas entenderlo todo. Sólo acéptalo como es, ya que es una decisión tomada. Cuanto más tardes, más sufrirás.

Amalia tiene un hijo anterior de cinco años, casi la misma edad que yo, por lo que estoy segura de que aprenderás a quererlo como mamá aprenderá a querer a la chica de Ignacio, como si fuese yo misma.

Ya lo hemos hablado con tu esposa. A veces la relación de un hijo con alguno de sus padres no funciona y lo mejor, para evitar conflictos que hacen mal a los dos, es la separación.

Sabes que las cosas entre mamá y yo no iban bien desde hace un buen tiempo. Alguna vez, incluso, llegó a pegarme en las nalgas porque le eché el café en su computadora. Esa maldita computadora que destruyó nuestra relación de madre e hija. No la denuncié a la maestra de la escuela para no llevar las cosas a un extremo que podrían perjudicarla aún más.

Las nalgadas, esa reacción primitiva, propia de padres cavernícolas, sólo fueron la gota que colmó el vaso. Resolvimos separarnos en buenos términos. Sí, sé que amas a tu esposa pero aprenderás a vivir sin ella y a querer a Amalia como quieres a mama. Ella también tendrá que acostumbrarse al nuevo esposo que le tocó en suerte, el papá de Carmencita, un buen hombre, dicen, y también aprenderá a amarla y respetarla como lo hiciste tú. Podrás visitarla los fines de semana.

Sé que no es lo mejor, pero la verdad es que no hay una solución intermedia. Ni yo puedo vivir ya con tu esposa ni tú puedes vivir con ella y conmigo bajo el mismo techo. Imagina que ella deba cruzarse cada mañana con mi nueva madre y yo tenga ver a sus nuevos hijos abrazados a ella y llenándola de besos y ella felizmente realizada como madre. En el fondo, tampoco yo lo soportaría, por más justo que sea.

No, tampoco es posible una tercera casa donde puedas vivir tú y mamá solos. Yo necesito a un padre y tú me necesitas también. Cuando yo cumpla dieciocho entonces sí serás libre y podrás volver con mamá si quieres. Soy una niña todavía y tengo derecho a rehacer mi vida. Tú, en cambio, eres adulto, ya has vivido gran parte de tu vida, tienes experiencia y no te traumarás por este cambio. Aprenderás a aceptarlo con el tiempo.

También deberás a ser un padre comprensivo y juicioso. Amalia tiene sus defectos y virtudes, pero es una buena mujer y una buena madre. No es buena en la cocina, así que espero que aprendas a cocinar para los cuatro y cuando ella cocine tengas la delicadeza de elogiar su esfuerzo.

Yo sé que esto te toma un poco por sorpresa, aunque lo habrás adivinado desde hace algún tiempo. Sé que no es fácil tener que vivir y querer a otra madre como querías a tu esposa. Pero no se trata de reemplazar tus sentimientos. Seguirás queriendo a tu esposa como siempre, sólo que además deberás aprender a vivir con otra mujer y hacer tu mejor esfuerzo por quererla como yo la quiero.

Imagina que absurdo si hubieses sido tú, el padre, el que resolviera irse con otra mujer y yo, la niña, la que tuviese que enfrentar el inesperado golpe y tuviese la responsabilidad y la obligación de adaptarme un problema semejante, un problema de adultos, uno de esos caprichos repentinos e imprevisibles, propio de los adultos? Yo tendría que querer a la fuerza a la nueva mamá que tú eligieras. Obviamente no lo soportaría, porque soy una niña muy pequeña. Pero tú eres un adulto y sabrás adaptarte y respetar las emociones y los sentimientos de una niña pequeña. Obvio, lo otro pasaba en las sociedades salvajes de tus tatarabuelos, pero afortunadamente hoy los niños tenemos nuestros derechos conquistados. Ya no somos pequeños saquitos de lana dónde los adultos descargan todos sus caprichos y frustraciones. Ya me tocará a mí cuando sea adulta proteger a mis niños de mis amores y desamores.

Yo sé que duele, que a tu corazón viejo le costará aceptarlo, pero no hay vuelta atrás. Tendrás que aprender a querer a Amalia como yo aprenderé a querer a Pablito como si fuese mi hermano. De hecho va a ser mi hermano a partir de hoy. Ya verás que también Amalia es una esposa encantadora... Qué le vas a hacer, papá. No llores. La vida es así.

Ewing, 2009

EL ÚLTIMO ESCALÓN

Cuando abrió los ojos vio su rostro entre las tinieblas. Era el fantasma de María. Pronunció su nombre, intentando verificar lo que no podía ser real: María había muerto hacía un año.

—Soy yo…

—¿María?

—No, Ernesto. Mamá murió hace mucho tiempo. Soy yo, Lucía.

Hizo un gran esfuerzo por reconocerá a Lucía en aquel rostro. Pero el fantasma de María persistía en Lucía que, entre risas y lágrimas, repetía su nombre: Ernesto, por fin, Ernesto...

Ernesto seguía borracho, sin comprender. Apenas recordó los hechos del día anterior. La discusión en la cocina. Lucía subiendo las escaleras hacia el dormitorio y él siguiéndola detrás. Él le reprochaba algo que Lucía no quería escuchar. ¿Qué intentaba decirle? No recordaba.

—Ernesto, por fin, Ernesto…

Ernesto había subido las escaleras pero debía haber tomado de más, porque por más esfuerzos que hacía no podía alcanzar los últimos escalones. Ganas de llorar sin llorar, ganas de gritar de dolor sin decir nada. Luego, sí (recordaba perfectamente como un vértigo), que se había ido de espaldas y había caído en el vacío.

Eso había ocurrido catorce años atrás. En el medio nada, ni el más leve sueño, ni un solo recuerdo, ni una palabra de esperanza y consuelo, ninguna de todas aquellas que tanto le repetía su hijo Gustavo los primeros años, antes de todas sus transformaciones y mucho antes de evitar la tumba viva de su padre.

Lucía se había convertido en el retrato vivo de su madre. Pero Ernesto todavía podía ver en muchos detalles que la distinguían de sus padres (la mirada a veces cariñosa, la postura de sus labios carnosos) esos signos del amor tierno y apasionado de los primeros años juntos.

El mundo y su familia habían cambiado, como siempre, de formas imprevistas. Lucía no sólo había envejecido catorce años en un abrir y cerrar de ojos; el pequeño Gustavo que vio ayer con cinco años acababa de ser expulsado de la universidad por consumo de drogas en el campus. El niño alegre e inquieto ahora tenía el pelo abundante y más oscuro, la mirada perdida y la conversación confusa. Lo peor: su hijo no alcanzaba a demostrar alguna emoción, buena o mala, hacia las personas que lo rodeaban. Sus respuestas más frecuentes eran "sí" y "no", lo que al convaleciente Ernesto sobaban "no sé, no tengo idea" o "no me interesa". Su rostro adormecido aparecía siempre iluminado por el teléfono celular que chequeaba sin cesar, a pesar de que ya no tenía novia y casi no tenía amigos.

El último escalón

Ernesto tuvo que hacer un esfuerzo aún mayor que con Lucía para reconocer en aquel muchacho alto y delgado, en aquel hombre, a su hijo. Por magia de un simple golpe, el padre se había perdido no sólo la infancia y la adolescencia de su hijo, su pasado, sino también su futuro. Gustavo también se había perdido su propio futuro, ese futuro lleno de promesas que se merecía aquel saludable niño de cinco años. Cinco años atrás había contraído sida apenas comenzó a probar las drogas.

Lucía también estaba reticente al diálogo. Ella decía que esa impresión se debía al estado físico y anímico de él. Una persona que ha pasado catorce años en coma no se recupera del día para la noche. No sólo sus músculos habían sufrido la inacción, sino que el mundo se había vuelto algo irreconocible para quien no lo había acompañado en todo sus cambios.

Rápidamente Ernesto sintió nostalgia por el día anterior, apenas despertó del coma. Las primeras horas habían sido de confusión para él, pero de alegría para Lucía y las enfermeras. El doctor había llamado a Lucía porque había detectado cambios en su estado y su rostro fue el segundo rostro que vio antes de comprender qué había ocurrido. Pero con el correr de los días las cosas fueron cambiando. La alegría de Lucía y la sonrisa forzada de Gustavo fueron perdiendo su resolución. Para Gustavo, el hombre que había despertado ya no era su padre. Para Lucía, había dejado de ser su esposo.

Con el tiempo el deseo de que Ernesto despertase se fue convirtiendo en resentimiento. Madre e hijo habían sobrevivido a duras penas. Habían aprendido a vivir sin él. Hasta habían aprendido a vivir con un padre que no estaba vivo ni estaba muerto, que era peor que estar vivo o estar muerto.

Tuvo que escuchar, con remordimiento, cada detalle de cómo Gustavo contrajo el virus del sida de sus amigas adictas a la cocaína o como consecuencia de un mal tatuaje, una calavera con una corona de rosas con una inscripción china y otra hebrea que ni él sabía leer. En la secundaria nunca fue un buen alumno, pero su infierno había comenzado con los tatuajes y la adicción, no sólo a la cocaína sino a un número muy limitado de cosas y actividades, como chequear su teléfono celular o practicar *skateboarding* hasta fracturarse codos y tobillos. Había durado un poco más en la universidad que en cualquier trabajo, gracias a diversos programas de ayuda psicológica que finalmente abandonó.

Lucía había logrado sobrellevar su vida y la de su hijo, que insistía en culparla de todas sus desgracias, incluida la del padre, con la ayuda anímica y económica de un hombre con el cual, pocos días atrás, había resuelto irse a vivir definitivamente. No podía vender la casa ni podía vivir con él allí. Así que pensaba dejársela a Gustavo, quien vio aquel cambio como el inicio de su ilusoria liberación. Ahora el regreso del padre complicaba las cosas tanto como las había complicado su ausencia.

Todo, se dijo Ernesto en la soledad de la noche, por una copa de más.

Cinco días después, una noche en la cocina de la casa de Charleston, por insistencia de Ernesto, Lucía le refirió el accidente y las circunstancias que lo habían provocado. Un verano, Ernesto había tomado la costumbre de alcoholizarse y se irritaba por cualquier cosa. (¿Por qué? no lo sabía, las cosas no estaban tan mal entre ellos, su trabajo en el hospital era excelente.) Una noche Lucía le reprochó el mal ejemplo que le estaba dando a su hijo, discutieron y ella se refugió en la habitación de arriba. Él subió las escaleras y antes de llegar al último escalón se cayó hacia atrás.

Ernesto recordaba esto último, sobre todo la dificultad que sentía para alcanzar el último escalón primero y para agarrarse del pasamanos después. Luego ese vértigo que había soñado varias veces después del coma.

Lucía se quedó mirándolo como si estudiara su rostro.

—¿No recuerdas más nada? —preguntó.

—No —contestó Ernesto—. No recuerdo más nada después de eso.

—¿Y antes?

—Tampoco. ¿Debo recordar algo importante?

—No —contestó Lucia—. Sólo quiero que te recuperes.

En realidad Ernesto se sentía cansado pero recordaba muchas cosas, como una persona normal que ha despertado de una noche de descanso profundo.

Un día Ernesto le dijo a Lucía que tenía algunos recuerdos fragmentados. Mintió que comenzaba a recordar aquella discusión que lo llevó a la escalera.

—Estábamos discutiendo acerca de otro hombre... —dijo Ernesto, como pensativo.

—No —se apresuró a contestar Lucía—. No te formes recuerdos falsos. Estábamos discutiendo porque nuestra relación se había deteriorado mucho y tú habías inventado esa historia de otro hombre. Nunca hubo otro hombre hasta…

—¿Hasta cuándo?

—Hasta mucho después que caíste en coma. El seguro de vida se agotó en menos de tres años y con mi empleo en Barnes & Noble casi no daba para pagar las cuentas…

—Entonces fue por necesidad.

—No… Si hubiese sido por necesidad hubiese buscado otro hombre mucho antes.

—Bueno, al menos te enamoraste en serio una vez.

—No has cambiado nada. Lógico, no han pasado catorce años para ti. Sigues siendo el mismo. En fin, sí me enamoré, pero no por primera vez. La primera vez fue en Filadelfia. Tenía dieciséis años. Un amor casi platónico, si no contamos los besos en la Franklin Square. La segunda vez me enamoré en serio. No sé si te enteraste. Fue en el college.

—Pero ese amor se murió. Tal vez cuando nació Gustavo, quién sabe, ¿no?

—Sí quien sabe. Pero yo sé que ese amor no se murió, lo matamos de a poco.

—Tengo la impresión de que tuvimos esta misma conversación alguna vez.

—No es sólo una impresión. Tuvimos esta misma conversación muchas veces, y en todas terminamos discutiendo.

—Tal vez aquel amor no se murió; se convirtió en un monstruo horrible…

—Se me está haciendo tarde —dijo ella y tomó su cartera.

El último escalón

Ernesto renunció a recordar por estos caminos. Todavía quería a aquella mujer (casi se lo dijo), ahora demacrada y llana de tristeza, pero no alcanzaba a saber si la seguía amando como la primera vez. Tal vez ese era el problema central: pretender que las cosas se conserven igual a pesar del tiempo sin aprender a reconocer y apreciar esos mismos cambios, esas formas diferentes que tomaba el amor para renovarse, para mantenerse vivo.

Seguramente ella no sufría de estas complejidades. Alguna vez ella mismo le había dicho que era el lado masculino de la casa y él el lado femenino: ella apasionada, simple y práctica; él complicado y sentimental, obsesionado con el amor romántico que, por definición, es flor de unos pocos días.

Mientras se recuperaba, ella lo iba a visitar por las tardes y se despedía puntualmente a las siete de la noche. Una vez le dijo que el otro —Ernesto no sabía su nombre; no lo necesitaba, porque Gustavo se quedaría a vivir con él—, contrariamente a lo que él creía, no estaba triste por su salida del coma. Ahora ella podía liberarse de su fantasma definitivamente. También podía divorciarse para hacer una vida normal.

Entonces Ernesto recordó que este había sido otro tema recurrente de discusión. Ella le había pedido el divorcio más de una vez y él había rehuido una respuesta diciendo que necesitaba tiempo para pensarlo. La verdad, que ni él veía con claridad, es que todavía amaba a Lucía con una obsesión enferma.

Una noche, él le preguntó si ya tenían fecha de casamiento y ella le contestó que no era su problema. Lo único que tenía que hacer era formar el divorcio. Él no contestó, lo que fue interpretado por ella como una amenaza. Ella logró romper el silencio de Ernesto en una discusión que fue subiendo de tono.

—Has vuelto a beber —le reprochó ella.

—No más que tú. ¿Te sientes mal? ¿Sí? Porque yo estoy muy lúcido todavía…

—Eres el mismo cínico de siempre —dijo Lucia, y salió de la cocina.

Subió las escaleras hacia el dormitorio. Ernesto la siguió. En el último escalón estaba ella. Recordó esos ojos, duros como el mármol, esperándolo en el último escalón. Y recordó que mientras forcejeaban, él intoxicado por el alcohol y los celos, quería decirle que la amaba, que la amaba como un adolescente y casi como un niño. Tampoco él había la sabido querer o la quería como un loco enfermo. Y los dos estaban enfermos o aquel amor apasionado y romántico que había inventado Ernesto los había enfermado.

Pero lo sorprendió la mano el ella, empujándolo de un hombro. Él intentó resistir, como en una pesadilla de niño, cuando soñaba que caía en el vacío. En ese instante supo que el dolor que sentía era por ella. Y por ella había olvidado esa mano que catorce años atrás le habían impedido alcanzar el último escalón primero y el pasamano después.

Pero Ernesto no avanzó. Todavía estaba débil y se agitaba ante el menor esfuerzo. Pudo detenerse a medio camino y pensar un momento.

El último escalón

Entonces bajó hacia la cocina y se sentó otra vez al lado de la copa de vino. La vio pasar de prisa y salir apresurada por la puerta principal.

Al día siguiente, el médico forense confirmó que Ernesto había muerto por los golpes ocasionados al caer por la escalera. En su sangre se encontró un nivel muy alto de alcohol.

Newark, 2008

MALA JUGADA

upita fue siempre una niña obligada a madurar a los golpes. Pero ni así maduró nunca ni yo quería que madurara. Estaba tan linda y tan cariñosa así. Toda su infancia de hambre y su adolescencia de gritos y humillaciones no la habían hecho más dura, más resistente a la suerte que le tocó en vida sino todo lo contrario. Para mí que el viejo la trataba tan mal porque la madre de Lupita había muerto en el parto y él no le perdonaba esto.

Quién sabe si hubiese sobrevivido a las calles de la villa donde la llevé para salvarla del alcoholismo viejo. Quién sabe si hubiese tenido mejor vida entre los metros de Nueva York. Quién sabe si se hubiese venido de no ser porque yo mismo le pinté el oro y el moro del otro lado. No sufras más, Lupita, no se puede vivir así entre medias lágrimas. Yo me largo para yanquilandia y que sea lo que Dios quiera. Total, quién va a saber que tenemos una foto del Che en la cocina? La sacamos mañana mismo y a poner la mejor sonrisa en la embajada.

—No le van a dar una visa a dos pobretones como nosotros, Nacho. No tenemos ni qué comer.

—Eso no lo sabe nadie, ni tu padre ni tu hermana. Menos mi pobre vieja, que está medio ciega. Después me seguís vos.

No voy a aguantar que te vayas, me decía, y yo que no íbamos a estar separados por mucho tiempo.

—Cuánto tiempo no es mucho tiempo? Un año? Dos años?

—No, ni tanto. Serán unos meses. Apenas pueda juntar para tu pasaje de avión te venís.

Por entonces no te negaban la visa como ahora. Además Lupita tenía título de traductora, aunque en los dos años que vivimos juntos en la villa hizo dos y sólo le pagaron una porque tuve que ir yo en persona a meter la pesada. Y después que nos robaron la tele y las ollas teflón que nos había regalado la hermana de Lupita, y que por suerte no estábamos en la casucha ese sábado, le dije que en febrero yo me iba.

Nos quedamos todo el domingo mirando el techo, mirando cómo sudaba la chapa de zinc, de puro calor húmedo que había y no nos dejaba dormir. Pero no era el calor, era esta vida que nos había tocado y que no había macho que la torciera, que de haberlo sabido no venía a este mundo en estas condiciones.

Y cuándo vamos a tener un hijo así? empezaba ella, y yo nada, nada que nada porque no tenía qué decirle. Pensaba que de no haber sido más infeliz con su padre nunca la hubiese sacado de su casa. Por lo menos allí tenían cielorraso y el perro del vecino que le ladraba desde la azotea, y no se sudaba el techo en verano ni faltaba el pan y la pasta los domingos y los cuentos tristes del tano viejo antes de que el calor del tuco y el vapor del vino tinto se le subieran al marote. Claro, aunque sobraban las peleas y los gritos, qué lo parió aquella gente. Papá, tomate un café, un café por favor papá que hoy vino Nacho. Qué Nacho ni ocho cuartos, me van a decir lo que tengo que hacer en mi propia casa, háyase visto. Hacele café a tu macho a ver si no se te escapa y tengo que aguantarme otro más vago que este. Otro qué, papá, si sólo tuve dos novios. Mirá, no me hagas hablar. Por qué don Paolo? Qué tiene para decir que yo no sepa? Dos que yo sepa, decía el viejo y empezaba a entrar en calor. Y yo, por complejo de macho, quería saber cuántos novios había tenido Lupita. Lupita no es una santita. Como diez, o como once, el equipo de fútbol del barrio. No diga eso padre, que usted sabe que no es verdad, no sea malo. Malo no, que no conté los suplentes. Y luego yo que le daba a Lupita con eso del novio reconocido que había tenido y ella se defendía diciendo que yo sabía que ella era virgen cuando me conoció y no sé qué otras cosas que ni vale la pena traerlas ahora.

El corazón es ciego, le decía a Lupita. De otra forma los ojos no estarían en la cabeza; estarían en el corazón. Si no me hubiese enamorado tampoco me hubiera ido yo de la casa de la vieja. Pero hay cosas que uno no puede elegir. Me enamoré y nunca pude dejar de querer a la Lupita, como un enfermo no pude.

Pensaba en todo eso mirando el techo todo sudado y no iba a ninguna parte. Entonces ella se ponía más triste porque yo no quería hablar. Pero yo no dejaba nunca de pensar y pensar. Eso es lo que más recuerdo de esa época. Me la pasaba pensando, calculando, imaginando, fantaseando al cuete.

Hasta que en febrero del año pasado la quinta juvenil del club hizo la tan esperada gira por Los Angeles y una noche allá después del partido que empatamos dos a dos y con una pésima actuación por mi punta izquierda, me hice humo. Dejé el pozo, como decían los chicos del cole. Dicen que el técnico me anduvo buscando pero que ni se calentó conmigo. Además sabía que yo era un patadura y no tenía futuro en el club. Ni en ese ni en cualquier otro. Y como tampoco era cubano, nadie se enteró. Después me quedé manso cuando un mexicano me dio una changa en su restaurante de Santa Mónica.

Dos días me llevó conseguir trabajo y Lupita me escribía diciendo qué maravilla, qué maravilla Nacho ahí sí que vamos a poder hacer nuestras vidas en paz.

Para mí al principio eso fue el paraíso. Leer los emailes de Lupita tan contenta a pesar de que no dormía de noche por el miedo de la villa. Pero ella tenía tantas esperanzas y le daba con eso del hijo que por el momento no había que ponerse negativos, así las cosas funcionaban mejor. Entonces yo exageraba todo lo bueno de aquí o no contaba que un día me había cruzado con una mara, una patota como le dicen allá, y había tenido que entregar toda la plata de la semana. No abras la boca, me decía un panameño amigo. Te confunden con un americano por el pelo y los ojos, pero apenas dices algo y ya te adivinan que eres ilegal y que cobras cash y te siguen y te dejan sin un dólar, en el mejor de los casos.

Pero de a poco todo fue cambiando. En dos meses había juntado para el pasaje de Lupita, pero luego vino la crisis y el primero en volar antes de que el restaurante cerrara fui yo, porque era el nuevo, me decían. Igual mandé la plata para

Mala jugada

Lupita para que se viniera, porque ya no aguantábamos más. No pensé que después iba a ser tan difícil conseguir chamba.

Con Lupita anduvimos buscando en Los Angeles y después en Las Vegas y después en toda Arizona hasta que terminamos en San Antonio, con la promesa de un boricua que tenía una empresa de limpieza. La verdad que no era tan fácil limpiar hoteles y oficinas como parecía al principio. El patrón siempre estaba desconforme con nuestro trabajo. Cuando no era muy lento era muy descuidado. Llegué a pensar que nos tomaba el pelo, o nosotros no entendíamos qué era lo que quería, y dos semanas después quedamos en la calle de nuevo.

En la calle literalmente, porque teníamos que esperar en una esquina de madrugada porque allí levantaban trabajadores sin papeles. Y yo y la Lupita allí en medio de puros hombres que por suerte no se portaban mal con nosotros, sino todo lo contrario, pero la verdad que yo siempre andaba con el Jesús en la boca y mirando para todos lados a ver quién iba a meterse con la Lupita. Tanto que en este trabajo no ponía atención en las camionetas que pasaban y levantaban trabajadores. Los mexicanos eran los más hábiles en esto y tuve que mirar y aprender de ellos. A veces Lupita me decía por qué no me había acercado al de la camioneta blanca, al del auto negro, que parecía con buen trabajo, pero la verdad es que no quería dejarla allí sola, esperando, antes que amaneciera del todo y entonces me hacía el distraído o que no nos convenía ese por esto o por aquello.

Hasta que pasó una SUV negra y le hizo seña a uno y éste me vino a decir que quería a la muchacha. Yo me fui hasta la camioneta y el tipo de lentes oscuros a esa hora del día no me inspiró mucha confianza. Tenía chamba para domésticas en casa de familia con plata, decía, pero atrás yo no veía a ninguna otra mujer. Lupita, más pálida que de costumbre y con los labios temblando me dijo que no podíamos dejar escapar otra porque no íbamos a tener para comer.

Yo no dije nada pero ella terminó subiendo atrás seguro que contra su propia voluntad. Y cuando arrancó la camioneta ella me hizo así con su manito y me tiró un beso triste. Yo sabía que iba llorando porque la conozco. Yo sabía que eso no iba a funcionar ni esta puta vida iba a funcionar.

Filadelfia, 2009

EL ÚLTIMO VERANO

Solo de imaginarme la soledad de un ataúd me viene claustrofobia —dijo Camilo, reclinando la cabeza hacia atrás y metiendo los pies en la arena.

El sol le hizo cerrar los ojos.

—No seas ridículo —dijo ella, con una sonrisa poco convincente—. ¿Por qué piensas en esas cosas ahora?

—Nada. Estaba pensando en mi retiro. Me gustaría mudarnos a la Florida cuando ya no haya nada importante para hacer. Luego me vino a la mente la vejez y todo eso. Tarde o temprano será una realidad, ¿no?

—Eso qué importa. Cuando llegue el momento, ni te darás cuenta. Podrías hacer un esfuerzo por no arruinar las vacaciones.

— ¿Y si despierto en medio de la noche como le ha pasado a tanta gente? Muchas veces he soñado algo parecido y me he despertado asfixiado.

—Como dices tú siempre, es lógico, ¿no?

—¿Lo qué es lógico?

—Si te sentías asfixiado por cualquier otro motivo, es lógico que soñaras situaciones como esa.

—Ah, muy bien. Diez años más de matrimonio y dejarás la pintura por la bolsa de valores.

—Dios me libre!

—No digas eso, de eso comemos. Una mala decisión y no estaríamos aquí. Otra, y no tendremos la jubilación que imaginas para dentro de veinte años.

* * *

El doctor tenía el sobre abierto. Sacó una hoja y la volvió a guardar. Se sacó los lentes y Camilo vio sus ojos cansados.

—¿Alguna novedad, doctor?

El doctor no contestó. Se acomodó en su silla y volvió a sacar el papel del sobre. Se puso los lentes y leyó.

—¿Pasa algo, doctor?

—Hay que hacer otros análisis.

—¿Estos salieron mal?

—No…

—¿Pero…? Yo me siento muy bien… ¿algún problema?

—La vida es un problema que hay que resolver.

—Hablo en serio, doctor. No le pago para filosofar.

—Sí, sí, no se preocupe.

—Me preocupo. Me preocupo porque cuando uno se siente bien y un doctor no está tan seguro es porque algo grave debe andar pasando. Dígame de frente, los análisis salieron mal.

—No… Quiero decir, sí. Estos análisis no son del todo definitivos.

—¿Definitivos? ¿Definitivos para qué? ¿Tengo algo serio?

—No lo sabemos aún. Necesitamos hacer otras pruebas de sangre.

El último verano

* * *

Desde que supo que moriría pronto dejó de acariciarla como lo hacía siempre. Después de una semana, Hannah comenzó a preocuparse. Pero se lo ocultó. Al principio, porque esos cambios de humor en Camilo no eran raros. Siempre preocupado por todo, como si el destino del mundo dependiera de lo que hiciera o dejase de hacer.

Luego, ella comenzó a sospechar que sus virtudes como amante habían declinado como habían declinado las energías de Camilo por el exceso de trabajo o por una progresiva tristeza que lo había sorprendido a los cuarenta, como a su madre.

Allí estaba ella tendida en la cama, sobre un costado, disfrutando de uno de esos momentos de sueño profundo. Camilo miraba el perfil de su hombro, la curva que va del abdomen a las caderas, ondulando suave con la respiración. Miraba esa espalda desnuda que había acariciado de tantas formas y no recordaba en qué momento la pasión de los primeros años se había convertido en ese amor profundo que no tenía forma ni nombre.

La brisa fresca de un verano que demoraba en marcharse, movía de vez en cuando los papeles que tenía Hannah apilados sobre su escritorio.

Ponía tanto amor en sus dibujos, pensó. Si pusiera más pasión y menos amor sería una artista reconocida. Gloria, la única dueña de galería que se había interesado por ella, la respetaría más que al dinero que discretamente él hacía llegar a la galería en forma de donaciones. Sí, Hannah amaba más de lo que deseaba. Ahí estaba la explicación de su fracaso, pensó.

"Hannah…", dijo casi en secreto.

No la llamaba a ella. Se llamaba a sí mismo. Un movimiento instintivo lo llevó a rodearla con un brazo, pero se contuvo. Ahora más que nunca debía recurrir sin excepciones a las virtudes que lo habían caracterizado en los últimos diez años. Virtudes no, defectos, como decía ella cuando se ponía furiosa. Esa manía de ir siempre por lo práctico, de calcular pérdidas y beneficios en cada decisión sin poner el corazón, sin dejar escapar nunca una lágrima cursi. Ese racionalismo enfermizo, decía Hannah cuando estaba enojada, que no habla por hablar ni discute por discutir si en ello no va la solución al problema.

"Casi todo el cuerpo de una mujer es sexo —pensó Camilo, mientras sentía un gusto salado en la boca, como si estuviese todavía en los Cayos—. Lo mismo el cerebro de un hombre. Casi todo el cerebro de un hombre, al menos de un hombre joven, es sexo. Ellas son más románticas, nosotros más pornográficos. Por eso, ellas se pierden en un laberinto de inconsistencias y nosotros somos mortalmente más prácticos".

Ernesto le había dicho cierta vez que su pragmatismo hacía agua por alguna parte, porque no consideraba que una mujer no necesita que le resuelvan los problemas que ella mismo se inventa en sustitución de los verdaderos problemas que tiene.

—¿Es decir que cuando Hannah me viene con un lío y yo se lo resuelvo, hago mal?

El último verano

—Correcto.

—Por favor, bastantes problemas tengo como para tener que adivinar que un reclamo sobre el mal uso del tiempo en realidad se trata de un mal uso de mi paciencia para escuchar el planteo del mal uso del tiempo.

—Bueno, eso ya es tu problema. Nunca entendí como una artista como Hannah se fue a casar con un implacable hombre de negocios como tú.

—Ni yo. Pero ha funcionado bastante bien.

—Ha funcionado, pero si hubieses calculado mejor, nunca te habrías casado con ella. ¿O me equivoco?

Muchas veces Camilo se había prometido secretamente cambiar. No quería reconocerlo, pero se lo había propuesto. Y siempre había fracasado.

La lógica de las cosas era siempre superior y no podía mentirse.

* * *

En el ascensor se encontró con Ms. Robinson. Le sonrió. Ella respondió como siempre, con su gesto automático, antipático.

—Hi —dijo ella.

Camilo levantó las cejas.

—Good morning —respondió, distante.

—A bad one? —preguntó ella.

—Why do you say this?

—I´m sorry. Just a silly comment.

Cuando se abrió la puerta, Ms. Robinson salió apresurada. Camilo se quedó pensativo y debió apresurarse a poner la mano para evitar que el ascensor se cerrara de nuevo.

* * *

Debía ser una coincidencia. Por la noche, Ms. Robinson volvió poco antes que Camilo. Camilo hizo tiempo revisando sus bolsillos. Volvió al auto. Revisó un ticket. No lo leyó. Volvió hacia la entrada. Ella no le abrió la primera puerta. Él le abrió la segunda sin decir nada.

En el ascensor, dos pisos más arriba, se cruzaron las miradas. Camilo descubrió que Ms. Robinson tenía los ojos oscuros. Ms. Robinson sostuvo su mirada por un segundo. Tal vez por dos segundos, los suficientes para que se estableciera una inesperada complicidad.

Alguien había hecho una raya en el tablero de botones con algún objeto punzante. Tres veces sonó el bip en cada nivel.

La cartera de Ms. Robinson era verde. Su perfume se hizo más fuerte cuando se fue.

Antes que terminase el verano, Ms. Robinson le había enseñado por primera vez en su vida el vértigo de lo prohibido. El tormento se la culpa ya lo conocía de antes y ni siquiera lo consolaba pensar que estaba procediendo correctamente, de acuerdo a un plan.

* * *

Después de un mes casi sin hablarle, de dormir en el sofá de la sala principal, comprendió que había calculado mal.

El último verano

Finalmente no había logrado el desprecio de Hannah y ahora sentía que nunca hubo necesidad de destruir su matrimonio para salvarla a ella.

La noche anterior fue al dormitorio y se deslizó en su cama. Ella no se despertó hasta que él la abrazó por atrás. Un momento después escuchó su respiración y un quejido que era como una risa ahogada. Pasó una mano por su rostro y por sus ojos. Su mano vio que lloraban.

* * *

Sacó el celular de Camilo y lo puso en su mano contra el pecho.

Los empleados de la funeraria se miraron y luego de unos segundos cerraron el ataúd.

Por la noche marcó su número. Sonó un par de veces, tres veces y colgó. Volvió a marcar a media noche. No esperó demasiado y volvió a colgar. A las 3: 35 de la madrugada llamó por última vez.

La voz de Camilo contestó por él:

"Hola, en este momento no puedo atender. Si piensa que algo en esta vida no tiene solución, ha llamado al número indicado. Nosotros podemos ayudarlo. Por favor deje su mensaje y devolveré su llamado lo antes posible. Gracias..."

Jacksonville, 2011

APÓCRIFO ROMANO

En la frontera del Imperio y del mundo, un hombre anciano se lamentaba día y noche y esperaba inútilmente la muerte. Mientras esperaba decía esta historia a quienes se arriesgaban a llegar hasta allí:

He descubierto que en los subsuelos del Imperio mi nombre es maldito. Perseguir a los que me recuerdan así sería inútil y solo aumentaría la triste fama que prolongará mi sombra hasta el fin de los tiempos. Me recordarán por un solo día, apagado para siempre en Palestina.

Cuando comenzaron las protestas (no contra mi gobierno ni contra el Imperio, sino contra un solo hombre) no pensé en la gravedad de un hecho tan insignificante. Yo sabía que al Cesar sólo podría importarle el orden, no la justicia; además, el rebelde no era romano.

Diré que yo, de alguna forma secreta, sabía mi destino, como alguien que ha recibido la revelación en un sueño absurdo que rápidamente hecha en el olvido. Durante las protestas pensé, una y otra vez, en la memoria de aquel pueblo que yo gobernaba. También sabía del caso de un reo griego que había sido condenado a muerte y los eruditos lo recordaban más a él que a Pericles. Yo aprendí en aquella tierra, ahora lejana, que la Eternidad depende de ese momento confuso y fugaz que es la vida. Roma no es eterna y un día sólo será recuerdo de piedras y libros; y no será lo mejor del Imperio lo que recordará el porvenir.

Cuando todos me pedían que crucificara al rebelde y nadie sabía por qué, pedí consejo a otros menos grandes que yo. A los romanos no les importaba o se divertían, por lo que debí recurrir, varias veces, a Joacim de Samaria, un hombre sabio que antes quise usar para entender a su pueblo.

"Dime, Joacim", le preguntó el gobernador aquel día o el día antes, "¿Qué puedo hacer yo en estas circunstancias? Debo ser juez y no alcanzo a distinguir el agua clara del agua mala. ¿Es que acaso puedo hacer algo? He oído que el mismo rebelde ha anunciado su muerte, así como otros de tu pueblo anunciaron su llegada".

"El mundo está en tus manos", dijo el anciano.

"No!", gritó el gobernador, "...aún no está en mis manos. Antes seré Emperador en Roma".

"Tal vez Roma y todas las Romas por venir te recuerden por éste día, mi rey".

"¿Y qué dirá de mí?", preguntó curioso el gobernador.

"¿Cómo saberlo? Yo soy un hombre ciego", contestó el anciano.

"Tan ciego como cualquiera. ¡Daría mis ojos por ver el futuro!"

"Aunque tuvieses mil ojos no lo verías, mi rey, porque el futuro no existe para los hombres. Sólo existe en Dios que lo abarca todo".

"Si tu dios lo sabe, ¿entonces, el futuro existe en alguna parte", razonó el gobernador. "Si Dios o el rebelde pueden predecir lo que ocurrirá, lo que está por hacerse ya fue hecho..."

Cuando el rebelde estuvo delante de mí, el gobernador comenzó a interrogarlo, titubeante; supo que de forma indigna para un futuro Cesar.

"¿Así que tú eres rey?", preguntó el gobernador.

"Tú lo has dicho", dijo aquel hombre, oscuro y sereno como si nada le importase. "Vine a este mundo para traer la Verdad. Y aquellos que pueden entenderla me escucharán".

"¿Y qué es la verdad?", se apresuró el gobernador a preguntar, seguro de que no tendría una respuesta tan grande.

Pero hubo un silencio infinito por respuesta. En seguida volvió a estallar la multitud impaciente: "¡Que suelten al hijo del hombre!", comenzó a gritar la multitud, refiriéndose a otro reo que había usado las armas contra Roma, no las palabras.

El gobernador supo que si elegía mal Palestina ardería en llamas. Tantos no se podían equivocar, por lo que la decisión debía ser una en la mente clara de un rey.

Cuando los soldados acabaron de azotar al rebelde, el gobernador lo volvió a sacar y le dijo al pueblo:

"Miren, aquí está, lo he sacado para que vean que no encuentro en él delito alguno".

Pero el pueblo volvió a insistir:

"Crucificalo...!"

"Mejor llévenlo y crucifíquenlo ustedes mismos", dijo el gobernador.

"No, nosotros no podemos".

Entonces, el gobernador vio entrar al Rebelde y le preguntó:

"¿De dónde eres tú, que me pones en este cruce de caminos?"

Pero el Rebelde no contestó esta vez como no había contestado la vez anterior.

"¿No piensas responderme? ¿No sabes que tengo autoridad para crucificarte o para dejarte en libertad?"

"No tendrías ninguna autoridad si Dios no te la hubiera dado".

Entonces yo, el gobernador de Palestina, finalmente cedí ante la multitud o ante la arrogancia de aquel judío.

Entregó al rebelde para el palo o para la cruz. Los rumores y los griteríos llegaban hasta el palacio desde lejos.

Lo crucificaron al mediodía y, hasta la media tarde, toda la tierra se oscureció. Un frío profundo cubrió palacio y quizás la ciudad entera.

"¿Qué es lo que ocurre, mi rey?", preguntó Joacim, desde algún rincón oscuro.

"Tú no puedes verlo, pero toda la Tierra se ha oscurecido y es por el Rebelde", dijo el gobernador.

"Roma y el mundo te recordarán por este día", dijo el ciego.

"¡No es justo!", gritó el gobernador, "¿cómo puedo ser yo el culpable? ¿Acaso no dices tú que Dios conoce lo que pasó y lo que vendrá? Si tu Dios sabía que hoy me equivocaría, ¿cómo podría yo ser libre de no hacerlo?"

"Escucha, mi rey", dijo el ciego, "yo no puedo ver el presente que tú ves. Tampoco puedo ver el futuro. Sin embargo, ahora yo sé, casi como antes lo sabía el rebelde, que te equivocaste. Pero este conocimiento, oh, mi rey, ¿acaso suprime algo de la libertad que tuviste este día para elegir?"

Jerusalén, 1995

LA ERA DE BARBARIA

E n el año de Barbaria se comenzaron los viajes anuales al año treinta y tres. Se eligió ese año porque, según las encuestas, la crucifixión de Cristo llamaba la atención de más gente en Occidente, y se pensó en este sector social por razones económicas, ya que los viajes al pasado no habían sido dirigidos ni mucho menos financiados por el gobierno de ningún país, como alguna vez ocurrió con los primeros viajes al espacio, sino por una empresa privada. El grupo financiero que hizo posible la maravilla de viajar por el tiempo fue Axa, a instancias del Ordenador mayor de Tecnologías Blue, que sugirió infinitas ganancias por prestación de "servicios turísticos", como en su momento se llamó. Desde entonces, varios grupos de treinta personas han viajado al año treinta y tres para presenciar la muerte del Nazareno, como antiguamente hacían los turistas comunes cuando en cada equinoccio se concentraban al pie de la pirámide de Chitchen-Itzá, para presenciar la formación de la serpiente con las sombras que la pirámide arrojaba sobre sí misma.

El mayor inconveniente que encontró Axa fue el reducido número de turistas que podían asistir al evento por vez, lo que generaba ganancias que no estaban acordes con las expectativas millonarias de la inversión, por lo que de a poco se fue llevando ese número hasta la cifra de cuarenta y cinco, a riesgo de llamar la atención de los antiguos pobladores de Jerusalén. Luego la cifra fue conservada sin alteraciones, a instancia de uno de los principales accionistas de la empresa que arguyó, razonablemente, que la conservación de ese hecho histórico en estado original era la base que justificaba los viajes, y que si cada grupo producía alteraciones en los hechos, ello repercutiría en un abandono del interés general por realizar ese tipo de viajes.

Con el tiempo se comprobó que cada alteración histórica de los hechos, por mínima que fuera, era casi imposible de reparar. Lo que ocurría cuando alguno de los viajantes no respetaba las reglas de juego y pretendía llevarse algún recuerdo del lugar. Como fue el caso más conocido de Adam Parcker que, con increíble destreza, logró recortar un trozo triangular de la túnica roja del Nazareno, probablemente en el momento en que éste cae rendido por el cansancio. El hurto no significó alguna alteración en las Sagradas Escrituras, pero le sirvió a Parcker para hacerse rico y famoso, ya que el diminuto trozo de lienzo pasó a costar una fortuna y no pocos de los viajeros que se tomaron la molestia y el gasto de retroceder miles de años lo hicieron para ver dónde le falta al Nazareno el "Triángulo de Parcker".

Algunos pocos han puesto objeciones a este tipo de viajes que, aseguran, terminarán por destruir la historia sin que podamos advertirlo. En efecto, es así: por cada cambio que se introduce en un día cualquiera, infinitos cambios se derivan de él, siglo tras siglo, diluyéndose de a poco o multiplicándose en sus efectos. Para advertir un mínimo cambio en el año treinta y tres sería inútil recurrir a las Sagradas Escrituras, porque todas las ediciones, por igual, acusarían el golpe olvidando completamente el hecho original. Cabría una posibilidad de rastrear cada cambio proyectando otros viajes a años anteriores al año de Barbaria, pero a nadie le importaría un proyecto semejante y no habría forma alguna de financiarlo.

Tampoco importa ya la discusión sobre si la historia debe quedar como está o es lícito modificarla. Pero esto último es, en todo caso, peligroso, ya que es imposible prever los cambios resultantes que produciría cualquier alteración. Sabemos que cualquier cambio podría no ser catastrófico para la especie humana, pero sería catastrófico para los individuos: no seriamos nosotros los que estaríamos vivos ahora, sino cualquier otro.

En una posición contraria se encuentran los grupos religiosos más radicales. Los servicios de información de Barbaria han descubierto recientemente que un grupo de evangelistas, pertenecientes a la Iglesia Verdadera de Dios, de Sao Pablo, hará el viaje al año treinta y tres. Gracias a la limosna de sus fieles, el grupo ha logrado reunir la suma varias veces millonaria que cobra Axa por el ticket. Lo que aún no se ha podido confirmar son las intenciones del grupo. Se dice que pretenden hacer volar el Gólgota e incendiar Jerusalén en el momento de la Crucifixión, para que de esa forma lleguemos al tan ansiado Fin de los tiempos. Toda la historia desaparecería; todo el mundo, incluidos los judíos, reconocerían el error, se volverían al cristianismo en el año treinta y tres y el mundo entero viviría bajo el Reino de Dios, tal como estaba descrito en los Evangelios. Lo cual es discutido por otra gente.

Otros no se explican cómo los viajantes pueden presenciar la crucifixión sin tratar de evitarla. La respuesta teológica es obvia, por lo cual los menos interesados en evitar el martirio del Mesías son sus propios seguidores. Pero para los demás, que son la mayoría, Axa ha decretado sus propias reglas éticas: "De la misma forma que no evitamos la muerte de un siervo entre las garras de un león, cuando viajamos al África, tampoco debemos evitar las aparentes injusticias que se comenten con el Nazareno. Nuestro deber moral es conservar la naturaleza y la historia como están". La crucifixión es patrimonio de la Humanidad, pero, sobre todo, sus derechos han sido adquiridos totalmente por Axa.

De hecho, los cambios serán cada vez más inevitables. Después de seis años de viajes al año treinta y tres, se pueden ver, a los pies de la cruz, tapas de refrescos y escrituras con lápiz químico en el palo mayor, algunas de las cuales rezan: "tengo fe en mi señor", y otras sólo se limitan a poner el nombre de quien estuvo por allí, junto con la fecha de partida, para que las futuras generaciones de viajantes lo recuerden. Por supuesto, también la empresa comienza a ceder ante la presión de los clientes insatisfechos, apuntando a un mejoramiento radical en los servicios. Por ejemplo, Barbaria acaba de enviar un representante técnico al año veintiséis para que logre la producción de cinco mil metros cúbicos de asfalto y negocie con Pilatos la construcción de un corredor más confortable para vía Dolorosa, lo que hará menos fatigosa la recorrida de los viajantes y, además, sería un gesto misericordioso con el Nazareno que más de una vez se rompió los pies con las piedras que no veía en su camino. Se ha calculado que la mejora no significará cambios en las Sagradas Escrituras, ya que allí no se demuestra preocupación especial por el urbanismo de la ciudad.

Con estas medidas, Axa pretende ponerse a salvo de la lluvia de reclamos que viene sufriendo por supuestas insuficiencias del servicio, teniendo que enfrentar últimamente juicios muy costosos de clientes que han gastado una fortuna y no han regresado complacidos. El motivo de los reclamos no siempre es causado por el fuerte calor de Jerusalén, o por la congestión en la que se encuentra atrapada la ciudad el día de la crucifixión. Sobre todo se debe a las expectativas no satisfechas de los viajantes. La empresa se defiende diciendo que las Sagradas Escrituras no fueron escritas bajo su control de calidad, sino que son solo documentos históricos y, por lo tanto, exagerados. Allí donde muere el Nazareno, en lugar de haber una noche profunda y estremecedora apenas se oscurece el cielo por una concentración excesiva de nubes, y nada más. Los católicos han declarado que este hecho, como todos los referidos en los Evangelios, debe tomarse en su valor simbólico y no meramente descriptivo. Pero a la mayor parte de la gente no satisfizo la respuesta de Axa ni la del Papa Juan XXV, que salió en defensa de la multinacional, gracias a la cual la gente ahora puede estar más cerca de Dios.

Athens, 2005

LA MISIÓN

Cuando supo que había sido uno de los elegidos para ir a la guerra, el corazón se le saltó por la garganta.

Pronto cumpliría diecinueve años. Se había preparado toda la vida, toda su corta vida para ese momento. Alguna vez temió que la guerra lo alcanzara demasiado viejo, pero las noticias y los movimientos de los últimos meses le habían ido dejando poco a poco la certeza de que su hora había llegado.

No fue una sorpresa, pero no pudo evitar las emociones que lo dejaron de rodillas, inclinado sobre el suelo y llorando de alegría. Pasó su mano por el pecho, donde años atrás se había tatuado el nombre de Dios y sintió que estaba vivo. La hora, su hora más gloriosa había llegado. Sabía que podía a morir pronto, pero lo haría por su pueblo y por su fe.

Su madre lloró después de él, cuando estuvo sola en la cocina, pero la consoló el orgullo de un hijo valeroso y sin vanas rebeldías, propias de otros jóvenes ajenos a sus valores. Recordó los juguetes que más le gustaban, las palabras que más repetía de niño, sus sueños infantiles de volar hasta la luna en una bola de fuego, sus preguntas imposibles de responder: "¿por qué llueve? ¿por qué sale el sol?", y otras más fáciles: "¿dónde va la gente cuando muere?, ¿por qué nacemos si luego tenemos que morir?". Nada de su rutina cambió. La cocina, fingir alegría y disimular las verdaderas emociones eran su misión en la tierra. Pensar otra cosa era aumentar el dolor de todo lo inevitable.

El joven soldado recordó a su primer guía espiritual revelándole la pasión y las mieles de la verdad eterna que tantas veces lo puso a resguardo de la locura. Por el contrario, había aprendido que el temor era, en el fondo, la fuente de todas las fortalezas y el camino más profundo de la verdadera fe. Quien no teme no cree.

Había aprendido que la muerte no existe para quien ha tenido una vida fructífera. La muerte no existe para quien ha servido a su nación y ha caído como un héroe luchando por los valores de sus antepasados. El infierno, el olvido, la nada estaban reservados para aquellos que no creían en nada. En cierta medida y por la misma razón, respetaba y valoraba a todos los enemigos que morirían en el campo de batalla. No los esperaba el cielo, pero sin dudas se librarían del infierno que aguarda a los cínicos y a los incrédulos. Porque también los enemigos eran necesarios para cumplir un destino y nada ocurría sin la aprobación de Dios.

En el combate, suprimió un centenar de enemigos. No recordaba ningún rostro en particular. Casi no había podido ver alguno con claridad. Pero sí recordaba el sabor del miedo en la saliva y el olor a sangre y polvo que una noche lo rodeó a él y a sus compañeros, muchos de los cuales no regresaron. Sí recordaba que ante el vértigo del miedo le bastaba con repetir tres veces las plegarias que había aprendido de su primer pastor para recuperar el valor y levantarse con una furia que alcanzaba para destrozar a diez con un solo fuego.

Dios le dio la fuerza al guerrero y el triunfo a su pueblo. El peligro de los falsos ídolos y de las costumbres bárbaras había pasado, al menos hasta la próxima prueba. Por años, los niños escucharon al héroe con infinita admiración. El pueblo lo homenajeó hasta que llegó un moderado período de paz y el héroe cayó en el olvido y la pobreza.

Sin embargo, sabía que el mundo no era un lugar seguro y pronto la nación de Dios volvería a estar amenazada, porque así había sido por siempre y por siempre, no sin sangre y dolor, había prevalecido la verdad.

La insólita tregua duró veinte largos años. Veinte años de paz y casi veinte de irresponsable alegría. Hasta que los cielos volvieron a agitarse con terribles explosiones y otra vez se llenaron de fuego.

El viejo héroe marchó a la guerra con casi cuarenta años, sabiendo que esta vez no volvería. Esta vez no recibiría la gloria efímera de sus compatriotas, las frutas de corta vida que daba la tierra, sino la gloria eterna de Huitzilopochtli, el más poderoso de todos los dioses, el eterno que había demostrado por miles de años que todo lo demás es falso y perecedero. Todo cambia y se destruye cada cincuenta y dos años. Menos Huitzilopochtli y los dioses eternos del eterno imperio azteca.

Gainesville, 20111

GUADALUPE DE BLANCO

SUna noche sin luna Guadalupe de Blanco cruzó la frontera de rodillas. Se comió la arena del desierto y regó el suelo de Arizona con la sangre de sus pies.

El sábado 3 a la tarde tropezó con una botella de agua caliente, de esas que los perros hermanos tiran sobre el desierto a la espera de salvar algún que otro moribundo.

El domingo se durmió muy despacio con la esperanza de no despertar al día siguiente. Pero despertó, casi ahogada sobre una gran mancha que había estampado su cuerpo en la piedra. Reconoció el halo vaginal de la Guadalupe que la había acunado toda la noche y la había devuelto al mundo con amor y sin piedad. Enseguida sintió el temprano rigor del sol, otra vez en su lento trabajo de chupar de su piel y de su carne y de su cerebro el agua que le había ganado a la suerte del día anterior. Entonces volvió a meter el corazón todavía húmedo y palpitante en el pecho, se levantó y por obediencia al Cosmos siguió caminado.

Dos días después la descubrió un coyote. Enfurecido murmuraba que el rubro no daba para más. Murmuraba y escupía tabaco. Guadalupe caminó en su compañía y al lado de la promesa de que su agonía había terminado. El coyote se quejó varias veces de la mercancía. La tierra no servía, estaba seca, el fuego subía por las piedras, los jimadores no pagaban.

En lo que iba de la temporada, se había ocupado de diecinueve mexicanos, ocho hondureños, cinco salvadoreños, dos colombianos y alguno de más al sur, un chiflado chileno o argentino en busca de emociones. Casi todos chaparros de espaldas anchas y cabezas cuadradas y bocas de piedra. Pocas palabras y mucha hambre y desconfianza. Les había dado de comer y un día, al volver, no había encontrado más que la casa vacía.

La casa quedaba a los pies de una quebrada roja como la sangre del quetzal. Adentro olía a soledad y cerveza. Por el tamaño, no parecía haber sido el refugio de tanta gente.

El comentario de Guadalupe le cayó mal. Al menos era sombra fresca.

—Guadalupe —dijo, sonriendo— ¿a qué vienes a los Estados?

—La necesidad me trae, señor.

—La necesidad es cosa seria —dijo y con destreza le tapó la boca.

Sus ojos se hincharon de lágrimas y espanto. Era joven la güerita y tenía labios blandos como la miel. Los ojos oscuros pero claros. ¿Cómo decirlo? La respiración agitada y sin arrugas. Como una respiración de placer pero ella no lo entendió así. Los inútiles grititos más suaves que irritantes. Por eso que se salvó, porque yo no soporto que al final no reconozcan un buen trabajo. Me había pasado tantas indias sin forma que no me iba a privar de ese angelito enviado por el cielo.

Lupita lloró toda la noche pero no sabría decir qué tipo de llanto era. Murmullos. Llamaba a su madre y a un tal "chiquito" que de seguro era la cría que había dejado del otro lado. Son peores que las perras. Las perras no se separan de sus cachorros.

Al final me harté de tanta melancolía y al otro día le corté un mechoncito de pelo y la dejé ir por donde había llegado.

Se fue tropezando entre las piedras, como si me fuese a arrepentir, como si fuese incapaz de cumplir con mi palabra. Se fue moqueando como una niña. Más bien parecía un resfrío. La flu. Agarró sus porquerías y se fue. Llorando, claro, como una Magdalena. Y la verdad que me arrepentí al poco rato. Esa niña necesitaba alguien que la proteja y yo alguien como ella, una mariposa coqueteando entre las llamas de la lumbre, en vivo y en directo, y no acostarme todas las noches con su lindo recuerdo. Quién sabe si no tengo un hijo por ahí y no lo sé. O una hija.

Quién sabe si dentro de quince años no me cruce con ella, livianita como una pajarita, rubiecita y linda así como era Lupita.

Vida pobre la del coyote.

Newark, 2008.

MARGARET

Todos los martes de noche llegaba Margaret con sus carpetas de apuntes y sus materiales didácticos. Todos los martes de noche María José y Ernesto la escuchaban atentamente. Margaret era una asistente social del gobierno que enseñaba a los padres a criar a sus hijos. Estos funcionarios ponen mucha atención en las familias de hispanos, porque es bien sabido que proceden de una cultura machista y violenta. El entrenamiento consistía en una larga charla de cuarenta minutos más un video didáctico de diez minutos y una demostración práctica de diez minutos más, lo que sumaba una hora al fin de la cual María José y Ernesto firmaban un papel diciéndole al gobierno que el programa estaba funcionando.

El martes 8, Ernesto llegó de mal humor de la constructora, quince minutos antes que Margaret, tuvo que hacer esfuerzos titánicos por mantenerse atento a la lección de la semana. Si no fuese porque pasaría por mal padre y peor esposo, hubiese dicho que lo dejaran tirarse quince minutos en el sofá con una copa de vino. Pero resistió. Era su voluntad y también era su trabajo, resistir, demostrar a la funcionaria del gobierno y al resto de los conocidos que podía llegar del trabajo molido y a veces humillado —Ernesto consideraba una humillación cualquier orden que debía cumplir contra su voluntad y en silencio— y cambiar pañales, lavar los platos y cantar al mismo tiempo.

Pero en los diez minutos finales de ese día, Luisito estuvo más inquieto que de costumbre. Repitió tres veces la misma pataleta que a los chicos les da a esa edad, griterío a toda garganta seguido de revolcadera por el piso, todo por un lápiz que el padre le negó por peligroso. Ernesto se limitó a decir "no", primero y "*no!*" después, lo que condujo a la intervención de la especialista:

—Procure no decirle que no. Esa es la palabra que más escuchan los niños. Por eso reproducen la negatividad en sus conductas.

—Qué podemos hacer en estos casos, Margaret —preguntó María José.

—Abrácelo. Ustedes deben consolarlo. Díganle que lo quieren. Demuéstrenle que no perderá su amor por el yogurt derramado. Eso desarrollará su autoestima y su confianza en los mayores.

—Ves, Ernesto. Tú siempre dices que los padres son educadores, no consoladores.

Antes que terminara la frase, Luisito tiró el yogurt sobre la alfombra y Ernesto, en otro descuido, le dijo que no volviera a hacerlo más. Pero se lo dijo con tanta vehemencia que sorprendió a Margaret.

Como buena profesional, sin perder la calma y el tono suave, casi sensual, Margaret le explicó que lo que había hecho Ernesto era un ejemplo de un error muy común entre los padres latinos.

Margaret

—Cual? —preguntó Ernesto casi arrepentido.

—Levantarle la voz al niño.

—Qué se supone que debería haber hecho?

—En estos casos la Asociación fuertemente recomienda explicarle al niño que el yogurt no va en la alfombra. Incluso, para no herir su sensibilidad, usted debió acercarse al niño y jugar con el yogurt derramado. Al fin de cuentas igual deberá usted pasar un quitamanchas. Es el mismo trabajo.

—Sí suena muy práctico, como siempre. Pero no creo que sea para tanto. Cuando tenga un jefe como el mío y un chiquillo como Luisito, ya va a saber lo qué es vivir en un mundo dibujado con límites gruesos.

—Señor Campos —razonó tranquilamente Margaret, rehuyendo siempre a mirarlo a los ojos—, el niño tiene dos años… Ya tendrá tiempo de aprender todo eso.

—Cuanto antes mejor. Además, no creo que entienda una explicación sobre la inconveniencia de tirar el yogurt en la alfombra cada vez que está lleno.

—Por sus palabras deduzco que su infancia no ha sido fácil.

—Cierto.

—Ha presenciado escenas violentas en su casa paterna?

—Sí, algunas.

—Su padre le pegaba a su madre?

—No, qué va. En todo caso era al revés. Pero ni siquiera eso. También la vieja era una mujer tranquila.

—Entonces?

—Por ejemplo, más de una vez tuve que ver cuando a mi padre se le moría una vaca y no tenía más remedio que cuerearla.

—Cuerearla? Qué significa eso?

—Sacarle el cuero. Tenía que abrirla con un cuchillo por la panza, así, de arriba abajo, y desollarla con cuidado para poder conservar el cuero al menos.

—Qué horror! Y usted qué edad tenía?

—Cinco o seis años.

—My God! Eso es suficiente para traumar a un niño. A su padre no le importaba? Qué grado de educación tenía?

—Mi padre había terminado la secundaria y nada más. Y por eso mismo no podía darse el lujo de perder la vaca entera. Al menos así rescataba el cuero, y como aquello era la Pampa, aunque me decía que me fuera lejos, igual a los cien metros yo podía ver cómo cuereaba el animal muerto. Y no le cuento cuando un baqueano tenía que matar un cerdo clavándole un cuchillo en el corazón. El bicho gritaba como un marrano.

—My God!

—Alguien tenía que hacerlo. Todos tenían que comer. Qué comió usted hoy?

—Ensalada. Qué más recuerda?

—A veces por ahí andaba la familia del occiso, una pareja de cerdos que se ponían a hacer el amor delante de mí. Esas cosas no se olvidan.

—Qué horror! Todo eso explica la violencia.

—Perdón, cuál violencia?

—La violencia en los países latinos.

—Sin embargo yo no soy un criminal. Nunca he matado a nadie y detesto la violencia de todo tipo. Sin ir más lejos, no soporto que de los cien canales de televisión que tengo aquí, en por lo menos noventa siempre estén matando, sacándole un ojo o pegándole un tiro en la cabeza a alguien. Quiere que le muestre?

—No hace falta. Pero todo eso es ficción.

—El sexo también puede ser actuado, y sin embargo es tabú o es pornografía. Si uno se descuida, los niños pueden ver quince asesinatos por noche. Pero si dos personas se dan un beso de lengua lo censuran. Se puede representar un crimen pero no se puede representar el amor.

—Mi pastor siempre dice algo muy sabio. El mal del mundo nace cuando se confunde el sexo con el amor.

—No, yo no los confundo. Pero tampoco me aparecen necesariamente incompatibles. O acaso no es posible que sexo y amor sean la misma cosa alguna vez? Digo, en un mundo tan materialista cada tanto es posible que sean la misma cosa, por milagro o por coincidencia. Aunque más no sea representado. Pero no, para la moral pública el sexo nunca es amor y siempre es obsceno. Así que hay que prohibirlo y predicar en su contra, para olvidar que el mal no nació con el sexo sino con el crimen contra el prójimo. Pero para decirle la pura verdad, a mí los cerdos de la Pampa me enseñaron no sólo que el sexo es algo natural sino que además me explicaron lo que mis padres no sabían cómo hacerlo de forma más científica. Pero en la televisión, cuando un tipo o una hermosa mujer —disculpe que no haya dicho "hermoso hombre"; no es que sea machista, es que soy heterosexual—

, cuando algún adonis o alguna amazona le apunta a la frente de un desdichado y lo revienta de un disparo tipo misil transcontinental, ni uno ni otro dicen alguna mala palabra. Eso está prohibido y cuidadosamente controlado.

—En los países latinos no?

—No. En las televisiones de nuestros países se putea de lo lindo.

—Por favor, Ernesto! —se quejó María José, advirtiendo que la conversación se había desvirtuado del todo.

—Qué? No es cierto? —insistió Ernesto— Allá se besa más seguido de lo que se mata y las mujeres andan medio desnudas.

—Parte de la cultura machista.

—Sí, andan medio desnudas como en todos los países donde impera el machismo. A excepción de las mujeres musulmanas, que por su retraso cultural visten de más. Porque el machismo no sabe vestir a las mujeres. O las viste con poca ropa o las viste de más. Nunca en su justa medida, como en Estados Unidos, donde las mujeres son libres.

—Usted no negaría que en sus países impera el machismo.

—Imperan muchas cosas. Claro, todos tenemos defectos. En eso le doy la razón. También tenemos problemas con la delincuencia callejera, con el crimen organizado, con la pobreza organizada de las favelas. Pero en general nos gusta menos la muerte, la sangre, la excitación del crimen tipo Agatha Christie o las máquinas de matar, tipo Arnold Schwarzenegger. Al menos que no tengamos cine propio. Al fin y al cabo hay que reconocer que *The Terminator* tenía muy buenos efectos especiales. Toda una ciencia.

—Le repito que todo eso es ficción. Nuestros programas de educación infantil han funcionado desde hace años y en todos los modelos puestos en práctica la violencia está prohibida, llámese decir "no", como usted lo ha hecho, como retar al niño por un yogurt derramado en la alfombra. Los niños reproducen lo que ven.

—Sin embargo en esta casa nadie tira el yogurt en la alfombra ni tenemos la costumbre de meter los dedos en los enchufes. Para mí que está en la naturaleza del niño, y como en la naturaleza no hay enchufes con corriente eléctrica ni alfombras que cuidar, no queda más remedio que educar. Y más vale un *no* bien clarito que un *ni* con complejos.

—Espero que usted no esté pretendiendo darnos clases a nosotros. Los estudios indican claramente que se debe erradicar toda forma de violencia en la educación de un niño.

—Me alegro. Ya le dije que no aplaudo ninguna forma de violencia. El problema es definirla. También es violencia hacerle creer a un niño que el mundo es blando como un osito panda.

—Hace años que categorizamos y erradicamos cada tipo de violencia y le puedo decir que todos estos planes han sido un éxito.

—De dónde deduce usted que han sido un éxito?

Sólo por leves momentos Margaret parecía molestarse con los cuestionamientos de Ernesto. Sin prisa, comenzó a ordenar sus papeles en la carpeta azul.

—Muchos estudios lo demuestran contundentemente —respondió.

—Desde cuando datan esos experimentos?

—De las décadas de los sesenta y de los setenta.

—A ver, déjeme ver. Si no me fallan los números, todos los soldados y los generales y los políticos y los pastores que han participado y apoyado la última guerra en Irak, por mencionar sólo una de las tantas, fueron educados de niños según esos métodos de no violencia. Cómo es que niños tan alejados de palabras fuertes, del rigor de los padres, de la muerte y del sexo en todas sus formas son capaces de bombardear mercados y ciudades llenas de niños? Niños como el mío, como los de usted. Sabía cuántas personas van muriendo en Irak? Más de medio millón, si consideramos personas a los iraquíes, claro.

—Es diferente.

—Sí, es diferente. Todo es hecho con el más puro lenguaje, con la gramática perfecta. Libertad, democracia, Dios, civilización. La sangre no salpica. Los muertos no tienen familiares que lloran. Esos jovencitos —con una alta autoestima, no vamos a dudarlo—, esos jovencitos que van a matar fanáticos a otros países piensan que están en un *video game*. Aprietan un botón y ni tienen que pasar por el desagradable espectáculo de presenciar lo que ellos mismos hacen. Y si alguno ve algo en vivo y en directo, es decir, algún descuartizado afuera de la pantalla azul y verde, entonces lo mandan a psicólogos de prestigio, programas que han tenido éxito, teorías científicamente comprobadas y avaladas por estudios de prestigiosos doctores. Y los que no van a la guerra ni se suicidan al volver se dedican al abuso de la Coca Cola, en el mejor de los casos, o a la coca a secas, en el peor. Sabía usted que este país, con niños tan bien educados y alejados del sexo y la violencia de decir *no*, es el mayor consumidor de estupefacientes del mundo? Sabía usted que en el país donde están prohibidas las malas palabras y alguna que otra cola hermosa en la televisión, donde una mirada puede ser considerada acoso sexual —de hecho aquí ninguna mujer resiste que la miren a los ojos; cuando uno las mira, esquivan la mirada como si fueran monjas cortejadas— no obstante, y tal vez por eso mismo, esto está lleno de psicópatas sexuales y asesinos en serie? En nuestros atrasados países los asesinos matan porque son bestias. Le pegan un tiro a uno. Casi no se conoce eso de matar en serie, porque es un invento de la producción y reproducción sistemática de cosas. Los asesinos en esos países atrasados no calculan, no aprietan botones y suprimen doscientas mil personas en un sólo día. Eso sólo es posible en un país donde los niños son criados bajo las mejores teorías psicológicas de la no violencia y el pudor.

Margaret no perdió la calma. La contuvo para que no se le escapara. Miró el reloj. Con mucha elegancia dijo que se había hecho tarde. Tres minutos tarde. Los padres firmaron. Margaret confirmó el número de palabras que Luisito podía pronunciar. 33. Normal para su edad, pero si en la próxima visita no había podido unir un sustantivo con un adjetivo habría que derivarlo a un especialista. Tomó sus cosas, con suavidad y se despidió con la misma sonrisa de siempre.

Pero un segundo después que la puerta se cerró, se escuchó que decía:

—Fuck you.

Ernesto no supo distinguir si el tono era de rabia contenida o era el mismo tono imperturbable de siempre. De lo que sí estaba seguro es que Margaret había querido ser escuchada. La mejor oportunidad de su vida de decir una mala palabra en público.

Newark, 2008

CUENTOS DE NOVELISTA

LA SOCIEDAD AMURALLADA

on el paso de los años, y gracias a una atenta observación de sus clientes, el doctor Salvador Uriburu había descubierto que la mayoría de la población de Calataid carecía del origen europeo que alardeaba. En sus ojos, en sus manos, persistían los esclavos *nigros* que repararon las murallas en el siglo IX y seguramente los más antiguos esclavos que construyeron las cisternas en tiempos de Garama. En sus gestos rituales persistían los seguidores de Kahina, la sacerdotisa del desierto africano convertida al judaísmo antes de la llegada del islam. Dentro de la minoría blanca, también la diversidad era notable, pero había sido puesta en suspenso mientras estaban ocupados en considerarse la clase representativa (y fundadora) del pueblo. Los mismos ojos azules podían encontrarse detrás de unos párpados rusos o detrás de otros irlandeses; los mismos cabellos rubios podían cubrir un cráneo germano u otro gallego. ¿Cómo era posible -había escrito Salvador Uriburu- que un pueblo tan diverso fuese tan racista y, al mismo tiempo, desbordara tanto patriotismo, tanto amor fanático por una misma bandera? ¿Cómo se puede venerar el conjunto y al mismo tiempo despreciar las partes que lo conforman? Al menos que la veneración patriótica no sea otra cosa que la Mentira

Necesaria que una de las partes alimCuentos incompleenta para usar a las otras partes en beneficio propio.

En una de sus últimas apariciones públicas, en mayo de 1967, en la sala de notables del club Libertad, el doctor Uriburu había ensayado un ejercicio que molestó a los nuevos tradicionalistas, una vez que fueron capaces de descifrar el cuestionamiento. Salvador Uriburu había dibujado, en una pizarra negra, una serie de al menos 15 triángulos, círculos y cuadrados. Cuando preguntó a los presentes cuántos tipos de dibujos veían allí, todos estuvieron de acuerdo en que veían tres. Cuando les pidió que eligieran uno de esos tres tipos, todos eligieron el grupo de los triángulos, y el doctor volvió a preguntarles cuántos grupos veían en el grupo de triángulos. Todos dijeron que había, por lo menos, dos grupos: un grupo de triángulos isósceles y un grupo de triángulos rectángulos.

—Más o menos isósceles y más o menos rectángulos —dijo uno con perspicacia, advirtiendo que los dibujos no eran perfectos.

—Las figuras no son perfectas —confirmó Salvador Uriburu—, como los humanos. Y como los humanos todos vieron primero las diferencias, aquello que las figuras tenían de diferente, antes que ver lo que tenían en común.

—No es verdad —dijo alguien—, los triángulos tienen algo en común entre sí. Cada uno tiene tres lados, tres ángulos.

—También los círculos y los cuadrados tienen algo en común: todos son figuras geométricas. Pero nadie observó que también había un único grupo de dibujos, el grupo de las figuras geométricas.

Salvador Uriburu no puso nombres ni aclaró el ejemplo, como era su costumbre. A quien le caiga el sayo que se lo ponga. Pero después de meses de discutir la extraña y pedante exposición de las figuritas del doctor, el pastor George Ruth Guerrero llegó a la conclusión de que este tipo de pensamiento le venía al doctorcito de la secta de los humanistas y, seguramente, de los alumbrados.

—El grupo de las figuras geométricas —concluyó el pastor, con el índice erecto— representaba a la humanidad e cada grupo de figuras representaba una raza, una religión, una desviación e ansí sucesivamente. Los humanistas quieren facernos creer que la verdad no existe; que es igual la fe de los moros e de los judíos que la verdadera fe de los cristianos, la raza de los elegidos e la raza de los pecadores, la moral de nostros padres e la sodomía de los modernos, los vestidos de nostras mujeres e la desnudez impúdica de las nigerianas.

Lo acusaron de gnóstico. Se sabía, por rumores y por revistas llegadas de la Francia, que el Heterodoxo había conquistado el resto de Europa con una creencia insólita: la verdad no existía; cualquier herejía podía ser tomada como un sustituto de la verdadera fe y de la razón lógica. Y se decía que alguien intentaba introducir todo eso en Calataid.

La alusión fue directa, pero el doctor Uriburu no respondió. La última vez que entró en la sala de notables, en agosto de 1967, se esperaba que dijera que estaba a favor o en contra de esta superstición, que definiera, de una vez por todas, de qué lado estaba. En lugar de esto, salió con otra de sus figuras que no se correspondía con su profesión de científico, y mucho menos con la del creyente, lo que demostraba su irremediable descenso en el misticismo, en la secta de los alumbrados que, se decía, se reunía todos los jueves en una cámara desconocida de las antiguas cisternas.

—Una vez un hombre subió a una montaña de arena —dijo— y al llegar a la cumbre decidió que ésa era la única montaña del desierto. Sin embargo, enseguida advirtió que otros habían hecho lo mismo, desde otras cumbres. Entonces dijo que la suya, la que estaba bajo sus pies, era la verdadera. Otro hombre, tal vez una mujer, decidió bajar de su duna y subió a otra, y luego a otra, hasta que comprendió (quizás sobre la duna más alta) que las dunas eran muchas, infinitas para sus fuerzas. Entonces, cansado, dijo que el desierto no era una duna de arena en particular, sino todas las dunas juntas. Dijo que había unas dunas más altas y otras más pequeñas, que un solo puñado de arena, de cualquiera de ellas, no representaba a una duna en particular sino a todo el desierto, pero que ninguno, como ninguna de las dunas, era el desierto, completamente. También dijo que las dunas se movían, que aquella duna verdadera, que permitía la única perspectiva del desierto y de sí misma, cambiaba permanentemente de tamaño y de lugar, y que ignorarlo era parte inseparable de cualquier verdad única. A diferencia de otro caminante exhausto, este descubrimiento no lo llevó a negar la existencia de todas las dunas, sino la pretensión arbitraria de que sólo había una en la inmensidad del desierto. Negó que un puñado de arena tuviera menos valor y menos permanencia que aquella duna arbitraria y pretenciosa. Es decir, negó unas ideas y afirmó otras; no fue indiferente a la eterna búsqueda de la verdad. Y por eso fue igualmente perseguido en nombre del desierto, hasta que una tormenta de arena puso fin a la disputa.

Un silencio indescriptible siguió al nuevo enigma del doctor. Luego un murmullo reprimido llenó la sala. Alguien tomó la palabra para anunciar el final de la reunión y recordó la fecha de la próxima. Sonó la campana; todos se levantaron y salieron sin saludarlo. Sabía que también les molestaba que dudase de la tolerancia y de la libertad de Calataid, recurriendo a metáforas como si fuese una víctima de la Inquisición o viviese en tiempos del bárbaro Nerón.

Uriburu se quedó sentado, mirando por la ventana los viejos y rapaces que pasaban montando en bicicletas y no podían verlo, con las manos en los bolsillos de su saco, jugando con un puñado de arena. Perdió la razón veinte días después. Un extraño diagnóstico, de su puño y letra, concluía que Calataid padecía de "autismo social". El autismo, decían sus libros, es producto del crecimiento acelerado del cerebro que, en lugar de aumentar la inteligencia, la reduce o la hace inútil debido a la presión de la masa encefálica contra las paredes del cráneo. Para el doctor Uriburu, más preocupado por la arqueología que por la biología, las murallas de Calataid habían provocado el mismo efecto con el crecimiento de su orgullo o de población. Por lo tanto, era inútil pretender curar a los *individuos* si la sociedad estaba enferma. De hecho, suponer que la sociedad y los individuos son dos cosas diferentes es un artificio de la vista y de la medicina, que identifica cuerpos, no espíritus. Y Calataid era incapaz de relacionar dos hechos diferentes con una explicación común. Más aún: era incapaz de reconocer su propia memoria, grabada escandalosamente en las piedras, en los vacíos húmedos de sus entrañas, y negada o encubierta por el más reciente invento de una tradición.

Athens, 2005

PERIODISMO

Escribió un breve artículo justificando los hechos de la semana que comenzaba a quedar atrás y lo envió al director de *La Santa Alfaguara*. Años antes, cuando ingresó a la alcaldía, había comenzado colaborando en la diagramación y redacción de *La Aldaba*, hasta que el alcalde lo clausuró en 1977, para crear *La Alfaguara* de Calataid, inspirada en la fuente que había en el patio central de la alcaldía y en concordancia con el perfil más espiritual que pretendía imprimirle al nuevo periódico. *La Aldaba,* fundada por su propio padre en 1952, en tiempo de los Medina, salía una vez por semana, sin colores y casi sin fotos. Con la muerte del doctor y la renuncia de alguno de sus frecuentes colaboradores, *La Aldaba* comenzó a cambiar de estilo y, por momentos, aumentó sus lectores. La letra impresa impresionaba mucho a la gente que sólo conocía la letra manuscrita de sus vecinos, casi siempre dibujada en una libreta de almacén. Por aquel tiempo, Basílides logró convencer al anterior director de *La Aldaba*, un viejito ciego y casi sordo, de incluir una página de predicciones astrológicas, como las que todavía se veían en las revistas de moda que llegaron antes de 1962. ¿Y quién mejor que él mismo para ello, que tenía en casa un telescopio y sabía algo de cálculos astronómicos? Nunca nadie se preguntó de dónde salían tales predicciones, y el director olvidó pronto que el autor era el nuevo empleado de tesorería. Aunque, después de todo, su método era razonable, o por lo menos consecuente con la teoría de los cuatro elementos: si es cierto que los nacidos bajo un mismo signo heredan de los astros las mismas características psicológicas y hasta la misma suerte, entonces basta con estudiar a una sola persona por signo para saber cómo es el resto de la humanidad y qué posibilidades tiene cada uno en un futuro inmediato. Por ejemplo, Basílides sabía que la nana era de Virgo. Así que, cuando la veía deprimida o ansiosa, escribía, para esa semana: «Virgo, cuide su ansiedad.» Y luego agregaba algún acontecimiento concreto: «recibirá una buena noticia en el campo laboral,» porque sabía que determinado mes su madre le iba a aumentar el sueldo. También sabía que la mujer de don Ferrando era de Escorpio, y cuando la veía un poco más provocativa que de costumbre escribía en Escorpio: «En el amor, necesidad de cambio…» Por supuesto que nunca creyó en la astrología, pero al menos era honesto, aunque un honesto incrédulo: si todos los hombres y mujeres de Virgo no estuvieran deprimidos esa semana y por recibir un aumento de sueldo, si todos los hombres y mujeres de Escorpio no tuvieran la misma mala suerte en el amor, entonces el horóscopo no servía para lo que dice que servía. Y la culpa no era suya. Además, nunca cayó en la gracia de recomendar un número distinto de lotería para cada signo, ni en la costumbre de identificar a un signo con las habilidades artísticas y otro con las habilidades científicas, pues había notado ya, en las enciclopedias, que los nacimientos de artistas y de científicos estaban desparramados indiferentemente por todo el año. Lo cierto es que desde entonces se vendieron casi cien ejemplares más, y nunca nadie quedó desconforme con las predicciones de *La Aldaba*, incluso cuando leían un signo ajeno como propio o cuando Basílides se equivocaba en el orden. De paso, agregaba fragmentos *imprescindibles* de Heidegger que sacaba de la alacena de su padre, que asustaban tanto a la nana y le privaron del saludo de sus compañeros de trabajo.

«Al principio de su historia, el saber absoluto debe ser otro que al final. Ciertamente, pero esa alteridad no quiere decir que en el comienzo [era la luz y] el saber en modo alguno todavía no fuese *saber absoluto. Bien al contrario, justamente en el inicio ya es saber absoluto, pero saber absoluto que aún no ha llegado a sí mismo, que todavía no ha* devenido *otro [o el mismo], sino que sólo es lo otro. Lo otro: él, el absoluto, es otro, es decir, es* no absoluto, *es relativo. El no-absoluto no es todavía absoluto. Pero este todavía-no es el todavía-no* del absoluto, *es decir, lo no-absoluto no es de alguna manera y a pesar de ello sino precisamente porque es absoluto, porque es[tá] no-absoluto: este no, en razón del cual lo absoluto puede ser relativo, pertenece al absoluto mismo, no es* diferente *de él, es decir, no* se acuesta a su lado, *extinto y muerto. La palabra "no" en "no-absoluto" en modo alguno expresa algo que siendo presente para sí yaciese* al lado *del absoluto, sino que el no alude a un modo del absoluto.*

»(Martín Heidegger: Fenomenología del Espíritu. *Curso del semestre de invierno, Friburgo, 1930-31. Edición de Der*

Cuentos incompletos

Mann ohne Eigenschaften, 1953. Traducción, introducción y notas: Heidi und seine brüder, Heide und Heger.)»

Athens, 2004

OBRAS PÚBLICAS

Apenas cinco años atrás, Basílides se atrevía a inventar burlas y absurdos como éstos en *La Aldaba*, hasta que llegó la orden de cerrar el semanario por un año. Esto impidió que saliera a la luz un descubrimiento que había hecho el mismo pseudoastrólogo en los archivos del Departamento de Obras de la alcaldía, lo cual hubiese, al menos, culminado la serie con broche de oro. Con fecha de agosto de 1945, se había olvidado el proyecto de un «paseo marítimo» que llegó a construirse en parte y que luego las arenas y la memoria de Calataid silenciaron. Los viejos planos, dibujados pacientemente y copiados con tinta azul, y las largas memorias descriptivas todavía revelaban un repentino entusiasmo progresista que de a poco se fue superando. "Tal vez el fracaso del proyecto se debió a la escasa originalidad de los santistas, a una repentina voluntad de copiar éxitos ajenos que llegaban a través de las películas americanas y de las revistas europeas" había escrito Basílides, en el artículo que no llegó a publicarse.

La historia del proyecto comenzó un día que el alcalde, don Juan Medina Medina (1859-1963), resolvió dinamizar la actividad de la ciudad con una gran obra pública que perpetuara su nombre. La idea que tuvo menos resistencia (y que

terminó conquistando calurosos aplausos al final) fue la de
construir un paseo marítimo que recorriese los límites extramuros de la ciudad. Sólo quedaba un detalle por resolver:
¿Cómo construir un paseo marítimo sin tener antes un mar, o
por lo menos un río? La solución, según el ingeniero de la
comuna, don Daniel Medina (1864-1963), era aprovechar las
curvas de nivel para detectar un posible cause a llenar con
agua. En la Asamblea de Ediles, explicó con detalles incon-
clusos, todo lo que había aprendido en la Universidad de Gra-
nada sobre cálculo de curvas de nivel, lo que no sirvió para
aclarar mucho las posibilidades de tal proyecto pero en cambio duplicó el entusiasmo popular. Las curvas de niveles aparecieron, porque siempre hay un punto más bajo que otro,
sólo que no hubo forma de hacer pasar por allí ningún arroyo,
por mínimo que fuese. Todo lo que no hizo cambiar de idea
a las autoridades y de esa forma terminaron construyendo su
ansiado Paseo Marítimo. Para llenar el cauce del nuevo río se
demolió parte de la antigua muralla norte y se desviaron los
albañales hacia él, lo que resultaba una idea redonda: no sólo
se creaba un paseo para la gente de intramuros, sino que además se solucionaban algunos problemas de saneamiento que
habían complicado a sus ciudadanos durante muchos años.
Se decía, por ejemplo —y, más tarde, el doctor Salvador Uriburu fue de la misma opinión— que casi todos los aljibes, los
pozos de agua y la gran cisterna comunal estaban contamina-
das por las aguas fecales que excretaba diariamente la ciudad.
Pero esta afirmación, sobre todo luego del fracaso de las
obras, fue considerada una ofensa a Calataid y ya nadie se
atrevió a reconsiderarla. Según el proyecto de Daniel

Obras públicas

Medina, de cada lado del futuro Paseo-Marítimo-Albañal se plantarían árboles y flores para disimular el olor que produjo después la exposición de aguas servidas, acompañadas muchas veces por desechos humanos en su estado inicial, lo que no resultaba tan atractivo como se había pensado en el momento de la votación. Pero el pueblo demostró su buena disposición para el Progreso y no quiso hacer reparos a tan importante obra iniciada por las autoridades, lo que lo acercaba, aunque más no sea en una pequeña escala, a las maravillas acuáticas del Sena en París o del Támesis en Londres. Con todo, ésta había sido una genialidad local, lo que ya tenía su mérito, según Basílides. Pero tan rápido como su proyecto y construcción, se organizó su abandono y olvido durante los inolvidables años sesenta. Después de la independencia de Argel, en 1962, y de los horrores causados por la guerra civil, se comprendió que la demolición del treinta y tres por ciento de la muralla de San Fernando, usada para las nuevas obras, había sido el peor pecado que se había cometido en Calataid en su larga existencia. La muralla permaneció con esa herida, como recordatorio de la barbaridad del progreso, hasta que todos olvidaron la causa que la había provocado y se comenzó su reconstrucción en el año 1963. Como fue imposible localizar las piedras originales, se decidió deconstruir dos torres para reparar el daño histórico de los Medina. Se eligieron las dos torres más altas donde, por algún tiempo y por obra de los nuevos inmigrantes, refugiados de la guerra, se habían instalado dos antenas de radio, por la cual una de ellas era conocida como la torre de Babel. Los oídos de Calataid

fueron extirpados en un solo día, lo que fue recibido con alivio y algarabía por la mayoría de su población.

Athens, 2004

EL JEFE

uando estaba nervioso, el alcalde se contaba los dedos de la mano. Pero el viernes de noche, mientras intentaba leer algunas revistas salvadas del fuego de la Matriz, notó algo extraño: tenía nueve. Volvió a contar: nueve, otra vez.

Entonces, repitió esta operación hasta que, abrumado por la evidencia, levantó la mirada hacia un cuadro de Goya y se quedó pensando. Siempre había creído que tenía diez dedos. ¿De dónde podía venirle esta convicción? Lo había visto en la demás gente. El ingeniero tenía diez, aunque no estaba del todo seguro, porque nunca se los había contado. Pero siempre hablaba del sistema decimal, o algo así. El ingeniero contaba muy bien y le había dicho que todo se repite de diez en diez porque teníamos diez dedos. Pero, ¿todos tenemos diez dedos?—se preguntó el alcalde, ahora algo nervioso. Él tenía nueve, y nunca nadie se lo había dicho. Tal vez lo habían disimulado, porque la gente siempre temía molestarlo. "En el fondo me tienen miedo" se dijo y sonrió orgulloso. Sin embargo, tampoco nadie le había dicho que tenía nueve dedos cuando era un simple cantinero, en el club Libertad. Tal vez la gente ya le tenía miedo. O tal vez perdió un dedo después de que lo eligieron para alcalde. Toda esa gente alrededor, manoseándolo, queriendo llevarse un recuerdo de él. ¿Pero cuándo, exactamente, pudo haber perdido un dedo? Eso duele mucho, o debe doler, por lo que difícilmente pueda pasar inadvertido, ni por el que lo pierde ni por la demás gente que está alrededor. O el dolor había sido tan intenso que le había provocado amnesia, como cuando uno ve algo que no quiere ver y se desmaya o despierta de la pesadilla. ¿O estaba perdiendo los dedos de la mano como los diabéticos pierden los dedos del pie, sin dolor? ¿Qué habría sido del dedo perdido? ¿Cuál de las protuberancias que tenía en las manos había sido alguna vez la raíz del dedo desaparecido? Miró a su alrededor. Miró el cuadro: una mujer que sostenía el ataúd con la sardina sonreía, mostraba cinco dedos en una mano. La otra mano no se veía, pero es de suponer que también tenía cinco dedos, ya que la naturaleza animal suele ser simétrica, sino en sus proporciones por lo menos en la cantidad de sus elementos que la componen. Aunque el corazón era uno solo y no estaba al medio, como la nariz o el pene. Estaba desviado, un poco inclinado, prueba quizás de su imperfección y del desorden de todos los sentimientos que salían o pasaban por sus válvulas: amores, odios, alegrías, tristezas… Un verdadero caos. Pero salvo este detalle, el resto de la naturaleza es simétrica: los hombres, las mujeres, los trenes y las hojas de los árboles. Apenas terminó este razonamiento se sintió feliz: en realidad parecía muy inteligente. Por algo lo habían elegido gobernador de toda la ciudad, es decir, de todo ser humano conocido a la redonda. Si no fuese por el desierto que los rodea, sería gobernador también de las aldeas vecinas. Tendría un imperio. También el vicealcalde, quien siempre se encargaba de todo y quien lo

El jefe

impulsó a meterse en política, decía lo mismo. Había llegado a alcalde por su portentosa inteligencia y por sus habilidades oratorias. Se lo decía siempre el vicealcalde.

Uno, dos, tres... nueve. Se quitó los zapatos y volvió a contar: esta vez llegó hasta diez, no con alivio sino con un dejo de preocupación, porque la cifra alcanzada confirmaba que le faltaba un dedo en una de las manos. Volvió a sus manos y contó al revés, procurando determinar en qué mano faltaba el dedo en cuestión. Nueve, ocho, siete... uno. Estaban todos. No, había procedido mal. Debía comenzar por diez y si llegaba a dos, era porque realmente le faltaba un dedo y, de paso, sabría a qué mano había pertenecido. Volvió a contar y descubrió que le faltaba uno en la mano izquierda. Aunque todo eso era discutible, como decidir cuándo empezará el nuevo milenio, si en el dos mil o en el dos mil uno. Todo depende si consideramos que existe un año cero, que no existe, como no existe un dedo cero, sino que se empieza por el uno... ¿Y si realmente le faltaba un dedo? Claro, no lo había notado antes porque siempre firmaba con el pulgar de la derecha. Miró las dos manos a la mayor distancia que le permitían los brazos y comparó una con otra: le faltaba el índice izquierdo, lo que demostraba las limitaciones de la lógica matemática. Donde faltaba había quedado una especie de joroba. La mano se parecía más bien a una especie de cisne. Lo sabía por las fotos de los libros que estaban en los sótanos de la comuna. Se sintió molesto: si hubiese descubierto un dedo de más, sería otra cosa. Tal vez se hubiese sentido orgulloso. Pero un dedo de menos lo inquietaba, y no sabía por qué. Por un momento, se le cruzó la idea de obligar a sus funcionarios a tener no más de nueve dedos, sumados en ambas manos, pero la desechó enseguida, diciéndose a sí mismo y en voz baja, que él era un gobernante democrático y tolerante. Mandar cortar dedos sin una justificación era una práctica salvaje de los camelleros que hablaban algarabía. Claro, podría encontrar una razón. Siempre hay una razón para todo. Los evasores de alcabales, por ejemplo, merecían un castigo justo y ejemplar. Bastaba con un decreto que la asamblea discutiría acaloradamente dos o tres meses para finalmente confirmar una medida tan necesaria. Es mejor perder un dedo y no la mano, una muela y no la cabeza. Así la mitad de la población carecería de un dedo... Pero sería la mitad menos orgullosa y él pertenecería a ese ingrato grupo de malditos. Por lo tanto, mejor proceder al revés. Podría ascender de rango a todos aquellos que carecieran de un dedo, al menos. Eso sí. Eso sería algo positivo, porque enseñaría a los demás que lo importante en la vida es la superación personal a partir de alguna carencia. Y pronto esa carencia terminaría por convertirse en una virtud, en un signo de distinción. Sí, ya sabía, como siempre uno trataba de distinguirse de los pobres, de los infradotados, pero ellos siempre terminaban por imitar las costumbres de los nobles. Seguramente en pocos años todo el mundo terminará por cortarse un dedo. Maldición, dijo golpeando la mesa con su mano de cinco dedos.

Quiso pensar en otra cosa. De debajo de una pila de papeles viejos, tomó un *La Aldaba* de 1974. En la página de atrás el loco de la corneta había puesto una larga cita de Martin Heidegger. Leyó con la desconfianza habitual en esos casos: Fenomenología del espíritu de Hegel. Estaba en alemán.

O en un español antiguo, de ahí su dificultad, con esas horribles *lo, las, les, los* que sólo servían para confundir.

«Si sólo al final el saber absoluto es de una forma total él mismo, saber que sabe, y si es esto al devenir *tal, en tanto* llega *a sí mismo, pero sólo lo llega a sí mismo en tanto el saber se deviene otro, entonces en el inicio de su andadura hacia sí mismo* aún *no debe estarlo en y consigo mismo. Todavía debe ser otro y, es más, incluso sin todavía haber* devenido *otro. El saber absoluto debe ser otro al inicio de la experiencia que la conciencia hace consigo misma, experiencia que, más aún, no es otra que el movimiento, la historia donde acontece el* llegar-a-sí-mismo en el devenir-se-otro».

Limpió los lentes y tomó un lápiz para corregir los errores gramaticales:

«Así pues, si en su fenomenología el saber debe hacer consigo la experiencia en la que experimenta lo que no es y lo E *que justamente en ello es con él, entonces ello sólo puede ser así si el saber mismo que hace (cumple) la experiencia, de alguna manera ya es saber absoluto. Martín Heidegger...»*

Miró el dedo que no estaba. No podía olvidarse de él tan fácilmente, como alguien que despierta de una pesadilla y se da cuenta que es real. Decidió cerrar *La Aldaba* cuatro o cinco años atrás por esos excesivos errores gramaticales, previa votación de la Asamblea. Luego, revisó los programas de educación para recuperar los valores perdidos, el espíritu original de Calataid, reserva moral del mundo en los oscuros tiempos que han de venir, anunciados largamente por el doctor Uriburu, quien se pegó un tiro en la boca para acallar su propia voz. Eliminé la falsa educación reproductiva, la blasfema teoría de la evolución e todas las demás teorías, e mudé éllas por la enseñanza de los *fechos*. «Factos e no teorías» fue la lema de esa campaña, inspiración de nuestro pastor George Ruth Guerrero. E si bien la Asamblea se resistió, como siempre, finalmente comprendió la sabia medida e fasta los más progresistas prefirieron perder un ojo a quedarse ciegos. Mas tanto esfuerzo no fue suficiente, e agora la ciudad paga las consecuencias por su falta de fe.

Una mujer que lloraba o se reía lo sacó de sus cavilaciones. Era un llanto breve y ahogado que venía del otro lado de la puerta del corredor; un gemido que se repitió como en un eco reprimido. Abrió e hizo silencio, pero no escuchó más nada. Volvió a cerrar la puerta, dejando del otro lado un suspiro discreto.

Por la ventana vio varias columnas de humo negro que apresuraban el atardecer. Los vecinos habían decidido quemar colchones y cualquier elemento usado para descanso o placer. La quema colectiva provocó algunos incendios mayores que destruyeron pocas casas en Santiago y algunas más en San Patricio. De esta forma se completó la primera profecía de Aquines Moria.

Athens, 2004

EL AYUDANTE

El ayudante del mecánico era otro, aunque nunca nadie lo mencionó en sus especulaciones. El alcuazil habló con él dos o tres veces, sin hacer comentario alguno. Era un gallo grande y caminaba lento, algo encorvado y con la cabeza adelantada, como si quisiera disimular su enorme altura. Tenía un cabello rubio y lacio que le caía sobre los ojos, como un bellísimo casco de oro que le cubría una mirada perdida, probablemente la única mirada que tenía, la misma que un día había conservado al levantarse sin haber despertado del todo y que demostraba lo poco que comprendía del mundo que lo rodeaba, como alguien que en medio de un sueño pesado no alcanza nunca a comprender por qué los girasoles tienen ojos y los granjeros semillas ciegas en la cara. Hijo legítimo de los Pessoa, dueños de los carros de taxi y los talleres de lana sobre la Empedrada este, fue un niño rico y un adulto pobre, aunque nunca apreció la diferencia, lo cual lo hacía una especie de sabio idiota. Al igual que todos los hijos ilegítimos o adoptados por abandono, el niño de los Pessoa pensaba con la mitad del cerebro. Su padre, don Vero, lo había cambiado por un amiguito de juegos, por un crío callejero llamado el Trueque, que cuando jugaba con él siempre se quedaba con su comida o lo convencía para cambiar la ropa que llevaban puesta. El almacenero le había visto condiciones al otro y lo llamó a su lado. Hasta que terminó poniéndolo al frente del negocio para que perpetuara su nombre y su obra. Al poco tiempo, el Trueque Pessoa cumplió con las expectativas del viejo, y con creces. Como todo empresario exitoso, no despreció la política e invirtió tanto dinero en las elecciones municipales como en la compra de tintas rojas de Malí, que reemplazaron silenciosamente el antiguo azul índigo de Libia. Casi no recibió votos, pero este detalle no le impidió obtener un cargo de confianza en la administración y la amistad de don Josef María de Rodrigo, lo que, como todo lo demás, también estaba dentro de sus cálculos.

Después de la muerte de su madre, doña Carmen Pessoa, y de la repentina demencia senil de don Vero, Eugenio lo perdió todo sin darse cuenta; lo cual no dejó de ser un alivio a la injusticia. Sin rencores, continuó sonriéndole a las moscas y coleccionando escarabajos, porque tenía terror de quedarse solo. Cuando este momento llegaba —porque es inevitable, como la muerte, decía el pájaro— se sentía incómodo consigo mismo y movía la cabeza hacia delante, como alguien que está escuchando una música de baile sin bailar. Permanentemente tenía uno o dos escarabajos en alguna de sus manos. Cuando nadie miraba a mí, abría los puños e los escarabajos trepaban del dedo más bajo al dedo más alto, como si fuesen acorazados alpinistas que no alcanzaban a percibir que subían del dedo primero al segundo y del segundo al primero, sin fatigarse jamás, hasta que por allí pasaba alguien y le gritaba *tarado*. Entonces el dios de los ciclos cerraba los puños y escondía los insectos, asustado, como si supiese que hacer girar escarabajos era algo sucio, indecente. Porque también circulaba —sólo entre los varones del pueblo— la versión de que el tarado manipulaba escarabajos por consejo o por imposición del cura, que de esta forma pretendía impedir que se masturbara en las orillas de los caminos, por donde podían pasar mujeres y hasta doncellas inocentes. Y como el tarado había sido muy bien equipado por la naturaleza, podría ceder a la tentación de cometer alguna desgracia. A la tentación propia o a la de alguna de las doncellas inocentes que solían salir al atardecer a pasearse por las plazas y por los caminos que entraban al pueblo, soñando con el repentino arribo de un actor de fotonovela. Sobre los resultados había discusiones: era probable que el cura haya tenido éxito, pero en todo caso un éxito parcial, porque si para un hombre inteligente siempre fue difícil dominar su propia naturaleza, era probable que más difícil le resultara al tarado. Así que marear y aplastar escarabajos para después conseguir otros nuevos, sólo podía significar —por lo menos para un médico del siglo pasado— ceder a la tentación, rompiendo con los negros y minúsculos tabúes, para luego proteger otros en muestra de arrepentimiento. Pero ¿qué pasaría cuando ya no quedasen más escarabajos en la zona?

Eugenio Pessoa bien pudo haber sido hermano mío. Todos le tiraban alguna piedra cuando podían, como las gallinas picotean sin motivos a los pollos que caminan rengos o sufren de alguna deformación visible. Pero yo nunca fago caso, son mucho graciosos, si yo me enojo aplasto éllos, como a Romerito que se me quería volar de la mano e cacé élo en el aire e ya no se pudo mover más. Romerito, tenía la espalda roja e puntitos negros sobre quello rojo e fablaba español, decía sí, sí, era malo, pero quellos graciosos que tiran piedras e salen corriendo no, no son buenos, dice el padrecito. Para peor, nunca nadie supo de dónde sacaba los escarabajos, búsqueda que hubiese complicado a más de un genio en el pueblo; y nunca nadie supo, a ciencia cierta, qué hacía con ellos después de marearlos, lo que siempre incomodó a más de uno, ya que si bien la primera cuestión era misteriosa, la segunda era por lo menos para sospechar. Me gustaban los amarillo, con puntito rojos. Se decía que los mataba, apretándolos con los puños hasta que la cavidad de sus enormes manos quedaba anulada por la presión sobrenatural de su idiotez, lo que sin duda justificaba las piedras que le arrojaban los más chicos. E de noche cazaba la luciérnagas en camposanto, la lucecita verde, la amarilla, la roja no gustaba mí, igual las cazaba una por una fasta que no quedaban más e se facía todo oscuro. La última lucecita amarilla siempre me cuesta más, porque tiene más espacio e vuela más rápido que yo. E como es todo oscuro, mí tropiezo e catapúmbate para el suelo. Incluso se le conocían algunos gatos ahogados, con lo difícil que es ahogar gatos en el agua. Sobre esto nunca hubo pruebas, ni siquiera la falta de algún comeratones conocido, pero todos decían lo mismo y es posible que él se enorgulleciera de esas mentiras. El tarado debía percibir que la gente lo respetaba —lo poco que podían respetarlo— por lo mismo que le tiraban piedras. La gente respetaba al mecánico cuando le rompía las costillas al burro, entonces ¿por qué se molestarían con alguien aficionado a marear escarabajos? ¿O era que a la gente le molestaba que el tarado hiciera algo por decisión propia? ¿O simplemente molestaba como molesta un pollo rengo entre los pollos sanos? Vaya uno a saber. Pero también hay que decir que tuvo defensores; claro, nunca faltan los malos defensores. Algunos llegaron a decir que el tarado era más bien inocente, inofensivo la mayor parte del tiempo, aunque nadie garantizaba nada cuando estallaba en furia y, por eso, lo habían puesto con el mecánico para que gastara energías arrastrando fierros de un lado para el otro y sin ningún motivo. Más vale tarado cansado que cien imaginando cosas. Por otra parte, el mecánico necesitaba un ayudante que no fuese tan inteligente como él, dado que era un hombre casado; y el que consiguió no podía cobrar mucho, dado que era tarado.

En cuanto al burro, diré que con mi gestión salió perdiendo ampliamente. Como si fuese el responsable de los reclamos del Basilisco, lo olvidaron atado en el poste de luz, día y noche, con un balde de agua diez centímetros por fuera del círculo que describía la cuerda. Dos noches seguidas tuve que filtrarme por entre las chatarras para acercarle el agua, pero el burro no salía de su posición de estatua triste. Se quedaba mirándolo, reposando sobre sus patas chuecas, como si en lugar de patas estuviese apoyado sobre cuatro muletas, con sus enormes orejas caídas y sus ojeras blancas, con la barriga cayéndole, más por debilidad del espinazo que por exceso de alimentación, negándose tozudamente a probar el agua que aquel intruso bondadoso le ofrecía, como si ya no le quedase posibilidades de confiar en ser humano alguno y prefiriese seguir sufriendo de sed a morir envenenado.

Cuentos incompletos

La última noche, Ramabad le dejó el balde contra el poste, a riesgo de que se dieran cuenta de su incursión, y al día siguiente se olvidó del asunto. Luego supo, por el comentario divertido del verdulero, que el mecánico había puesto al burro en penitencia de trabajo, ya que, como todos saben, estas pequeñas bestias son muy tercas y rezongonas, y con frecuencia se niegan a obedecer. Junto con el tarado del pueblo, lo hicieron trabajar a jornada doble, llevando y trayendo carcazas de carrozas sin ruedas, sangrando a veces por los costados, por donde se iban a incrustar los ejes y las chapas herrumbradas cuando la pequeña bestia no podía avanzar y, tras el tirón, la cuerda le respondía trayéndolo de nuevo hacia atrás con mayor violencia. El burro dividió al pueblo en dos: los menos, que veían con malos ojos el maltrato que recibía día tras día, y los más, que se divertían con sus patas chuecas, torcidas por el esfuerzo, y se morían de risa a causa de los rebuznidos que cada tanto daba cuando el General del Casco Dorado levantaba su vara como si fuese una espada. Especial éxito tuvo la idea anónima de colocarle al burro un viejo sombrero de fino paño escocés, con dos agujeros para que salieran por allí sus enormes orejas, el que fue quitado por el mecánico, apenas lo vio de lejos, furioso porque aquello que tiraba de un chasis era un burro, no un hombre. Y como el mecánico no estaba dispuesto a perder su tiempo buscando al culpable de semejante burla, descargó toda su rabia en las ya maltrechas costillas del animal, que tuvo que sufrir patada tras patada por haber prestado su imagen para semejante ofensa a la especie humana.

El ayudante

—No pegue a él, patrón —decía el General—. Mire cómo llora.

A lo que el patrón respondía, en alarido: No seas tarado, ¿no sabes que los burros siempre facen ansí? Cada bicho tiene un ruido e eso no quiere decir que sea llorando. Las hienas dicen ja-ja cuando pelean e eso no quiere decir que se rían por algo. Vas a ver que si doy éle con esto cada vez que rebuzna, va a perder la costumbre.

¿Por qué una persona puede odiar tanto a un animal inocente? No es posible saberlo a ciencia cierta. También los críos de Calataid tenían la afición a torturar y matar gatos, casi siempre ahogados en aquello que aparentemente más los atemoriza: el agua. Con todo, los gatos se resistían al sacrificio y solían clavar las uñas y los dientes en las manos de sus torturadores, dando de ésta forma más y mejores argumentos a estos últimos. Pero en el caso del burro no era así. Aquella pequeña bestia era incapaz de devolverle una patada a nadie. Su cara de tristeza y sus condiciones de bicho pacífico daban lástima y rabia al mismo tiempo, porque uno no se explicaba cómo era capaz de soportar día tras día, palo tras palo sin tomar medidas en el asunto, como cualquier ser humano normal.

Con el tiempo se impuso la idea de que el burro traía defectos de nacimiento y, probablemente, de raza. Muchos eran de la idea de que Lucifer montaba sobre su lomo desde al atardecer hasta el alba. Sólo así podía explicarse una inteligencia sobreanimal que no podía serle propia sino prestada. Se lo comparó con los demás animales y se notó que, a diferencia de cada uno de los perros, de los alazanes y hasta de los gatos, era él el único que se resistía a obedecer al mecánico. Por lo tanto, mal no estaba que éste quisiera imponerse, como un dueño de casa se impone a la ferocidad de su perro, al atropello de su caballo, a la rebelión de los gatos o a los caprichos de su mujer. Claro, «imponerse» no significaba estar todo el día dándole palos, sino todo lo contrario: un hombre que debe recurrir a la violencia para hacerse respetar está siendo, de alguna forma, resistido. La violencia sólo podía ser un recurso temporal. Sin embargo, lo temporal pareció en algún momento no tener fin, y esto comenzó a preocupar al pueblo, que llegó a sospechar que el burro era incapaz de comprender el mensaje y, de a poco, se pasó de las risas al mal humor. Más de un exaltado anunció en rueda de amigos que, la próxima vez que escuchara los rebuznidos del burro, él mismo iría con un palo y le molería las costillas. Tal vez ansí le faga caso a otro, ya que no a su propio dueño. Pero si bien el burro era un servidor de Lucifer, matarlo hubiese significado entregarlo en ofrenda. Lo que correspondía era exorcizarle el demonio a palos.

Después de la muerte de don Luzardo, el burro pasó días enteros moviendo toneladas de fierros, tirando y soportando los latigazos del mecánico, sin rebuznar al final. Hasta que fue visto un mediodía, a la hora de la siesta, con una soga al cuello y arrastrando un pedazo de carroza por el camino de las locas. Más de uno se levantó de la siesta, intrigado por el misterioso ruido que hacía la carcasa sobre el empedrado y vio al burro andando, despacio y sin tregua.

—Finalmente aprendió a tirar de los fierros sin rebuznar. Mas miren que dio trabajo, el fijo de puta!

El ayudante

Al principio, algunos se rieron y se volvieron a sus casas para comentar lo que habían visto: ese burro era como una persona, dijeron años después. Con el tiempo, no sólo se recordaban sus ocurrencias, sino que se le atribuían actos humanos, casi todos cómicos, porque pocas cosas causan más gracia a una persona que la conducta humana de un animal, así como lo inverso asusta y produce asco. El burro del mecánico prefería los bombones de chocolate a las galletas, decían algunos; el burro del mecánico se rascaba una oreja con la pezuña de su mano derecha; el burro lloraba cuando le gritaban; no, en verdad no lloraba, protestaba como tu abuelo; ¿alguna vez vieron al burro escondiéndose detrás de un árbol para orinar? Pero mientras vivía, llegó a enfurecer hasta el padre D'Ángelo cuando el General se apareció en la puerta de la iglesia montando en él.

—¿Puedes mí decir adónde vas, fijo? —fue la pregunta del cura, que le salió al cruce antes de que el tarado se metiera con bestia y todo a la casa de Dios.

—¿Io, padre?

—¿A quién más crees que estyo fablándole?

—Sí, es cierto —decía el General, mostrando sus hermosos dientes y moviendo la cabeza como si estuviese confirmando algo todo el tiempo.

—¿Entonces?

—¿Entonces qué, padre?

—Repito la pregunta, más despacio, a ver si puedes responder: ¿qué sos faciendo arriba de ese burro, con las dos patas en los escalones de mi iglesia?

—No sé, padrecito.

—¡Cómo es posible que fagas las cosas sin saber! Cuando uno no sabe qué hace, queda se quieto, ¿entiendes fijo?

—Como cuando pienso en la patrona e toco aquí abajo, padre, e no sé por qué fago eso, sí.

—Bueno, bueno, bueno, llega. Ya dije a vos que eso queda entre nos dos. ¡No tienes por qué repetir élo! Eso no es nada bueno, cuántas veces voy a decir a vos? Memoriza quello qué digo e no repitas élo. ¿Acaso quieres que todo el pueblo entere de quello que faces? ¿Sabes qué dirán?

—No sé, padrecito.

—¡Dirán que cada día semejas más al burro!

—Sí, es cierto… Siempre pasa eso mismo, padrecito. Soy el más olvidadizo…

—Por favor fijo, marcha de aquí, mas antes quita de tu cabeza esa corona de espinas, antes que vea a vos más gente.

—Sí, padre. Soy el más distraído. Eso es, distraído. Subí al burro para facer una vueltita e él solito trajo a mí fasta aquí. Si no detiene élo vos, padre, mete nos al templo conmigo e todo.

De esta anécdota, que pronto se conoció en todo el pueblo, se extrajeron muchas conclusiones. Sobre el burro, el turco de la tienda de la Estación dijo que pertenecía a la línea familiar de aquel otro que introdujo a Jesu en Jerusalén, y al día siguiente le hizo una oferta al mecánico para quedarse con la pequeña bestia. Pero se consideró sacrilegio y el negocio no se cerró. No era una suposición descabellada —repetía el viejo de la nariz grande, cristiano emigrado de algún lugar de Egipto, pero conocido amante de las historias fantásticas—

ya que el primer burro había sido traído por los mercachifles bereberes, es decir, seguramente procedentes de Medio Oriente. Sin embargo, ninguna de estas conclusiones ayudó a mejorar la suerte del burro del mecánico. Por otra parte, la anécdota era del todo inconveniente: relacionar al burro queriendo entrar a la iglesia con el tarado encima, con el burro de Jesu entrando en Jerusalén, era acercar peligrosamente al Maestro con el ayudante del mecánico, lo que desde todo punto de vista resultaba ofensivo para la sensibilidad de Calataid. ¿Y quién era el culpable de esta vergonzosa anécdota?: el burro, ya que no el tarado, que no sabía lo que hacía, decía el pájaro.

Otras historias sobre el burro iban mejor adornadas con atributos humanos, que seguramente él desconocía o despreciaba. Lo cierto es que, la vez que se lo vio subiendo por el camino de las locas, iba solo y con rumbo fijo, al decir de la madre de la gitana, como si fuese para algún lado preciso donde pensaba dejar el último chasis. Solo y probablemente por su propia voluntad, arrastró ese chasis de camión hasta que murió ahorcado en el último repecho que separaba el pueblo del camposanto. Nunca se supo si aquello fue un suicidio impulsado por el Dictador, o un intento frustrado de libertad o ambas cosas, pero nadie volvió a compararlo con una persona, porque en el pueblo nunca nadie había querido quitarse la vida así porque sí. En todo caso lo que hizo lo hizo por burro.

La única que lloró al burro fue la mujer del mecánico. Ella y el ayudante arrastramos a la pequeña bestia e la enterramos sin discursos a la salida del pueblo. Ramabad los recordaba —entre triste y melancólico— caminado muy lejos en una calle más bien desierta, cuando la larga noche de Calataid aún no se iba y una nube oscura de polvo cubría lo más alto del cielo, dejando un crepúsculo todavía claro en el horizonte. Parecían tres bultos vivos —decía—, moviéndose en medio de una hoguera cósmica, pero uno de ellos iba muerto e yo llevaba élo de una pata. ¿Por qué es tan injusto el señor?, dicen que se lamentaba la mujer, pero nunca nadie supo a ciencia cierta si se refería a Dios o a su marido. La mujer lloraba como una Magdalena y el tarado la acompañaba, llorando más fuerte aún, como si no pudiese hacer nada sin discreción.

Al burro lo enterramos en campo no santo, pero bajo una cruz de palo, la que, tiempo después, fue quitada del lugar por el espíritu del señor mecánico. El dolor excesivo de la mujer del burro produjo la solidaridad de algunos, al principio, y todo tipo de comentarios después, cuando ella comenzó a volver periódicamente a dejar trozos de chocolate amargo esparcidos sobre el pequeño bulto de tierra. Lo que, a la larga, trajo una nueva tragedia, porque el mismo chocolate que no podía comer el espíritu del burro terminó atrayendo a los chanchos salvajes que, no satisfechos con el postre, dieron vuelta la mesa y desenterraron lo que quedaba del finado. Y se lo comieron también.

Los chanchos no sólo comían burros cuando andaban sueltos y con hambre, sino que había que cuidarlos en los cementerios, cada vez que moría un cristiano. Tenían la costumbre de desenterrar cualquier cosa que oliera mal, y un cajón de madera no era suficiente obstáculo para sus poderosos hocicos. Chancho que se escapaba a su dueño y se unía al grupo de los salvajes no volvía más. Enseguida le tomaban el gustito, si se me permite. Y como corría la creencia de que las balas no hacían daño en sus carnes insensibles de los cadáveres, se procuraba siempre tenerlos lo más alejados posible, sin intentar acercárseles nunca. Mejor era que anduviesen corriendo por las dunas más lejanas, con los hocicos manchados siempre de sangre, que tener que resolver qué hacer si alguno llegaba a morir cerca del pueblo.

Athens, 2005

LAS MÁSCARAS

Poco antes de morir, el viejo le había conseguido una pensión por invalidez, y cuando supo de su soledad y de sus derechos se recluyó en su cuarto de día y en el mirador de noche. Yo la quería mucho y creo que ella me quería igual. Sólo que compartíamos un pacto silencioso: nunca hablábamos de nuestro padre y no recuerdo que hayamos pronunciado alguna vez el nombre de la vieja, recluida sin remedio y por su propia voluntad en un cuarto oscuro y sin ventilación. Hacíamos todo de común acuerdo, sin necesidad de hablar directamente de cada cosa. Por ejemplo, yo me quedé con el saxo y con los discos del viejo, y ella se quedó con el catalejo que usaba para ver los cráteres de la luna, de la misma forma que veía las bacterias del hambre a través del microscopio. También al pájaro le gustaba ese instrumento. De chico decía que podía ver en la luna muchos países, como en las enciclopedias, unos predominando sobre otros, imperios cruzando mares y montañas, islas sometidas y desiertos olvidados, como el nuestro. Se pasaba horas mirando por ese cañón de vidrio, hasta que alguno de nosotros subía al mirador y lo interrumpía. Quería hacerme creer que podía volar de noche. En realidad, decía ella, sus alas se habían vuelto muy fuertes por el ejercicio de caminar y sus piernas no le pesaban como nos pesaban a nosotros. Entonces yo me daba media vuelta y le decía que no inventara historias, que la comida se enfriaba y yo no lo iba a esperar toda la noche para bajar. Pero ella no quería dejar de hurgar en su luna. Hasta que murió papá y ya no tuvo quién le creyera una palabra. Así que se quedó allá arriba y nunca más volvió. Esto lo sé bien, porque ella mismo me llegó a contar ciertas cosas que estaban ocurriendo en el pueblo —como el maltrato que le daba el mecánico a su burro, obligándolo a tirar de los autos que tenía apilados en su predio— como si pudiese verlos a todos desde allá arriba. Sólo ella pudo saber si el mecánico se suicidó al ver por segunda vez al gallo negro o si lo mataron su mujer y el ayudante.

—Alguien debería hacer algo —me decía, preocupada por los palos que recibía el burro y esperando que yo me decidiera a intervenir. Y como yo quería tenerla contenta, atravesaba el pueblo y me ponía a conversar con el mecánico, en el patio de enfrente, a propósito para que ella pudiese vernos. Por ahí hablábamos del tiempo o de cualquier otra cosa sin importancia, más bien en un tono amable, porque a mí no me gustaba la gente pero tampoco quería llevarme mal con nadie.

Hasta que un día vi al bicho atado a un poste en medio del sol y sentí lo que debió sentir el pájaro. Así que no pude aguantarme y terminé por reclamarle a la bestia un mejor trato para su burro. Sólo que nunca imaginé que me iba a salir con lo que me salió:

—¿Y a usted qué le importa? —dijo— ¿No le parece que no está en condiciones de darle consejos morales a nadie?

Las máscaras

Esa vez, la última que hablé con el mecánico, terminamos discutiendo. Yo alegando razones humanitarias para el burro y él defendiendo sus derechos de propietario. La discusión terminó cuando el dueño del burro llamó a su ayudante, y el pobre idiota se acercó con su enormidad encorvada y su cara de no-entiendo.

—Diga, patrón…

—Sácame este músico del área productiva.

El ayudante hizo lo posible por impresionarme con su cara de malo sin dormir, llena de granos a punto de reventar, mientras repetía:

—Salga del área, del área… —olvidándose del resto.

El ayudante del mecánico no era malo. Quiero decir que no hubiese podido matar a su patrón, por más bonita que fuese su mujer. Era un muchacho grande y caminaba lento, algo encorvado y con la cabeza adelantada, como si quisiera disimular su enorme altura. Tenía una cabellera rubia y lacia que le caía sobre los ojos, como un casco de oro que brillaba con el sol y le cubría una mirada perdida, probablemente la única que un día había conservado al levantarse sin haber despertado del todo y que demostraba lo poco que comprendía del mundo que lo rodeaba, como alguien que en medio de un sueño pesado no alcanza nunca a comprender por qué los girasoles tienen ojos y los granjeros semillas ciegas en la cara. Cuando estaba solo se sentía incómodo consigo mismo y movía la cabeza hacia delante, como si estuviese escuchando una música de baile sin bailar. Permanentemente tenía uno o dos escarabajos en alguno de sus puños. Cuando nadie lo veía, abría las manos y los escarabajos trepaban del dedo más bajo al dedo más alto, del primero al segundo y del segundo al primero, sin fatigarse jamás, hasta que por allí pasaba alguien y le gritaba tarado. Entonces el dios de los ciclos cerraba los puños y escondía los insectos, asustado, como si supiese que hacer girar escarabajos era algo sucio, indecente. Porque también circulaba, creo que sólo entre los varones del pueblo, la versión de que el tarado manipulaba escarabajos por concejo o por imposición del cura, que de esta forma pretendía impedir que se masturbara en las orillas de los caminos, por donde podían pasar mujeres y hasta doncellas inocentes. Y como el tarado había sido muy bien equipado por la naturaleza, como el burro, podría ceder a la tentación de cometer alguna desgracia; a su monstruosa tentación o a la inocente tentación ajena. Sobre los resultados había discusiones: era probable que el cura haya tenido éxito, pero en todo caso un éxito parcial y muy provisorio, porque si para un hombre inteligente siempre fue difícil dominar su propia naturaleza, era probable que más difícil le resultase al tarado.

El General bien pudo haber sido hermano mío, algún hijo clandestino de mi madre infiel o de mi padre suicida. Todos le tiraban alguna piedra cuando podían, como las gallinas picotean sin motivos a los pollos que caminan rengos o sufren de alguna deformación visible. Pero nadie supo nunca de dónde sacaba los escarabajos, búsqueda que hubiese complicado a más de un genio en el pueblo. Y, como le decía, nunca nadie supo a ciencia cierta qué hacía con ellos después de marearlos. Se decía que los mataba, apretándolos con los puños hasta que la cavidad de sus enormes manos quedaba anulada por la presión sobrenatural de su idiotez, lo que sin duda justificaba las piedras que le arrojaban los más chicos. Incluso se le conocían algunos gatos ahogados, con lo difícil que es ahogar gatos en el agua. De acuerdo: sobre esto nunca hubo pruebas, ni siquiera la falta de algún comeratones conocido, pero todos decían lo mismo y es posible que él se enorgulleciera de esas mentiras, porque el tarado debía percibir que la gente lo respetaba por lo mismo que le tiraban piedras. La gente respetaba al mecánico cuando le rompía las costillas al burro, entonces ¿por qué se molestarían con alguien aficionado a marear escarabajos? Algunos llegaron a decir que el tarado era más bien inocente, inofensivo la mayor parte del tiempo, aunque nadie garantizaba nada cuando estallaba en furia y, por eso, lo habían puesto con el mecánico para que gastara energías arrastrando fierros de un lado para el otro y sin ningún motivo. Por otra parte, el mecánico necesitaba un ayudante que no fuese tan inteligente como él, dado que era un hombre casado; y el que consiguió no podía cobrar mucho, dado que era tarado.

Para mí no era un mal tipo y mucho menos un asesino. La poca violencia que manifestaba de vez en cuando eran escasas devoluciones de todo el maltrato recibido desde que comenzó a sentir (ya que no entender, si es que alguien lo entiende) el mundo de la gente normal. Yo diría que era apenas una víctima inocente, y eso podía verse patente cuando se creía solo. Cuando quedaba exhausto, se sentaba sobre una llanta de auto o se acostaba boca arriba sobre un tanque de combustible caído, siempre con sus escarabajos entre los dedos y repitiendo, con una semisonrisa entre los dientes: "de las rodillas para abajo estoy parado, y de las rodillas para arriba estoy acostado" La inocencia no lo favorecía, como no lo favorecía su inteligencia, menguada por algún mal trato infantil, o por el infortunio prenatal, como el mío o el de mi hermana.

En cuanto al burro, diré que fue el tercer gran sospechoso de la muerte de su patrón. Como si fuese el responsable de mis reclamos, el mecánico lo había dejado atado en un poste de luz, día y noche, con un balde de agua diez centímetros por fuera del círculo que dibujaba la cuerda. Dos noches seguidas tuve que filtrarme por entre los fierros para acercarle el agua, pero el burro nunca salió de su posición de estatua triste. Se quedaba así, mirándome, reposando sobre sus patas chuecas, como si en lugar de patas estuviese apoyado sobre cuatro muletas, con sus enormes orejas tristes y sus ojeras blancas, con la barriga vencida, más por debilidad del espinazo que por exceso de alimentación, negándose tozudamente a probar el agua que yo le ofrecía, como si ya no le quedase posibilidades de confiar en ser humano alguno y prefiriese seguir sufriendo de sed a morir envenenado. La última noche le dejé el balde contra el poste, a riesgo de que se dieran cuanta de mi incursión, y al día siguiente me olvidé del asunto. Luego supe, por el comentario divertido del verdulero, que el mecánico había puesto al burro en penitencia de trabajo, ya que, como todos saben, estas pequeñas bestias son muy tercas y rezongonas, y con frecuencia se niegan a obedecer. En junta con el tarado, lo hicieron trabajar a jornada doble, llevando y trayendo pedazos de autos, sangrando a veces por los costados, por donde se le iban a incrustar los ejes y las chapas herrumbradas cuando la pequeña bestia no podía avanzar y, tras el tirón, la cuerda le respondía trayéndolo hacia atrás, con mayor odio todavía. El burro dividió al pueblo en dos: los menos, que veían con malos ojos el maltrato que recibía día tras día, y los más, que se divertían con sus patas chuecas, torcidas por el esfuerzo, y se morían de risa a causa de los rebuznidos que cada tanto daba cuando el General del Casco Dorado levantaba su vara como si fuese una espada. Especial éxito tuvo la idea anónima de colocarle al burro un viejo sombrero de fino paño escocés, con dos agujeros para que salieran por allí sus enormes orejas, el que fue quitado por el mecánico apenas lo vio de lejos, furioso porque aquello que tiraba de un chasis era un burro, no un ser humano. Y como el mecánico no estaba dispuesto a perder su tiempo buscando al culpable de tamaña burla, descargó toda su rabia en las ya maltrechas costillas del burro, el que tuvo que sufrir patada tras patada por haber prestado su imagen para semejante ofensa a la especie humana.

—No le pegue, patrón —decía el General— Mire cómo llora.

A lo que el patrón respondía, a los gritos: —No seas tarado, ¿no sabes que los burros siempre hacen así? Cada bicho tiene un ruido y eso no quiere decir que esté llorando. Las hienas dicen ja-ja cuando pelean y eso no quiere decir que se estén riendo. Vas a ver que si le doy con esto cada vez que rebuzna, va a perder la costumbre.

Con el tiempo se impuso la idea de que el burro traía defectos de nacimiento y, probablemente, de raza. Se lo comparó con los demás animales y se notó que, a diferencia de cada uno de los perros, de los caballos y hasta de los gatos, era él el único que se resistía a obedecer al mecánico. Por lo tanto, mal no estaba que éste quisiera imponerse, como un dueño de casa se impone a la ferocidad de su perro, al atropello de su caballo o a los antojos de su mujer. Claro, "imponerse" no significaba estar todo el día dándole palos, sino todo lo contrario: un hombre que debe recurrir a la violencia para hacerse respetar está siendo resistido de alguna forma. La violencia sólo podía ser un recurso temporal. Sin embargo, lo temporal pareció en algún momento no tener fin, y esto comenzó a preocupar al pueblo, que llegó a sospechar que el burro era incapaz de comprender el mensaje y, de a poco, se pasó de las risitas al mal humor.

Usted se preguntará por qué alguien podía odiar tanto a un burro. Sobre todo, porque éste era incapaz de devolverle una patada a nadie. Su cara de tristeza y sus condiciones de bicho pacífico daban lástima y rabia al mismo tiempo, porque uno no se explicaba cómo era capaz de soportar día tras día, palo tras palo sin tomar medidas en el asunto, como cualquier persona.

El que sabía por qué el mecánico odiaba tanto al burro era el pájaro, aunque nunca le di demasiado crédito a sus enigmáticas afirmaciones. Hacía mal.

—Al rubio le molesta el tamaño del burro —dijo el pájaro, una noche que nos cruzamos en el pasillo.

—¿El tamaño…?

—El hombre no puede con su mujer y ella lo humilla comparándolo con el burro. No pongas esa cara. Esa bestia no sólo le da palos al burro; también se los da a su mujer. Si el cura le permitiese el divorcio ella se iría con el burro.

Las máscaras

—¿No será que te gusta su mujer, como a todo el mundo? —pregunté; pero no debió gustarle nada mi actitud, porque dio media vuelta sobre su mano derecha y se metió en su cuarto.

Vaya uno a saber si había algo de cierto en todo esto, si el pájaro imaginaba historias o se enteraba de cosas que un caminante común y corriente no podía hacerlo.

Lo único cierto es que el burro pasó días enteros moviendo toneladas de fierros, tirando y soportando los latigazos del mecánico, sin rebuznar al final, lo que de todas formas no lo salvó del castigo habitual. Hasta que fue visto un mediodía, a la hora de la siesta, con una soga al cuello y arrastrando un pedazo de auto por el camino de las locas. Más de uno se levantó de la siesta, intrigado por el misterioso ruido que hacía la carcasa metálica sobre el empedrado y vio al burro andando, despacito y sin tregua.

—Finalmente aprendió a tirar de los fierros sin rebuznar, carajo —dijo alguien, desde una ventana—. Pero miren que dio trabajo, el hijo e'puta!

Al principio, algunos se rieron y se volvieron a sus casas para comentar lo que habían visto: ese burro era como una persona, decían. Con el tiempo, y cada vez que el silencio amenazaba en una reunión, la gente volvería a recordar al burro; el juego consistía en atribuirle intenciones humanas y competir en pruebas que demostraban que aquel había sido el mejor burro que había tenido el pueblo en toda su historia. Un caso raro, anormal.

Pero mientras el burro estuvo vivo molestó a todos. Incluso al cura, que era franciscano en un treinta por ciento.

Dejó de defenderlo cuando el General se apareció un día en la puerta de la iglesia, montando en él.

—¿Me puedes decir a dónde vas, hijo? —fue la pregunta del cura, que le salió al cruce antes de que el tarado se metiera con bestia y todo a la casa de Dios.

—¿Yo, padre?

—¿A quién más crees que puedo estar hablándole?

—Sí, es cierto —decía el General, mostrando sus hermosos dientes y moviendo la cabeza como si estuviese confirmando algo todo el tiempo.

—¿Entonces?

—¿Entonces qué, padre?

—Te repito la pregunta, más despacio, a ver si puedes responderla: ¿qué estás haciendo arriba de ese burro, con las dos patas en los escalones de mi iglesia?

—No lo sé, padrecito.

—¡Cómo es posible que hagas las cosas sin saberlas! Cuando uno no sabe lo que está haciendo, se queda quieto, ¿entiendes hijo?

—Sí, padre, entiendo, me quedo quieto, como cuando pienso en la patrona y me toco aquí abajo, padre, y no sé por qué lo hago, sí.

—Bueno, bueno, bueno, suficiente. —saltó enseguida el cura—. Ya te dije que eso queda entre nosotros dos. ¡No tienes por qué repetirlo! Eso no es nada bueno, cuántas veces te lo voy a decir? Memoriza lo que te digo y no lo repitas. ¿Acaso quieres que todo el pueblo se entere de lo que haces? ¿Sabes qué dirán?

—No lo sé, padrecito.

Las máscaras

—¡Dirán que cada día te pareces más al burro!

—Sí, es cierto… Siempre me pasa lo mismo, padrecito. Soy de lo más olvidadizo…

—Por favor hijo, vete de aquí, después de quitarte esa corona de espinas, antes que te vea más gente.

—Sí, padre. Soy de lo más distraído. Eso es, distraído. Me subí al burro para dar una vueltita y él solito me trajo hasta aquí. Si no lo detiene usted, padre, se mete al templo conmigo y todo.

Otras historias sobre el burro iban mejor adornadas con atributos humanos, que seguramente él desconocía o despreciaba. Lo cierto es que, la vez que se lo vio subiendo por el camino de las locas, iba solo y con rumbo fijo, al decir de la madre de la gitana, como si fuese para algún lugar preciso donde pensaba dejar el último chasis. Solo y probablemente por su propia voluntad, arrastró ese chasis de camión hasta que murió ahorcado en el último repecho que separaba el pueblo del desierto. Y nunca se supo si aquello fue un suicidio o un intento frustrado de libertad o ambas cosas, pero nadie volvió a compararlo con una persona, porque en el pueblo nunca nadie había querido quitarse la vida así porque sí. En todo caso, lo que hizo lo hizo por burro —me dijo el pájaro antes de levantar el vuelo, no sin ironía y adelantándose a los comentarios del pueblo.

Poco tiempo después apareció ahorcado el mecánico, con dos o tres magullones que fueron suficientes para caratular el caso como homicidio. Ya no se pudo culpar al burro y, como la posibilidad también ofendía el honor de la naturaleza femenina, nadie mencionó ni siquiera el nombre de la desgraciada viuda, quién había llorado cinco días y cinco noches sobre la tumba de la pequeña bestia sin haber derramado una sola lágrima por su marido. La mujer también tenía signos visibles de haber recibido una golpiza, pero en su caso no llamó la atención de nadie, ya que se conocía el origen de los mismos. Tampoco apuntaron mucho tiempo hacia el ayudante, hecho que si bien a primera vista resulta por demás sorprendente, un análisis más profundo revela que la gente del pueblo nunca lo consideró un peligro, sino más bien una incomodidad estética.

Así que el único candidato al puesto de asesino —por lo menos en calidad de interino— era yo, el músico de jazz. Me habían visto discutir con el mecánico pocos días antes del suicidio, y ese incidente ya era suficiente para un pueblo que le interesaba menos la verdad que su tranquilidad propia. Y qué podía convenir más a la gente que disimular un suicidio y, de paso, sacarse de encima al trompetista?

Dos días después de la muerte del mecánico se realizó una Asamblea Extraordinaria en el club Libertad. Por supuesto, yo no asistí, aunque la inasistencia sin motivos justificados siempre estuvo mal vista y, probablemente, eso me costó caro. De todas formas, esa misma noche supe de la Magna Resolución cuando entraron a mi casa y prácticamente me sacaron de la cama.

—Vístase —dijo un hombre de bigotes que no alcancé a identificar.

—¿Qué está pasando? —dije— ¿Cómo entraron aquí?

—Vístase rápido. No nos haga esperar.

Las máscaras

Me vestí como me lo pedían. Como en un sueño en que uno se está por ahogar y no puede mover los brazos ni las piernas, me dejé llevar por las órdenes de los intrusos. Cuando salí al pasillo, pude ver una docena de personas más esperando abajo, en la sala. Quise acercarme a la puerta de mi madre, para decirle que había gente en la casa y que pretendían llevarme. Pero un hombre disfrazado de sapo me detuvo:

—Continúe por allá —dijo—. Su madre duerme en este momento.

Luego supe que no habían encontrado pruebas suficientes para culparme del suicidio del mecánico pero, sin embargo, habían encontrado la forma de castigarme como hubiesen querido hacerlo mucho tiempo antes. En un cuartel improvisado en un antiguo casco de estancia abandonado, en las afueras del pueblo, me informaron que la Asamblea había resuelto ejecutar al asesino del cantinero, para que sirviese de ejemplo y no quedasen dudas sobre las costumbres pacíficas del pueblo, conservadas con esmero durante un siglo y medio de existencia y perturbadas criminalmente por un apátrida.

—El asesino morirá a golpes de fierro. Esa fue la forma más justa que resolvió la Asamblea: ojo por ojo y diente por diente.

—A mi ni me lo digan —dije, casi paralizado de miedo.

—Debe saberlo desde ahora, ya que ha sido elegido para ejecutar la Resolución.

—¿Elegido en ausencia?

—Así es. Se perdió la oportunidad de votar.

No recuerdo exactamente lo que dije. No recuerdo ni una palabra. Me puse nervioso y comencé a gritar, a insultar. Quería arrancarle los ojos al cura y solo pude escupirle en la cara. ¿O era la cara del coronel? Era una cara necia, hipócrita, pero no puedo distinguir el grado de prepotencia o de cobardía que movía sus músculos para componer una expresión de rabia y de asco.

—Las resoluciones de la Asamblea no se cuestionan. ¿Acaso se atreve a dudar de la legitimidad de un órgano democrático como el nuestro? ¿No se ha aprovechado usted, desde que sus ojos se abrieron a la luz, de esa misma institución del pueblo? Y ahora, alegando conveniencias personales, ¿pretende pasarla por alto?

—Soy extranjero donde nací. Me marcharé cuando amanezca.

—Esto no es la antigua Roma, señorito —dijo el uniformado de bigotes; también él olía a orín—. La misma ley se aplica a todo ser vivo que pise nuestro suelo: *nuestra* Ley.

Faltaba la luz y sobraban las sombras, moviéndose como almas en pena sobre una pared despintada, tan alta como si aquella estancia hubiese sido la residencia de gigantes, extinguidos en un tiempo lejano, o de enanos con mucho poder y mucho dinero.

—Nunca nadie se atrevió a cuestionar a la Asamblea —dijo alguien, con voz ronca, detrás de mí.

—Pero siempre nace un infiel que el día menos pensado pretende romper las normas de la buena convivencia.

Las máscaras

—La soberbia te condena, hijo —dijo el cura, sin perder la calma, con ese tono de voz, fingido y obligatorio, que cada profesión se impone.

—Por favor —grité, con rabia—, no me diga "hijo". Usted bien sabe que yo no soy su hijo y que probable-mente usted nunca haya tenido uno, a pesar de que ha aconsejado a todo el pueblo sobre cómo hacerlo mejor.

Recuerdo un fuerte golpe en la boca que me dejó aturdido. Luego caminando con los fusiles entre las costillas, a la isla.

La isla, como le había llamado el coronel, era más bien un pozo de agua, casi seco. Y allí pasé días y noches, con la espalda pegada a la pared húmeda, caminando en un círculo de un metro y medio de diámetro para no perder las fuerzas a la hora de salir. Allá abajo, en lo más profundo de la tierra, tuve tiempo y silencio para pensar —como me lo había pedido el coronel— en las razones por las cuales la gente del pueblo me despreciaba tanto. Llegué a la conclusión de que todo se había originado en mi mala apariencia: mi frente, saltona y deformada, me había dado desde chico un perfil de búfalo, el que sólo servía para asustar niños y molestar la vista de los adultos, que decían que me crecía año tras año debido al esfuerzo inhumano de soplar el saxo. Para otros, mi frente era el resultado de un mal nacimiento, ya que para salir del vientre de mi madre tuvieron que emplear pinzas que dejaron marcas en mi cráneo hasta los cinco años. Para otros no: la dificultad de mi nacimiento sólo se debió al tamaño exagerado de mi cabeza en el momento de la gestación, lo que significaba un accidente genético, la consecuencia de una adicción de alguno de mis padres o, lisa y llanamente, un castigo divino. Siempre hubo discrepancias y grupos de partidarios que apoyaban una teoría o la otra. Pero si se me permite opinar, yo creo que esta frente mía sólo sirvió para recordarme, desde que tuve uso de razón, que yo era diferente a los demás. Hecho que quise atenuar en mi adolescencia, envolviendo fuertemente mi cabeza con una venda ajustada que me ponía por las noches y que nunca resultó en una disminución del perímetro de mi frente, sino que, más bien, sólo sirvió para despertarme cada mañana con terribles dolores de cabeza. Luego medía con una cinta métrica el contorno de mi cráneo y, con decepción, verificaba que las vendas no servían para reducir sus dimensiones, sino todo lo contrario: las aumentaba, resaltándolas todavía más con el color rojo-morado de una piel castigada por la presión inútil del paño. Por un tiempo hice algún esfuerzo por ensanchar mis hombros, para disimular un poco la desproporción de mi sombra —otra tarea inútil y agotadora, está de más decir.

Para peor, fracasar en este arte de reducir la cabeza me ponía fácilmente irritable. Lo que de paso servía para que mi madre le comentase a todo el mundo que el crecimiento de mi frente no aumentaba mi inteligencia sino que la reducía, o por lo menos no la dejaba aflorar. Esto se lo escuché decir un par de veces, no en tono de burla, lo sé, sino con tristeza, una de aquellas largas tardes que yo pasaba con la oreja pegada a la puerta de mi cuarto, marcando mi perfil grasoso en la madera, día tras día, tratando de escuchar las conversaciones de las visitas que acudían a su cuarto oscuro y que yo prefería evitar siempre que podía. Yo no quería ver las visitas porque las despreciaba y porque verlas significaba exponerme a que me vieran. Ahora, si vamos a ser justos, habrá que decir que para mi pobre madre no debió ser más fácil tener dos hijos como mi hermana y yo. Al fin de cuentas, ella nos había hecho (con cierta participación de mi difunto padre) y sobre ella recaían todos nuestros defectos. Mi hermano era bonito, pero le faltaban las piernas; y a mí, que si bien no tenía un cuerpo de atleta, me sobraba cabeza por donde se mirase.

También en las fotos el pájaro llevaba siempre las de ganar. Mire que lo digo con cariño; yo lo quería mucho al pájaro, muchísimo. Nunca le tuve celos ni nada por el estilo, aunque era más bonito que yo, aunque la mujer del mecánico la miraba a ella, cuando se ponía en la ventana, y no a mí que me paseaba por el frente de su casa. El pájaro era bien proporcionado y tenía cierto aire de actor de cine. Además, no era su culpa que los fotógrafos siempre estuvieran interesados en las partes altas del cuerpo. Es comprensible: la vida social se desarrolla, casi exclusivamente, en el hemisferio superior del cuerpo humano. En la cabeza uno tiene concentrado todos los sentidos y casi toda la vida psíquica, incluida el sexo.

Al pájaro no le hubiesen hecho falta las piernas si no se hubiese enamorado de la mujer del mecánico.

De chico yo pensaba que de nosotros dos se hubiera podido hacer una persona normal. Y no era sólo idea mía: una noche escuché a mi propia madre, diciéndole a alguien: "de dos podía haber hecho uno bien". Es cierto que el cuerpo es siempre precario y una parte minoritaria de un ser humano; pero en el pueblo las viejas no hubieran podido comprenderlo. No importaba la edad ni la estúpida experiencia; este defecto mío era suficiente para provocarle a cualquiera un terrible disgusto cada vez que me veían por la calle. Incluso algunas mujeres cruzaban a la otra acera o se persignaban si estaban embarazadas, como si yo pudiese contagiarles mi fealdad. Y como no podían culparme de algo que ya traía de nacimiento, me culpaban de lo que había adquirido después: la costumbre de tocar el saxo como un loco.

Así pasé días y noches dando vueltas sobre mi propia existencia, hasta que llegó el día de la ejecución y me subieron enlazado en varias cuerdas, no sólo porque ya no me quedaban fuerzas para sostenerme por mi propia cuenta, sino porque ya había decidido morirme.

De allí me llevaron en un jeep a la plaza donde se había reunido el pueblo. El alivio pasajero que había sentido al salir terminó cuando escuché de lejos a la multitud, murmurando. Era como si en mi cabeza hubiesen apoyado una pesada máquina moledora de maíz y en ese momento la hubiesen puesto a funcionar. Podía sentir cómo los dientes de la rueda atrapaba los granos y los trituraba, haciendo ese crujido característico que ya nadie conoce.

En la plaza, un funcionario puso en mis manos un hacha de picar leña y me indicó el camino. En el centro estaba el asesino, tirado en el suelo y envuelto en una tela negra.

—Terminemos con esto de una buena vez —dijo el hombre y se retiró.

A un costado, pero muy cerca de allí, un grupo de mujeres murmuraba las mismas palabras que había pronunciado el cura en la boca del pozo. O por lo menos lo hacían con su mismo tono, grave y compungido. Y la máquina de moler maíz volvía a dar vueltas y a hacer estallar los granos *("...perdona nuestros pecados...")* mientras el asesino se revolcaba en el medio, emitiendo gemidos que no se oían claramente porque un paño le llenaba la boca.

Abriéndose paso entre la multitud, el intendente trazó con una estaca una línea en la tierra y dijo su esperado discurso, esta vez más breve que de costumbre:

—Los que están del lado de la Justicia de este lado, y los que no del otro.

Hubo alguna tímida protesta, pero finalmente todos se pusieron de "este lado", es decir, el asesino yo quedamos del otro.

—No tiene nada que temer —dijo el pastor—. Cumpla con su deber de ciudadano y cruce la línea. Sus hijos se lo agradecerán un día.

—¡Vamos, no tenemos toda la noche! ¡Nos congelamos!

Ejecuté la orden. Golpeé al asesino con el revés del hacha. No quería cortarlo, no quería sentir el filo en la carne, no quería ver sangre. Sólo quería que se dejara de mover, como un pez afuera del agua. Sólo quería acortarle el tormento de alguien que sabe va a morir, tarde o temprano, en medio de una multitud excitada y gozosa.

—¡Mátalo, mátalo de una vez!

Le di otro golpe, esta vez un poco más fuerte que el anterior.

—¡Divino! ¡Mátame a mí también! —gritaba una mujer, tocándose los senos.

—Eso es, muchacho, mátalo de una vez —gritaban todos al mismo tiempo.

—¡Mátalo! —uno.

—Sabía que no iba a defraudarnos —otro.

—Es uno de los nuestros —y otro más.

Pero el asesino se resistía a morir. Lo golpeé varias veces en la espalda, y no se moría. Siempre quedaba algo de movimiento en alguna parte de aquella bolsa negra. Y yo que no era capaz de terminar con su dolor. Por el contrario, mi torpeza sólo servía para prolongar su agonía.

—¡Divino! —seguía gritando la mujer de los senos enormes—. No te apures tanto.

—Sí, termínalo de una vez —pedía otro.

—¡En la cabeza!

—En la cabeza, más allí.

—Eso es, en la cabeza.

Sin duda, era una buena idea. Con el barullo, no se me había ocurrido. Tenía que haber comenzado por allí, con un solo y preciso golpe. Esa hubiese sido la mejor forma de evitarle tanto dolor.

—¡Termínalo, termínalo!

Fue en la cabeza. Sólo así dejó de retorcerse y la gente estalló de alegría.

Cuando el griterío había disminuido y la gente comenzaba a moverse, me acerqué al asesino y lo desenvolví hasta descubrirle el rostro. Tenía el traje de pájaro puesto. Lo habían agarrado así o lo habían obligado a ponérselo, para terminar no sólo con el asesino del mecánico sino, sobre todo, con el mito del pájaro, que seguramente a esa altura ya se había confundido con el gallo negro, del cual, se decía, no se podía verlo dos veces sin morir de un paro cardíaco.

Sus ojos apenas se movieron para quitarse la sangre que le impedían verme. "No sufras, hermano —me dijo—, yo lo maté. Fui yo. Alguien tenía que hacerlo"

Y ya no parpadeó más.

Pero yo sé que el mecánico se mató él solito, porque yo mismo lo vi subiéndose al árbol, al mismo árbol del burro, porque no soportó verme dos veces con el traje del pájaro.

Tacuarembó, 2001

EL PRIMER HOMBRE

Realidad es la locura
que permanece
y locura es realidad
que se desvanece

E
l doctor Uriburu había vuelto una noche de una casa de curación clandestina, en Gitanera, con una historia que nunca reveló en vida. Según él, no había ido allí en busca de mujeres sino de un camellero de nombre Ibrahim que lo engañaba vendiéndole falsas traducciones del árabe. Una de estas historias —«El primer hombre»— que el doctor retocó en su sintaxis, procedía de una columna de las cisternas de Garama. Como había explicado en otros folios, estas columnas estaban escritas en griego y en latín, en forma de apretada espiral que cubría todo el fuste como una cinta, de arriba a abajo.

Según esta historia, hubo una época en que los hombres y las mujeres poblaban el mundo sin saber por qué nacían y morían, como el resto de las cosas. En realidad, solían ver animales muertos, árboles incendiados por rayos fulminantes, hermanos abatidos, padres y madres agonizantes. Pero los ejemplos no eran lo suficientemente abrumadores como para temer el propio fin de cada uno. Lloraban por sus muertos, pero no los asustaba desaparecer.

Ocurrió un día que uno de ellos tuvo una idea extraordinaria, a todas luces inconcebible: él mismo, quien había visto morir a un hermano, también se iba a morir. Durante muchos días estuvo triste, sentado sobre una piedra al borde del río. Había comenzado a contemplar su imagen en el espejo del río (cuando todavía había ríos) y se había perdido más tarde en la contemplación de los árboles, del cielo que lo cubría, del sol poniéndose detrás del perfil de las montañas y las estrellas. Con la salida del nuevo sol no mejoró su situación.

Seguía triste, profundamente triste y no sabía por qué. Era sencillo; estaba triste porque había descubierto que la muerte lo esperaba en el cruce de algún camino. Pero para alguien que había vivido treinta años sin saberlo era un descubrimiento todavía oscuro. Casi no tenía palabras para explicar esta idea. Es decir, que aún más tiempo tardó en entender que todo camino conducía al mismo punto. Se dijo que este lugar era siempre triste, porque aunque era el punto común de todos los caminos allí siempre iba a llegar solo. Entonces comprendió por qué la gente lloraba cuando alguien querido partía hacia las estrellas, tan lejos que no podían volver a verlo nunca más.

Después de varios días de vagar por la soledad del desierto (cuando el desierto aún no era mortal para un hombre solo), concibió una nueva e inevitable idea: si le contaba a los demás por qué se encontraba en ese estado de pena, seguramente dejaría de sufrir. O su sufrimiento no sería tan pesado.

El primer hombre

Había descubierto que un hombre no puede sostener él sólo una revelación tan pesada, que debe compartirla con los demás, ya que ellos también compartían su mismo destino. Descubrió que, por esta razón, los demás son, de alguna forma, uno mismo.

Entonces se sonrió, por primera vez desde aquel terrible día, y subió hasta la aldea. Una columna de humo le indicó el camino. Debajo de esa columna, supo que otros hombres y otras mujeres (esas otras formas de sí mismo) asaban un cerdo salvaje.

"Un cerdo muerto", pensó, por un momento con miedo.

En el camino se encontró con un joven que jugaba con una pluma de ganso y sintió que no podía esperar a llegar a la aldea para contar lo que le había ocurrido.

Al principio el joven de la pluma no comprendió, ya que siempre había pensado que algo ocurre cuando acontece afuera, como un ave que es derribada con una lanza o como una tormenta que arroja fuego sobre la montaña. Pero ¿cómo podía ocurrir algo adentro de una persona que no sea sólo el latido del corazón?

El hombre comprendió que el joven no había comprendido y se apresuró a llegar a la aldea.

Al día siguiente, el joven de la pluma, que había pasado la noche en la pradera, llegó a la aldea y supo que el hombre que le había contado la historia más extraña e inolvidable de su vida había sido asesinado. Mejor dicho, había sido sacrificado a los nuevos dioses de la montaña. Supo también que lo habían matado por algo que sabía, por algo que había descubierto por sí solo en el río, o quién sabe cuándo, según le dijeron. Entonces el joven sintió tanto miedo que huyó desesperado, consciente ahora de que poseía algo que los hombres querían o despreciaban. Y mientras huía, también supo que ese algo no era una piedra, ni era un fantasma ni era un demonio sino algo que había aprendido, algo que había descubierto y que llevaba consigo en alguna parte.

Trató de recordar qué era aquello que tanto aterraba a la aldea y recordó lo que le había ocurrido al primer hombre. Recordó que el hombre sabía que iba a morir, tal como ocurrió el día después. El hombre lo había predicho, por lo tanto era verdad.

Sin embargo, algo aún más terrible o maravilloso había ocurrido: el joven de la pluma también sabía que el primer hombre iba a morir, sin dudas, mucho antes de que la gente de la aldea se lo dijera. No tenía por qué dudarlo, porque por entonces no existía la mentira.

Entonces ya no pudo deshacerse de esa idea y la idea comenzó a propagarse como una epidemia: no sólo sabía que él se iba a morir, sino también todos los demás, de una forma o de otra, más tarde o más temprano. Lo nuevo, lo terrible no había sido tanto la muerte como la conciencia de llevarla adentro desde aquel día.

El joven siguió huyendo y, cada vez que se encontraba con alguien en el camino que le preguntaba por qué huía, contaba esta historia, porque aún no había aprendido a mentir. De forma que la idea de que todos moriremos algún día prendió tan fuerte en cada uno y contagió tan fácilmente a los demás, que pronto no hubo sobre la tierra ya nadie que no lo supiera.

El primer hombre

Durante siglos los hombres buscaron un consuelo a su más profunda angustia, pero todas las respuestas parecieron pequeñas ante la muerte. Hasta que alguien, no se sabe quién, descubrió la verdad. Y como vieron que a todos servía como respuesta a los temores del primer hombre, la defendieron con su sangre y con la sangre de los demás, primero, y con la mentira después.

Athens, 2004

EN NOMBRE DEL BIEN SUPREMO

A la sexta o séptima noche de encierro, tal como había predicho el doctor, se le quitaron las manchas de la peste. Cuando lo subieron esa tarde oscura, y vimos que esta vez el reo estaba limpio, procedimos inmediatamente a ejecutar el mandato democrático del jurado.

El tiempo había desmejorado. Un clima imposible se instaló durante tres días sobre el desierto de Aurora. Soplaba un viento gélido del norte, cargado de lascas de hielo que pinchaban la piel de la cara. Abajo, en el aljibe, Santoro no había notado este cambio. Pero afuera el frío era insoportable. Quizá este fenómeno había sido una de las razones para que las cosas se precipitaran. La espera en la plaza comenzaba a impacientar a la gente; corrían el riesgo, también nosotros, de pescarnos una nueva epidemia.

Llevaron a Santoro a la plaza Matriz, en un carretón cerrado, vigilado por dos muchachos que no conocía. Iban uniformados. En sus rostros aún podían verse vestigios de una infancia muy reciente, disimulada por un gesto adusto que habrían copiado de algún alférez experimentado, que les había enseñado a ser hombres y a amar a su patria con fanática obediencia. Sus ojos reflejaban todo el orgullo de guerreros a sueldo que aún no han muerto.

En la plaza se había reunido todo el pueblo. El alivio que había comenzado a sentir al salir de la torre de Abel terminó cuando escuchó de lejos a la multitud, murmurando. Era como si en su cabeza hubiesen apoyado una pesada máquina moledora de maíz y en ese momento la hubiesen puesto a funcionar.

Una vez en la plaza, lo empujaron hacia el centro y le desataron las manos. El nuevo monaguillo dijo una frase en latín que Santoro no comprendió. Luego un funcionario con uniforme azul puso en sus manos un hacha de picar leña y me indicó el camino. En el centro habían construido una plataforma de madera. Olía a leña fresca. Arriba estaba el asesino, revolcándose, envuelto en una tela negra.

—Terminemos con esto de una sola vez —dijo el hombre y se retiró.

Santoro hizo un gesto de desaprobación; o de temor. Tomó el hacha pero la dejó caer al suelo. Una expresión de fastidio general se hizo sentir con pocas palabras. A un costado, pero muy cerca de allí, un grupo de mujeres murmuraba una oración, tal vez un rosario en latín. Al principio, pocos las reconocieron por sus vestidos largos y oscuros. No eran las monjas teresitas, porque las santas del convento nunca salían de sus oraciones. Probablemente no supieran que ya se había resuelto el enigma del Mayor Augusto (probablemente no supieran que el Mayor Augusto había sido asesinado ni mucho menos que se murmuraban obscenas relaciones con su hija).

En nombre del bien supremo

Luego se supo que las mujeres pertenecían a una rama escindida de la iglesia del pastor George Ruth Guerrero y, a pesar de sus votos protestantes, habían encontrado en el estudio del latín un camino al origen de la verdadera fe.

Pero en la deforme cabeza de Santoro estas palabras incomprensibles rebotaron sin encontrar un sentido. Miró hacia los costados y vio una multitud sin límites, llenando cada uno de los rincones de la plaza y de las calles y los callejones que iban a dar ahí. No gritaban, pero rugían como el mar que había visto en una película, días antes. La máquina de moler maíz volvió a dar vueltas y a hacer estallar los granos mientras el asesino se revolcaba en el centro, emitiendo gemidos que no se oían claramente porque un paño le llenaba la boca.

Advirtiendo la incipiente desobediencia de reo, el alguacil se abrió paso entre la multitud hasta alcanzar el centro. Con una estaca trazó una línea casi imaginaria en el suelo gastado de la plaza, y dijo:

—Aquellos que son del lado de la justicia, deste lado, e aquellos que no, dellotro.

Hubo alguna tímida protesta, pero finalmente todos se pusieron "deste lado". Es decir, el asesino y Santoro quedaron del otro.

—No tiene nada que temer —intentó consolarlo Aquines Moria—. Cumpla con su deber de ciudadano e cruce la línea. Sus hijos serán agradecidos un día. Tendrá pagado ansí todos sus pecados e los pecados de sus padres.

—¡Vamos, no tenemos toda la noche! ¡Congelamos nos!

Cumplió con su deber. Golpeó al asesino con el revés del hacha. No quería cortarlo, no quería sentir el filo en la carne, no quería ver sangre. Sólo quería que se dejara de mover, como un pez afuera del agua. Sólo quería acortarle el tormento de alguien que sabe va a morir, tarde o temprano, en medio de una multitud excitada y gozosa.

—¡Mata élo, mata élo de una vez!

Le dio otro golpe, esta vez un poco más fuerte que el anterior.

—¡Divino! ¡Mata amí también! —gritaba una mujer, tocándose los senos.

—Isso es, mi gallo, mata élo de una vez —gritaban todos al mismo tiempo.

—¡Mata élo! —uno.

—Sabía que no iba a nos defraudar —otro.

—Es uno déllos nuestros —y otro más.

Siguió golpeando con fuerza la bolsa negra, pero no había caso. No había forma que se quedara quieta.

—¡Divino! —seguía gritando la mujer de los senos enormes—. No apurés vos tanto.

—Sí, termina élo de una vez —pedía otro.

—¡En la testa!

—En la mollera, más aí.

—Eso es, en la testa.

Sin duda, era una buena idea. Con la algarabía, no se le había ocurrido. Tenía que haber comenzado por allí, con un solo y preciso golpe. Esa hubiese sido la mejor forma de evitarle tanto dolor.

—¡Termina élo, termina élo!

Fue en la cabeza. Sólo así dejó de retorcerse y la gente saltó de alegría.

En nombre del bien supremo

El Santoro estuvo sin sentido un largo rato. Cuando el griterío aflojó, como una tormenta de arena que se retira, Santoro se acercó al asesino y lo sacó de la bolsa. Tenía el traje de pájaro puesto. Lo habían agarrado así o lo habían obligado a ponérselo, para terminar no sólo con el asesino del Mayor Augusto sino, sobre todo, con el mito del pájaro justiciero; mito que seguramente a esa altura ya se había confundido con el gallo negro, el cual, se decía, no era posible verlo dos veces sin morir de un infarto.

Sus ojos apenas se movieron para quitarse la sangre que no le dejaban ver.

—No sufras, hermano —dijo el pájaro—; yo maté al Mayor Augusto. Alguien tenía que hacerlo…

Estaba reventado. Quiso decir algo, algo importante, algo que debía importarle más a Santoro que al pájaro (o eso le pareció a Santoro). Pero su rostro se quedó en una especie de sonrisa pensativa. Y no parpadeó más.

A partir de ese día, todo volvió al orden en Aurora, lentamente. Santero, el loco de la trompeta, se sentó extramuros a esperar el tren y allí permaneció como un mendigo. Secretamente, todos sabían qué esperaba y, también en secreto, todos esperaban la aparición del tren, por última vez. Mientras tanto, Santoro pregonaba que el desierto sepultaría la ciudad maldita. Le perdonaron esta repetida ofensa porque estaba loco, porque sus días estaban contados y porque finalmente reconocieron que Evita, la duna mayor, comenzaba a desbordar la muralla de Santiago. La próxima tormenta de arena —decía Santoro—, la próxima tormenta olvidará la ciudad santa. Entonces, la despreciable humanidad nunca se enterará de su orgullosa existencia, de su heroica misión en la tierra.

La noche siguiente, algunos seguidores del pájaro recordaron, en voz baja, en un rincón de la placita triangular de San Patricio, el día del juicio. Recordaron cómo su propio hermano lo había matado con un hacha, desprendiéndole las piernas del resto del cuerpo. Y alguno, incluso, dijo que antes de morir, poco antes de alzar el vuelo, el pájaro había recitado:

Realidad   es   la   locura   que   permanece
y   locura   es   esta   realidad
que ya se desvanece

Y como una maldición, continuaron recordando otros versos. Nadie sabe quiénes fueron los primeros en guardar los hechos de la Restauración y los versos prohibidos de Aurora. Ni siquiera, nadie supo si algunos versos habían sido recordados la noche siguiente a la ejecución o nacían de las bocas murmurantes de los nuevos recitadores. Pero en cualquier caso, decían que eran los versos del pájaro y su virtud consistía en haber continuado escribiendo muchos años después de su muerte. No más allá de Aurora, porque quienes lo intentaron murieron ahogados en el desierto que, junto con sus muros de espesura sobrehumana, protege a la Ciudad santa.

Algún lugar del mundo, setiembre 2007

PERSISTENCIA DE LA ALEGRÍA

P or esos días Agadir tuvo un encuentro, en principio intrascendente y casi rutinario, que lo hizo pensar sobre el escabroso ejercicio de olvidar. Fue una tardenoche mientras caminaba por la Empedrada, cerca de la puerta del camposanto.

El viento había apurado y sacudía la copa de las palmeras. La arena se levantaba hasta las rodillas, borrando las piedras de la avenida en esa parte casi olvidada de la ciudad, anunciando otra tormenta y un nuevo desborde de la duna mayor sobre la muralla sur que protegía la ciudad. No obstante, la gente hacía las compras diarias y barría las veredas como si hubiese en ello algún resultado.

Doblando por San Jorge, Agadir vio acercarse una marcha de fieles, vestidos de negro desteñido y portando estandartes y banderas rojas con inscripciones doradas. Intentó leerlas pero casi no podía abrir los ojos. Tomaron por Empedrada y pasaron por delante de Agadir como si no existiera. Llevaban la mirada inmutable, marchaban como si fueran un ejército indiferente a la fuerza del viento. Aunque intentó mirar varias veces, apenas pudo ver sus rostros. No pudo reconocer a nadie; una oleada de arena le golpeó en la cara.

Entró por San Jorge y luego por Carmelita. En un callejón donde se cobijaba un burro, descubrió uno de los pocos autos de la segunda guerra que habían llegado a Amarabad, abandonado desde los tiempos de la independencia, ahora medio sumergido en la arena y casi irreconocible. Poco después, al pasar un estrecho arco de piedra, se cruzó con una mujer. Al principio reconoció una joven hermosa, por su figura esbelta envuelta en paños y tratando de escapar de la fuerza del viento. La miró a los ojos y descubrió una mujer vieja o envejecida, sorprendida por el interés del hombre que avanzaba hacia ella.

Ella se detuvo y le dijo:

—Tú, buen mozo, cargas con una gran tristeza.

—Qué talento —dijo Agadir, procurando alejarse.

—Es un talento que me dio el Señor. Venga, hombre —insistió ella, siguiéndolo, con ese tono que era propio de los gitanos de extramuros— que te adivino la suerte.

—Mi suerte ya la conozco —dijo Agadir—. Si tienes un poco de la buena para darme, estaré agradecido.

—Te voy a adivinar el futuro por veinte dinas.

—No estoy interesado. Dame suerte de la buena y te doy diez dinas.

—Alé, buen hombre, que todo el mundo quiere saber su futuro.

—No todo el mundo.

—Dame veinte y te lo digo todo, todito. Venga, hombre. A ver…

Le tomó la mano derecha. Tenía la cara cruzada de arrugas, del tipo de arrugas abundantes y bien dibujadas de la gente que ha vivido gran parte de su vida extramuros. La arena se le pegaba en la boca y en los ojos, pero ella miraba como si nada.

—Vas a morir —dijo tajante.

—¿No diga? —dijo él—. Mujer. Todos sabemos eso. Unos pocos saben cuándo pero nadie sabe dónde.

—Dios sabe dónde y las adivinas sabemos cuándo. Vengan veinte dinas y te lo digo todo.

Tomó el dinero y estudió más de cerca la mano que se lo había dado, como si lo anterior hubiese estado anunciado en titulares y los detalles estuvieran en letra chica:

— A ver, buen hombre, te nos vas muy pronto. Este año, más tardar en la Navidad. Vas a morir en un sueño. De un sueño pal otro, que es lo mejor.

—¿Todo eso se ve acá? Mire que aún no me lavé las manos. ¿No puede ser que hay una basurita? Digo, tal vez una pequeña manchita que se pueda confundir con la muerte…

—Aquí veo todo y con claridad.

—Morir, y morir pronto, está dentro de lo realizable. No soy un ángel. Claro que eso de morir soñando es algo que no había pensado.

—Si te lo dice una adivina, no es sólo probable. Es seguro. Además, llevo cincuenta años en esto trabajo, y sé lo que digo: *te vas morir.*

—Al menos que vendas un poco de tu buena suerte —dijo Agadir, un poco nervioso, incomprensiblemente nervioso, como si el sol y la temperatura hubiesen caído de golpe y una ráfaga de aire frío comenzara a soplar. Una hora antes habría dicho que la muerte era el alivio tan largamente esperado. Pero uno se pone viejo y nostálgico y comienza a añorar el presente, todo eso que ve por última vez, como un viajero que abandona una casa querida, una ciudad, un país y sabe que no volverá del exilio. Miró hacia el centro: la gente caminaba inclinada hacia delante, con la cabeza envuelta en paños blancos que la arena y el viento se empeñaban en desenvolver. Era tiempo de buscar refugio, no de ponerse a conversar en la Empedrada sobre las consecuencias de no hacerlo.

—No puedo, buen hombre —dijo la gitana—. Suerte es lo que no puedo vender ni regalar. Ya no me queda de eso y tú puedes observarlo. Pero puedo hacer otra cosa. Si das veinte dinas más, puedo hacer que te olvides de lo que te dije. La gente no gusta de saber cuándo se va morir. Es una de las ignorancias más valiosas que las mantienen con vida y siempre empeñadas en grandes empresas. Esta noche y las que están por venir, vas querer olvidar lo que te dije, que si no lo hubiese visto en esta mano tuya no te hubiese dicho nada.

Un negocio redondo, dijo Agadir. Pero, de alguna forma, la adivina le había dicho la verdad sin saber que lo hacía. Pensó que era como cuando uno conserva la inquietante preocupación por un deber que ha olvidado realizar. Olvido algo importante, y no sé qué es. Como cuando uno conserva la inquietud, el temor, el miedo por un sueño que lo ha perturbado en la noche pero que ya no puede recordar a la mañana siguiente, por lo menos no en detalle, y pero persiste de una forma mucho peor, porque ahora es un secreto al que dejamos de tener acceso.

—De seguro unas cuadras más arriba —dijo Agadir—, hoy mismo, ayer o la semana anterior, otra adivina hizo su mismo trabajo, las dos cosas juntas, la revelación y el olvido, porque hace días ya que camino muy triste, por esta misma calle, y no sé por qué. Todo lo peor ya me ocurrió hace mucho tiempo. La música no es lo que era, las mujeres ya no me agitan el corazón. Como y bebo bien todos los días, mejor que antes. He dejado de buscar la felicidad. Si me haces olvidar lo que me has dicho, no me liberarás de mi tristeza, tendré veinte dinas menos y no sabré por qué estoy tan triste. Ahora, si sé que voy a morir, mi tristeza al menos está justificada.

La adivina balbuceó una maldición indescifrable y se perdió entre las nubes de arena.

Agadir había dejado de buscar la felicidad. Entonces sonrió contra el destino, y la tristeza y la muerte no tuvieron más que reconocer su derrota. Dicen que eso era la alegría.

Athens, 2003

LA PRIMERA MUERTE DE
ERNEST HATUEY

En una calle de asfalto cubierto por el polvo que todo lo desdibuja, a la hora en que el día se reparte entre la tarde y la noche y los olores de las aldeas de Irak se vuelven intensos como en las tiendas de granos y especies de los árabes de Manhattan, el convoy entró a la ciudad milenaria sin cambiar el paso. Por la ventanita de la unidad 16, Ernest vio pasar las primeras casas de techos planos y sin luces adentro. Vio las mismas personas de siempre que caminaban como sombras grises y silenciosas, como si tratasen de existir lo menos posible, apenas lo necesario como para volver a sus casas, o como si no supieran otras formas de vivir. Se había acostumbrado a las casas y a las calles, siempre desdibujadas, como si fuesen un bosquejo inacabado, sin límites claros, sin colores precisos, sin nada nítido que hiciera de aquella ciudad una ciudad y de aquella gente hombres y mujeres concretos y no personajes de viejas historias infantiles.

Entre las 17:00 y las 17:15 una explosión levantó por el aire a la unidad que marchaba delante. Como lo indicaba el procedimiento para esas ocasiones, las unidades adelantadas que no habían sido afectadas no se detuvieron. La que iba delante de Hatuey disminuyó la marcha para desviar la unidad siniestrada mientras un soldado abría fuego contra los nativos que no alcanzaban a recuperarse de la estampida.

En el vértigo habitual, acentuado por la sordera del estampido, Ernest se asomó por la escotilla y vio a un hombre que intentaba levantar a un niño. De alguna forma, no sabía cómo, había visto a ese hombre y a ese niño un instante antes de la explosión. Iban caminando de la mano. Iban vestidos más o menos igual, sin colores, con camisas y pantalones holgados, blancos, grises o simplemente sucios. En algún momento el niño comenzó a correr como si hubiese visto al mismo Diablo. Iba descalzo. Unos segundos después ocurrió la explosión y casi enseguida la ráfaga de disparos de la unidad que lo precedía.

Murieron dos compañeros de Arizona, aunque nunca supo quiénes. Tal vez supo el nombre del niño que había caído en la segunda ráfaga. Recordaba los gritos en árabe de alguien que lo llamaba. Recordaba el grito del niño y, sobre todo, recordaba, como una maldición eterna, el silencio que había seguido a aquella descarnada expresión de dolor o de miedo. El hombre gritaba *Johef*, o *Yohef*, o *Youssef*. Era un grito como un vómito, como si en uno de esos nombres estuviese vomitando toda su vida en aquella tierra maldita por Dios, pensaba. El vómito se extendía en la *e,* en la última *e* que se arrastraba en un ronquido que luego se ahogaba en la *f. Youseeef.* No sabía por qué, pero esta vocal se había vuelto algo importante en su vida. ¿Por qué el vómito se ahogaba en esa *e* que a veces se volvía como una *i* interminable? ¿Por qué se le habían fijado esos detalles cuando había cosas más importantes en la guerra? El hombre que gritaba debía ser el padre. Porque sólo un padre —se animó a pensar— puede gritar de aquella forma que calaba los huesos. Tal vez gritaba para que el convoy se detuviera, alcanzó a reconocer una vez, totalmente ebrio en un bar de la calle Ocean Front de Jacksonville Beach. Tal vez gritaba para que los soldados dejaran de limpiar el área antes de continuar la marcha, omitió decir aquella tarde, pero lo reconoció en un correo electrónico que envió a su primo Eduardo en San Francisco, justo cuando salía de Hawái en el atunero que lo llevaría finalmente a Japón.

También reconoció, en el mismo correo, que cuando escuchó el primer grito casi detuvo el Abrams. Hubiese sido contra el reglamento, razón por la cual la unidad continuó el camino programado.

Pero no importaban las mejores razones para olvidar. Ernest no podía deshacerse de ese grito, de la *e* y del hombre tratando de levantar algo sin forma concreta. Como si esa hubiese sido la única baja en toda la guerra.

El niño había quedado detrás, tendido sobre una mancha de sangre. Su padre insistía en levantarlo, pero por alguna razón no encontraba la forma. Hatuey lo maldecía por esto. Una y otra vez lo había visto en sus sueños tratando de levantar ese bulto enredado en una túnica blanca o gris.

Ernest Hatuey iba a parar el M1 Abrams. Pudo hacerlo, aunque era contra el reglamento. Pudo hacerlo y no lo hizo. Tampoco podía saber si el niño había muerto en la explosión o bajo las garras del Abrams. Y aunque había resuelto la situación de forma correcta según las reglas y el estándar, aunque había visto morir mucha gente antes y después de esa tarde, esa tarde no fue como cualquier otra —y sólo Dios y el Diablo saben por qué.

Durante el resto del despliegue en Irak, Ernest Hatuey cumplió con sus obligaciones dentro del objetivo y las formas previstas. En la guerra no es posible apreciar que algo funciona mal, así que en los siguientes meses trabajó con disciplina a la espera del regreso definitivo.

Finalmente, el miércoles 21 de marzo de 2007, arribó al aeropuerto Hartsfield-Jackson de Atlanta. Cuando tomó el metro que lo llevaba de la terminal B a la T, quiso pensar en Claudia, en sus padres. Quiso sentir la misma ansiedad de sus compañeros.

Next stop, concourse C... C as in Charlie...

Sabía que lo estaban esperando. El viejo, emocionado pero inexpresivo; la vieja llorando; y Claudia, la ligera mariposa que se escapó de los paramilitares de Colombia casi diez años atrás, nerviosa, como siempre, delgada y sin saber dominar tanta ansiedad, porque para ella el mundo pendía de un hilo y cada detalle, de cada acontecimiento era una terrible amenaza.

Hubiese querido estar nervioso, pero no pudo. No había emociones fuertes en su estómago, ni las lágrimas que se había imaginado tantas noches, tirado en la litera del destacamento sin poder dormir, con un cigarrillo iluminando de vez en cuando el techo, como en las películas de Viet Nam, contando detalles de su madre y de su perra, escuchando sin tanto interés los detalles de las madres y las perras de sus compañeros, escuchando *Paint it Black* de los Rolling Stones para disimular la realidad. Cada vez que contaba algo de su vida

La primera muerte de Ernest Hatuey

casi olvidada de San Juan, viajaba al Caribe y sentía los olores de la guayaba, veía las flores de la abuela que rodeaban el pozo de agua y se trepaban en el muro del fondo, que él imaginaba el último bastión de la fortaleza que escondía a una hermosa joven raptada por los piratas, sin haberse dado cuenta nunca que los piratas no eran dueños de castillos sino de barcos, propios y ajenos. Y el coquí, por supuesto, el coquí multiplicado por mil en las noches sin autos. Co-quí, co-quí… Cuando la tía Eulogia agonizaba en Orlando, su hija le puso una grabación de estas ranitas en el dormitorio del hospital. Dos enfermeras habían entrado al escuchar el extraño ruido y tardaron en comprender que aquello era una grabación, que la grabación era de unas ranitas, y que las ranitas hacían sentir bien a la paciente. Pero la tía Eulogia no necesitaba más que el silencio y los coquís. Se había sonreído y antes de morir le había dado las gracias a su hija por haberla llevado de nuevo a Puerto Rico.

—*Hatuey, aparte de un nombre extraño, tiene una memoria muy creativa* —decía Jesús, el pelotero dominicano que dormía en la litera de abajo.

—*No seas ignorante* —respondía Hatuey— *¿no sabes quién fue Hatuey?*

Se dejó subir por una de las escaleras mecánicas. Luego por otra. Dos mujeres corrían exhaustas para alcanzar su vuelo.

—*Yo sé* —había contestado Carlos, desde la oscuridad—: *Es una marca de malta cubana. A un amigo chileno le gustaba mucho tomar malta y en el único lugar que la conseguía era en un restaurante cubano de West Palm Beach, lleno de mosas cubanas aunque nacidas en América. Mi amigo, al que le caía mejor el Che Guevara que la mafia de Miami, iba a comer empanadas cubanas allí, porque los yanquis no tenían la menor idea de qué se trataba eso de la malta. Lo peor fue que terminó enamorándose de una de aquellas niñas y creo que hasta se casaron.*

—*No quiero saber lo que habrá sido la historia después.*

—*Ahora que lo recuerdo, tenía un indio en la etiqueta. La malta.*

—*Y los habanos, y los Cohiba y todo eso. Pero la verdad que se trata de un indio taíno, el primer rebelde de América.*

Next stop, concourse T... T as in tango...

Pero todo eso había sido antes de Falluya. Antes de Falluya, los horrores de la guerra eran apenas eso; eran los horrores de la guerra que le ocurrían cada día a alguien que todavía estaba vivo.

Sin darse cuenta, de repente se vio caminando a paso medido en una fila que divagaba por el aeropuerto. *I see a red door and I want it painted black.* Una mujer rubia con una banderita en una mano dirigía la fila de soldados y los paseaba por las diferentes salas de espera para que los héroes recibieran la bienvenida que merecían. *No colors anymore I want them to turn black.* Una multitud de rostros desconocidos, algunos desencajados, como era costumbre, estaba allí para ovacionarlos. Apenas vio dos o tres hombres y una mujer que leían el diario o tomaban café, con una indiferencia que a Hatuey le pareció deliberada. Ni siquiera sintió odio o rabia por aquellos malagradecidos. Casi que los comprendía. Casi que le hubiese gustado que alguno se levantase y dijera algo, tal vez un insulto, pero algo que terminase con aquella agonía de héroes. Podía ver en sus rostros toda la pasión patriótica que él, Ernest Hatuey, había perdido en la guerra. *I see the girls walk by dressed in their summer clothes...* No le tenía ningún rencor al país al que representaba. Su rencor provenía de otro lado, pero el ruido de los aplausos no lo dejaba entender siquiera en un mínimo grado de dónde provenía ese rencor que lo llevaba a despreciar a aquella mujer gorda que tenía el rostro colorado de tanto aplaudir, o a aquel otro anciano que gritaba "*welcome, welcome!*"

Por todos estos indicios supo que estaba enfermo o algo no andaba bien. Un médico le explicará algunos años después que existe un síndrome del soldado que transfería todas sus frustraciones y sus experiencias traumáticas a las autoridades que lo habían enviado a la guerra, y que esto se podría curar perdonando y habilitando un diálogo con aquellos que en su momento debieron tomar la decisión que finalmente terminó por afectar la vida del soldado renegado. Pero Hatuey descubrió, con total sorpresa, que los compañeros que estaban en su misma situación eran muchos, al menos muchos más de lo que cualquiera de ellos podía reconocer.

Mientras caminaba en silencio, arrastrando por el piso brillante aquellas botas de color arena del Oriente que debía guardar como el mayor trofeo de su vida, Ernest siguió esperando que la emoción brotase a sus ojos mientras cumplía con la ceremonia de recibimiento. Todos sus compañeros habían estado ansiosos desde que divisaron las costas de Estados Unidos hasta el último minuto.

Cuando el martirio del desfile de recibimiento terminó, todos se echaron a los brazos de sus padres y de sus mujeres. Algunos, incluso, tenían hijos pequeños. Sintió envidia de estos niños pequeños, corriendo como locos a tirarse a los brazos de su padre ausente en una misteriosa tierra, en un ingrato país lejano que había devorado a muchos de aquellos sufridos héroes. Y gracias a ellos ahora sus niños eran libres.

Ernest Hatuey intentó hacer lo mismo. Cuando vio a sus padres y a Claudia con el rostro cruzado de lágrimas, extendió los brazos y una sonrisa que sus ojos no acompañaron. No podía emocionarse. Mucho menos llorar o arrancar una lágrima a aquellos ojos resecos por la arena del desierto. Resecos, pensó, como si estuviesen muertos. Intentó fingir emoción, pero tampoco pudo.

Allí estaban su esposa y sus padres, y allí estaba él haciendo lo que debía hacer: abrazarlos, decirles que estaba feliz por el regreso. Pero sólo pensaba en llegar a su casa y acostarse. Era como si un gran cansancio, luego de días de caminar, lo hubiese invadido sin razón.

En su casa encontró a su perra Glory, a la perra que tanto había extrañado. Allí estaba, nerviosa, saltando hasta donde le daban las patas. Ernest Hatuey se arrodilló y la abrazó tratando de evitar las lamidas desesperadas de aquella pequeña bestia que no había entendido nada.

Pocos meses después de su regreso, los médicos diagnosticaron que Ernest Hatuey sufría de PTSD, es decir, de *posttraumatic stress disorder*. Según le explicaron, nadie sabía todavía por qué las mismas experiencias tienen efectos diferentes en diferentes personas e, incluso, en una misma persona. Pero al menos toda la furia contra los desconocidos que se habían quedado y toda indiferencia por su esposa y por sus padres, tenían un nombre y, probablemente, los médicos tenían alguna idea de cómo aliviar un problema que se había vuelto crónico por no haber sido tratado a tiempo, según decían ellos.

Así que, poco a poco, fue descubriendo que ese día, el 16 de marzo de 2006, había muerto con la explosión o poco después, y su cadáver había quedado tendido en una calle polvorienta de Falluya, en manos de un padre desconocido, tan desconocido como el que encontró el mismo Ernest a su regreso en Atlanta, una tarde de otoño del 2007.

Jacksonville, 2011

Al margen del camino

TENÍA OTROS PLANES

Dos años antes me había separado de mi mujercita. Resultó que el tiempo terminó por darle la razón a mis suegros, que decían que conmigo su adorada hija se iba a morir de hambre, que por mí la princesa había dejado al hijo de los Curbelo, la familia que tenía la bodega de vino cerca de Buenaventura, y que a la postre terminaron empleando de empleada doméstica a la pobre Lorena, que ni de Chihuahua parecía, como un favor muy, pero muy especial, se dijo, hacia mi pobre suegra que fue a rogarles una limosna para su hija que agonizaba en la miseria de una tierra reseca y de un marido aún más inútil.

Un día, apenas yo volvía de la lidia en el maizal, todo sudado y sediento, antes que dijese "aquí llegué", la pobre Lorena me dijo que iba a aceptar la chamba que le habían ofrecido los Curbelo en Buenaventura, que era por un tiempo hasta que las cosas se arreglaran, y que de todas formas ella me amaba a mí, y que me amaría siempre, pero que también tenía que pensar en su hijo, que aquello no era vida y mucho menos futuro para un niño de tres años que en poco ya tendría que empezar la escuelita, y que aguacate y que guacamole. Mucho que me amaba y que para siempre, pero para mí las maletas y en niño moqueando decían más que las palabras.

Las cosas hablan solitas y cuando necesitan mucha explicación es porque alguien está mintiendo. No digo que mi mujer no me amaba, pero parecía que no lo suficiente como para no humillarme hasta ese punto. Lo único que me quedaba claro era que se iba a trabajar de doméstica en la casa de los que hubiesen sido sus suegros. La que hubiese sido su casa, en una palabra, porque los suegros, como todo el mundo, un día se mueren, porque debe ser ley que uno vaya dejando lugar a los que vienen detrás. El señorito Iván Curbelo Montenegro, que debía llamarse en vez Monterrubio, como todos los Curbelo, y que pudo llegar a ser su honorable esposo, por lo menos hasta hace un mes estaba ennoviado con una italiana de abolengo, con un apellido que no recuerdo pero era algo así como Prodi o Parodi, no muy linda pero con estudio y fortuna, por lo que no pienso que la pobre Lorena se pudiese enganchar de nuevo con él, por conveniencia o por nostalgia, o que pudiera meterme los cuernos antes de saber noticias de mí en Estados Unidos, pero para mí ya era bastante humillación que mi retoño tuviese que jugar en la alfombra que pisaban los Curbelo Montenegro y que no me quisiera ver los fines de semana, que mi mujer tuviese que vivir con esa idea de que su vida podía haber sido mejor con otro, y que tuviese que acomodar cada día todos y cada uno de los vestidores que se había perdido gracias a un capricho de juventud, que había arruinado su futuro con esto que tienen ustedes aquí presente.

Después que me dejó, me quedé en la casita con el viejo, cuidando de la tierra hasta juntar unos pesos para largarme para este lado. Calculé que si les mandaba a los tres unos trescientos dólares por mes, todavía podría volver en cinco años. O antes. Iba a volver de otra forma, con unos dólares para pagar las deudas del viejo y empezar un negocio nuevo, habiendo conocido donde viven los ricos de verdad y no gente presumida como los Curbelo. Pero el viejo se enfermó enseguida, poco después que Lorena se marchara de casa y yo empezara a pensar en venirme para este lado. De pronto y sin decir agua va, se dio cuenta que se iba a quedar solo. Solito y derrotado. Fracasado él y tragándose el fracaso de su hijo, que debe ser varias veces peor que el fracaso propio, eso amargo y asqueroso que algún día, más tarde o más temprano uno tiene que masticar en soledad para que no infeste a la gente que uno quiere. Así que del barullo del chiquito y de la conversación animada de sus hijos todos los días a la hora de la cena, el viejo iba a pasar a la última soledad, que es la que acompaña siempre a los viejos, digan lo que digan y prometan lo que prometan sus bondadosos hijos. ¿Ustedes alguna vez les prometieron algo importante a sus padres? ¿Sí? ¿Sí? Bueno, sonaron. Los padres cumplen. Los padres casi siempre cumplen. Los hijos casi nunca. *Nunca*, en una palabra. Y por eso estoy aquí ahora. Tal vez mi viejo se enfermó del disgusto o por la mala comida, sólo Dios sabe. Lo que es segurito es que ni siquiera le quedaba el caballo para tirar del carro que nos llevara al pueblo la tarde que se sintió mal, y él prefirió morirse en su cama. Aquella tarde, antes que me fuera a trabajar en el maizal, había dicho que mi madre había muerto en esa misma cama y él no iba a ser menos valiente, porque la vieja, que estaba mirando desde alguna parte, no se lo merecía. Yo pensé que eran puritas palabras, no más. Cosas de viejos sensibleros. Pos no. En realidad no se murió en la misma cama, como hubiese querido. Ni eso le salió bien. Cuando yo volví de limpiar los maíces, vi de lejos que el viejo estaba parado en la puerta de la casa, esperándome. Entonces me di cuenta. Son esas cosas que uno sabe sin saber cómo es que uno sabe. No me dijo nada, pero yo supe que me había estado esperando para despedirse. Cuando lo abracé él se derrumbó sobre mí y me dijo, "hijo, perdóneme. Yo quería dejarte algo para ayudarte y no pude. Lo siento mucho, hijito", me dijo, y allí se murió, en mis brazos.

Así que apenas un doctor de Nuevo Casas Grandes se apareció para certificar que el viejo estaba oficialmente muerto de un paro cardíaco, yo me lo llevé a la rivera del arroyo donde siempre pescábamos de niños los cuatro, mamá, papá, mi hermano Lorenzo y yo, y lo enterré allí, debajo del arbolito, en un cajoncito medio roto de segunda mano que le había comprado al sepulturero del pueblo, un viejo borracho que recuperaba cajones cuando las familias reducían a sus finados y los revendían como si no los fuesen a necesitar de nuevo, como si el resto de la familia fuese inmortal o algo así.

Después vendí las pocas cosas que quedaban, las cuatro lecheras, el carro sin caballo, unos anillos de oro de la vieja que descubrí recién entonces que mi padre guardaba debajo de la cama, unos muebles todavía buenos para el uso, las puertas y las ventanas de la casa antes que los acreedores y los abogados se dieran por enterado. Pasé la última semana comiendo yerbas y tomando el licor de unos agaves que crecían solitos cerca de la tumba del viejo, y apenas pude me largué para aquí. Tuve que pelear el precio varios días en la frontera, porque no tenía todo lo que cobran los coyotes y allí yo era uno más, sin nadita de todo lo que les he contado, porque a nadie le importa como a mí no me importaba las desgracias ajenas. Allí yo era un indiecito más, a pesar de que no tengo nada de indio aparte de la camisa a cuadro y los pantalones un poco cortos, porque los nuevos tenía que reservarlos para buscar trabajo en el país de los ricos. En Ciudad Juárez, un cuate de Nuevo Casas Grandes me completó la parte que me faltaba, a cambio de nada, porque todavía queda gente en este mundo, y así es que estoy aquí. La vida sigue para algunos, porque la peor parte siempre la llevamos los que todavía quedamos, lo cual sólo deja de ser verdad cuando nos tomamos unos tequilas.

Mi hermano murió tratando de hacer lo que yo estoy haciendo ahorita. Murió caminando por el desierto de Nuevo México. Ni siquiera habrá tenido la suerte de que alguien lo enterrase con dignidad. Se lo comieron las hormigas o se lo chupó la tierra. No lo digo como reproche. Al fin y al cabo yo sé que todos los que pudieron acompañarlo en el intento estaban en lo mismo, tratando de sobrevivir y de escapar a la Migra y a la sed y a los coyotes y a la puta madre. Mi madrecita se murió de disgusto unos meses después. Cinco meses después. Con todo, aguantó mucho, según me dijo el viejo una tardecita que lo encontré tirado a un costado del camino que salía del pueblo, borracho, con un tajo en la frente y acosado por unos escuincles que se divertían cantando *Ay, ay, ay, ay, canta y no llores, porque cantando se alegra, cielito lindo, los corazones...* Casi mato a uno de aquellos hijos de puta de una pedrada que le tiré, que gracias a Dios no dio justito. Todo eso fue en el 92.

Mi viejo murió de apendicitis. De apendicitis, de peritonitis o de angustia. Quién sabe. Tal vez ni el médico sabía de qué había muerto mi padrecito y tampoco le importaba si anotaba ataque de corazón, indigestión o cirrosis. Qué más daba... Con tal de poner algún nombre científico a la desgracia ajena ya era más que suficiente. Ese era su trabajo y quería hacerlo rápido para salir de allí, de aquella habitación que seguramente le debía dar asco o, por lo menos, indiferencia. La verdad (que el viejo se había muerto de angustia, de tristeza, de amor o de decepción por la vida) no importaba, y pronto sería enterrada junto con aquel pobre saco de carne y huesos que para mí todavía era mi padre. A veces pienso en todos los gestos, en todas las muecas que su pobrecito rostro habrá hecho desde ese día hasta convertirse en un montoncito de huesitos limpitos. Por lo menos pude enterrarlo yo mismo debajo de un arbolito más viejo que todos nosotros, ante la mirada atenta de Lobito, su perro, que fue el que más lo lloró, porque yo sabía disimular. Disimulaba vaya Dios a saber por qué, porque al entierro no asistimos más que Lobito y yo. Así que el viejo se quedó por fin descansando cerca del arroyo que está al fondo de la propiedad, que ya ni propiedad era porque estaba embargada de tantas deudas que había acumulado con el banco.

Hospital cerca no había, pero el banco era como Dios: estaba en todas partes y le rezábamos cada día. Todo el año anterior habíamos trabajado de sol a sol y de luna en luna. Habíamos trabajado como bestias, más que nunca, pero diosito y la virgen no nos querían tanto, así que nunca escucharon nuestras plegarias por una gotita de agua. Algo mal habíamos hecho, seguramente, sólo que no lo sabíamos. El banco nos había prometido pagarnos las semillas y las herramientas a cambio del trabajo, pero nadie nunca dijo que ese año no iba a llover una gota y así lo único que creció fue la deuda con el banco. Pos claro, el banco no tenía culpa de que Dios no hiciera llover; nosotros teníamos la culpa y teníamos que pagar por eso. La deuda y la angustia del viejo se le fueron acumulando en su pecho hasta que el pobre se doblaba de dolor apenas llegaba la noche. Al principio el vino lo aliviaba, pero poco a poco ni el vino ni el tequila ni cualquier otra mentira que uno escuchaba en la radio sobre lo bien que iban mejorando las cosas en el país y todo eso. Así que apenas murió el viejo ya no me quedaban más opciones que irme del todo. Si vendía, me endeudaba. Así que llevé a Lobito a la casa de los Hernández, unos buenos vecinos que vivían a una legua y que estaban tan endeudados como yo, y les dije que dispusieran del campo del viejo mientras pudiesen, antes que llegaran los hombres de los papeles. Les dije que tenían mi permiso, aunque más no sea un permiso moral. La tumba de papá no creo que alguien se atreviese a quitarla de donde está, porque todos son cristianos de buena ley. Habrá gente de por allá que desprecia la vida pero ninguno se mete con la muerte. Entonces dejé todo como estaba y me fui. Me despedí de cada rincón de la casa y del campo y me fui, seguro de que no volvía más. Me fui sin arreglar ningún papel. ¿Para qué? si no podía esperar nada bueno de ningún papel. Los pobres y los papeles nunca nos llevamos bien.

Al margen del camino

Filadelfia, 2008

EL GALLEGO SUÁREZ

U n jueves, el día siguiente al golpe de Estado en Uruguay, el viejo Suárez, el gallego que cada mañana subía el café del bar de la esquina, le dijo:

—¿Y cómo quiere que esté, don Caballero? Usted ya sabe. Buenas noticias para unos y terriblemente malas para otros. Así es cuando no hay democracia o cuando hay demasiada gente que la odia. Le pregunté al portero hasta cuándo pensaba él que se iban a quedar los militares y me dijo que me vaya despidiendo del Wilson y del Zelmar. Que ya son boleta. Le pregunté si estaba contento y me preguntó si yo era comunista, ¿sabe? Cuando a uno le preguntan si es facho o es comunista es porque las cosas están realmente jodidas. No, que va, le dije, apenas fui republicano español. Le dije que *fui* sólo por las dudas. Y me dijo que me vaya buscando otra patria porque ésta tampoco me iba bien. Al Congo, me dijo, al Congo. Así que hoy el café me lo dieron a mí... Me dieron el tal café, me dieron. ¿Sabe qué significa eso...? No, no... usted me está hablando como un uruguayo. En Argentina igual. Aquí dicen "me dieron un café" para decir que lo retaron a uno, que lo trataron como basura, como ese loquito del portero me trató a mí. Lo que pasa es que usted se vino muy joven, don Caballero. Allá en España los franquistas cantaban... (el viejo

Suárez puso la boca en forma de *o* y miró hacia el techo buscando en su memoria):

> *...dicen que te vas, te vas*
> *y nunca acabas de marcharte*
> *a ver a esa rubia que dicen*
> *que tienes en Valladolid...*
> *yo te daré*
> *te daré una cosa*
> *te daré niña hermosa*
> *una cosa que yo solo sé: ¡café!*

El viejo Suárez, con su barba de ayer y sus cejas grises cayéndole sobre los ojos, lo miró a don Jordi, como si no entendiera por qué no entendía.

—Pues ya lo escuchó —dijo—. "Te daré una cosa, una cosa que yo sé, *café*!"

Volvió a mirarlo como si la oficina hubiese oscurecido de repente.

—Lo que pasa —dijo, como decepcionado— es que usted es mucho más joven que yo, y no sé si hago bien si le digo, pero cuando yo era mozalbete trabajaba haciendo baldosas, esas mismas baldosas grises, con nueve cuadraditos grises arriba, esas que hay por todas partes aquí en los barrios, y, bueno, yo tenía que ser republicano y cuando escuchaba que alguien nos cantaba eso del café desde afuera de la fábrica nos corría un frío porque sabíamos que café era la forma de decir "Camaradas, Arriba Falange Española"... Y mire usted, don Caballero, las cosas de la vida, tuve que cruzar todo el mar, como usted, y entré de mozo en el bar de los Lugano, así que hace más de treinta años que llevo y traigo café. Y para rematarla, en el día después del peor día de este país, me dan a mí café… y como que ya no hay vuelta. A mi edad ya no hay Congo que me salve, ni siquiera de fantasía.

El viejo Suárez se volvió encorvado hacia la puerta de la oficina y don Jordi recordó el silencio de su madre del otro lado del Atlántico.

—No se ponga así, Pepe —dijo don Jordi—. A usted no le toca nada de todo esto… ¿Para qué preocuparse?

Jacksonville, 2011

¿ERA NECESARIA TANTA CRUELDAD?

E l teniente supo que María se había dejado violar porque sabía que su hijo andaba escondido en alguna parte del galpón. Alguna vez, una noche de verano hundido en el sudor de una insoportable almohada, se despertó con otra de sus ideas absurdas: María Fuentes de Ocampo había muerto preñada de él. Por dos o tres días consecutivos se despertó de madrugada con la misma idea. Entonces, salía al balcón a tomar aire fresco y todo volvía a la normalidad. Hasta la próxima noche.

—¿Era necesaria tanta crueldad? —preguntó una vez un don Xico más viejo, en el club de armas de Montevideo.

En la televisión había comenzado *Heidi*, pero nadie se decidía a levantarse para cambiar de canal.

—Claro que sí—, respondió el coronel Rago, con su conocida voz ronca de italiano en Nueva York, entre irónico y sorprendido por semejante pregunta, como la de un creyente que duda del sermón de su ministro—. Estábamos en guerra. ¿O ya te olvidaste lo que hizo el Che Guevara cuando ganó en Cuba? Fusiló a unos cuantos del régimen anterior. Eso es lo que hubiesen hecho con nosotros.

Abuelito dime tú,
lo que dice el viento en su canción

—Sí, eso, eso hubiesen hecho —confirmó alguien detrás.

Se hizo un silencio en la sala oscura del club. Atardecía y nadie se decidía a levantarse para encender las luces.

Abuelito dime tú,

por qué llovió, porque nevó.

—¿Y por qué no los fusilamos nosotros también? —dijo el mayor Almeida y Laprida—. Nos hubiésemos ahorrado todo lo demás…

—Necesitábamos información. Por eso —dijo alguien detrás.

Dime por qué todo blanco es

Dime por qué yo soy tan feliz

Abuelito, nunca yo de ti me alejaré.

Jacksonville, 2012

e pareció escuchar el golpe doble de una aldaba sobre una puerta. Pero el edificio estaba vacío a esa hora y no había aldabas en
las modernas puertas de vidrio. Sin levantarse, giró sobre su silla y miró hacia la
puerta que daba a un pasillo. Los vidrios
blindados multiplicaban el silencio y los reflejos indescifrables, como si en ese momento se estuviesen mezclando espa-
cios como en un mazo de naipes

—¿Quién es? —preguntó una voz asustada.

Era la voz de su madre que se ahogó en una multitud de
pasos que se acumularon a la entrada de la puerta.

—No está aquí, os digo que…— insistió la voz.

Esa voz todavía estaba allí. No era una alucinación ni
producto de su fantasía. Era la voz de su madre que murmuraba todavía, en un rincón de 1939. Más precisamente, en el
atardecer de la Barcelona del 9 de febrero de 1939, el mismo
día que Juan Negrín cruzó la frontera, pocas horas después
de que su padre lograse poner en marcha el Ford A, y unos
minutos antes que las botas falangistas entrasen a su habitación.

Tiempo después escuchó a su madre, totalmente vencida,
como cualquier mujer de su condición por aquella época,

hablando entre códigos y susurros con otra mujer arropada de negro, que la cruz y el rosario que la madre de él había enviado de A Coruña, y que por una oscura intuición ella mismo había colgado en la habitación de Jordi unos días antes, habían salvado a la familia, mejor dicho, a lo que quedaba de la familia, de una desgracia aún mayor.

Aunque esto último no podía escucharlo; sólo lo recordaba.

Cuando lo vio por última vez en Barcelona, aquella tarde fría de 1939, su padre tenía treinta y cinco años. Jordi Caballero supo la fecha exacta un día de verano, casi sesenta años después, tendido en una playa de la Costa de Oro en Uruguay, leyendo un artículo minúsculo de Selecciones del *Reader's digest* que hablaba sobre los preámbulos y las premoniciones de la Segunda Guerra. Algo menos de una página estaba dedicada a la Guerra Civil española. "Resistir es vencer". Pero Inglaterra había traicionado a la República pactando con los falangistas a cambio de asegurarse que Menorca no cayera en manos de los italianos. El 9 de febrero, decía el Reader, el presidente Negrín había cruzado la frontera con Francia. Fue entonces que recordó las palabras de su padre. "En este momento, Negrín debe estar cruzando la frontera".

No recordaba la voz. Sólo recordaba que aquella revelación era algo importante y probablemente dramático. Su madre, acodada en la mesa de la cocina, había apoyado la frente en una mano y se había quedado así, sin decir palabra. Jordi jugaba en el piso, o hacía que jugaba con una caja vacía de cerillos —fósforos, como decían en Uruguay— que se había convertido en un camión transportador de periódicos, como el de su padre. ¿Qué podía significar todo eso para mamá? Resistir, frontera, Negrín… A Jordi ese nombre le parecía el nombre de un gnomo, de un personaje de historias de hadas con algún atributo o con un destino negro, oscuro. Negrín, el paladín, Negrín, el saltarín…

Sesenta años después, Jordi había bajado la revista y la había dejado sobre su pecho mientras miraba el horizonte plano del mar con ojos sorprendidos. "En este momento Negrín debe estar cruzando la frontera", se repitió varias veces. La última vez, en voz alta.

Lucía, que entonces tenía quince años, preguntó:

—¿Qué dijiste, papá?

—Nada, hijita —fue la respuesta.

—¿Cómo que nada? ¿Quién es Negrín?

—Un cliente que me debe plata. Mejor olvidarlo.

—Es lo que te digo, papá. A veces perder un negocio es ganar en salud.

—Así es, hijita. Mejor, olvidar.

En esa revista para tontos, pensó don Jordi, estaba la fecha más importante de su vida. Pero quedaban otras preguntas. ¿Cómo un obrero, más bien pobre como su padre, podía haberse enterado de los movimientos secretos del presidente de la República de España, aunque más no fuera de una república moribunda?

—"*Murió el poeta lejos del hogar…*" —murmuró.

—"*…Le cubre el polvo de un país vecino*" —continuó Lucía—. Me encanta Serrat… "*Al alejarse le vieron llorar,* *caminante, no hay camino, se hace camino al andar...*" Che, papito, ¿sabías que la letra se refiere a Antonio Machado?

—Sí, claro. No soy letrado como tú pero sigo siendo español.

—*España camisa blanca de mi esperanza...*

Jacksonville, 2013

LAS CARTAS DE MIJAIL POLZIN

E l 15 de febrero de 2001 Alejandro Polzin se marchó de Buenos Aires en un vuelo de American. La decisión tenía la marca de Alejandro. No se despidió de nadie. No preparó a nadie para que lo reemplazaran; tal vez lo contrario.

Unas horas antes de tomar un taxi hacia el aeropuerto de Ezeiza, en una infrecuente visita a la Boca, arrojó con calma sus dos celulares al Riachuelo y puso su renuncia en un buzón de correo.

Quienes lo conocían entendieron que se había ido para no volver. Cuando un hombre como Alejandro rompe algo, dijeron sus colegas, lo rompe sin dejar lugar a reparaciones. Cualquier rectificación o marcha atrás los ofende y, como no saben expresar sus emociones tan bien como expresan sus ideas, necesitan romper un antiguo jarrón chino para dejar en claro el alto valor de semejante objeto. Todos lo imaginaron sombrío y decidido, aunque no colérico. Ernesto Iturria, el director de obras, adivinó que en algún momento Alejandro debió considerar a los arquitectos y a los inversionistas, los imaginó corriendo desesperados en la inútil tarea de encontrar un reemplazo, y debió sonreír. Paula, la secretaria del jefe, que había sufrido con discreción su indiferencia, fue más precisa y convincente: el ingeniero había arruinado su carrera y su vida por un amor malagradecido. No mencionó nombre, pero en la oficina todos supieron a quién se refería.

Beatrice no lo supo hasta que, alarmada por la imposibilidad de comunicarse por teléfono, fue a buscarlo al apartamento de la calle Corrientes y una vecina le dio la noticia. El ingeniero se había ido de viaje con dos maletas que dejaban entender que iba a estar ausente por algún tiempo. Le escribió una sola vez pero él no respondió.

Casi diez años más tarde Alejandro regresó de incógnito y visitó las calles que frecuentaba en los días felices. Una mañana vio las ventanas abiertas del quinto piso frente al parque Las Heras que alquiló con Beatrice por un año. "El mejor año de mi vida", recordó que había reconocido alguna vez. Y Beatrice, con una sonrisa labios entreabiertos, sus ojos cerrados, y sus senos relajados, le preguntó por qué decía "el mejor año" y no "el año más feliz". Alejandro no comprendió. Aparentemente, Beatrice tampoco. No sabía explicar la diferencia. Entonces, ¿a qué venía la distinción?

Extrañamente recordó el olor del perfume que usaba ella, pero no el nombre ni el número del apartamento. Extrañamente, porque un hombre como Alejandro siempre recuerda mejor los números, con excepción de los aniversarios. Los olores son cosas de mujeres.

Beatrice se había vuelto una obsesión. Pensaba en ella siempre que no estaba con ella.

Por la tarde fue a Palermo. Había conseguido su dirección gracias a la indiscreción de un viejo conocido. La vio salir de un auto plateado con un niño de pelo rubio. Calculó que tendría tres años.

Las cartas de Mijail Polzin

Cuando visitó a su padre en el Once ninguno tocó el tema de Beatrice. Apenas, cuando el viejo estuvo a punto de preguntarle por las razones de su desaparición, Alejandro desvió la conversación. Le comentó que había estado en Moscú.

—¿En Moscú?

—Sí.

—En Moscú… —repitió el viejo.

Con los años, su rostro se había ido apagando. Las líneas que lo dibujaban se habían vuelto borrosas, imprecisas, casi inexpresivas. El viejo, pensó Alejandro en una fracción de segundo, era cada vez más incapaz de llorar y de reír. Aquellas características que diferenciaban tanto a uno del otro se habían ido desvaneciendo. Con los años, su padre se había vuelto más parecido a él y al abuelo.

—Sí, en la Rusia…

En cambio, habían compartido siempre algunas otras particularidades, rasgos de familia. Su padre tenía tantas dificultades para hablar de ciertos temas como él mismo. Le resultaba más fácil discutir sobre política o fútbol que sobre sus hermanos a los que no visitaba desde 1976 o sobre las cataratas que habían menguado su visión. Tal vez por eso mismo se había especializado en discusiones más complejas y del todo impersonales.

—¿Cuándo? —preguntó, finalmente.

—Hará un año, más o menos.

—No me dijiste nada —dijo su padre.

El comentario era innecesario. Como todo, pensó Alejandro.

—Te traje una gorra que perteneció a un soldado de la segunda guerra. La compré en una feria callejera, aunque es probable que sea apócrifo, como todo en Rusia hoy en día. Hasta el capitalismo es apócrifo allí. Las prácticas para hacerse rico se parecen más a las de Sicilia que a las de Wall Street.

El viejo maneó la cabeza. Iba a preguntar por la diferencia entre Sicilia y Wall Street, pero enseguida comprendió que era inútil. Terminarían en una nueva discusión.

—Que bien. Pero me hubieras escrito antes —dijo—; sé de lugares que me hubiese gustado que visites, ya que yo nunca pude.

Otra observación innecesaria. El viejo sabía que Alejandro no era de comentar o anunciar sus proyectos.

—¿Qué te pareció?

—Nada. No sentí nada. Para mí eran como extraños.

Los rostros y unos pocos nombres le habían recordado a sus tíos, a las hijas de Anastasia, al abuelo Mijail. Las narices hechas para el frío, los párpados caídos, pero sobre todo la forma de mirar, entre tristes y alegres, como si se hubiesen levantado recién de una siesta que nunca duermen.

—Claro —observó su padre—. Nosotros dejamos de pertenecer a esa cultura hace mucho tiempo. Somos extraños. Somos gauchos que toman mate en una ciudad donde casi no se ven los árboles y nunca nos molesta la nieve. Nunca nadie sabría que tus abuelos eran rusos de no ser por el apellido. Vos nunca tuviste nada que ver con los rusos. Ni siquiera aprendiste una sola palabra en ruso.

—Aprendí algunas el año pasado. Para sobrevivir apenas.

—Como cualquier turista.

—Sí. Vos tampoco aprendiste ruso.

—Unas pocas palabras, inevitables. Algunos insultos muy divertidos. Ya sabés por qué.

Se lo había contado muchas veces, tantas como las necesarias para sospechar que no era verdad o quizás apenas una verdad menor que servía para ocultar algo más grave. El abuelo se había encargado de que sus hijos fueran argentinos o cualquier otra cosa; menos rusos. Nunca les habló en esa lengua. Para su esposa, la abuela Clara, y para sus hijos el cirílico era sólo un entramado incomprensible de símbolos. Incomprensible e inútil.

—*Inconveniente*. Esa es la palabra —corrigió Alejandro.

—Sí, sí, claro. También era inconveniente…

Con todo, el abuelo nunca pudo hablar el español sin acento extranjero. Y no podía evitar enojarse cuando los niños del barrio le gritaban "ruso". "¿Cuántos años tiene usted, muchacho?", preguntaba el abuelo Mijail. "Ocho", respondía el niño. "Entonces yo soy más argentino que usted. Hace diez años que vivo en este país".

También la sonrisa de su padre al final de la anécdota era siempre la misma.

El abuelo tampoco podía evitar enojarse en ruso. Blasfemaba en ruso, insultaba en ruso. Nunca sabría si también reservó su verdadera lengua para cuando hacía el amor o para pedir ayuda o perdón cuando murió congelado en su automóvil, una noche que se quedó al borde de la 51, camino a la estancia de Bahía Blanca. En el asiento de atrás encontraron un abrigo que podía haberlo salvado, pero incomprensiblemente el viejo no lo había usado.

Otra vez, Alejandro le reprochó a su padre que el abuelo no hubiera tenido la suficiente inteligencia o el mínimo interés de dejarle el mayor capital del que podía disponer ahora, ese idioma que pocos hablan en Argentina. Desde que vivía en Estados Unidos había comprendido la importancia económica de la cultura y, sobre todo, de una lengua como el ruso. Esta inexplicable ignorancia lo había mantenido por debajo de otros empleados bilingües de la empresa que con frecuencia eran enviados al extranjero.

—Antes era diferente —dijo el viejo—. Éramos obreros pobres en una época en que no saber hablar un idioma como el ruso era más importante que hablarlo. El viejo no quería que sus hijos fuesen perseguidos o discriminados por eso.

Esta explicación nunca lo había convencido. Ahora simplemente ni la consideraba una buena excusa. Otra verdad que se derrumbaba sola, como el muro de Berlín, sin necesidad y sin ganas de soplarla un poco para ver si resistía. Recordó su infancia, siempre admirando todo lo que representaba el abuelo Mijail, como a un patriarca intachable. Un hombre práctico, más inteligente que razonable, capaz de resolver todos los problemas ajenos y con una idea clara de cómo salvar a la Argentina de la progresiva decadencia que había entrado después de la guerra.

Pero con el tiempo el abuelo Mijail se había ido encogiendo. Mientras escuchaba a su padre repetir las mismas explicaciones, el abuelo ya se había reducido al puñado de polvo que era su cuerpo en una urna de la Chacarita.

El abuelo le había negado la mejor herencia que le pudo haber dejado: un pedazo del corazón de Rusia. Por el contrario, había hecho méritos suficientes para que esto no ocurriese. Razón por la cual su visita a Rusia fue como la de cualquier turista estúpido, buscando fotografías en un escenario de cartón. Su insensibilidad para el idioma, para las comidas y para la historia de Rusia se había convertido en resentimiento contra el abuelo.

Como todo abuelo genial, el abuelo Mijail había hecho fortuna de la nada y había muerto entre las ruinas de un pasado glorioso que apenas sobrevivía a fuerza de anécdotas. El abuelo no les había dejado nada, aparte de un puñado de recuerdos que su padre guardaba en la caja fuerte. Un reloj inútil pero curioso, monedas con promesas de valor incumplido, llaves, llaveros, piezas de algún artefacto irreconocible. Y una caja de cartón con cartas escritas en ruso.

Alejandro nunca había olvidado esas cartas pero tampoco se había interesado en ellas. Ese día comprendió que había estado a punto de perder la única oportunidad de conocer los secretos del abuelo. Las cosas más importantes casi siempre son irreversibles y se deciden en un instante ante nuestros ojos, sin que alcancemos a verlas. Casi siempre somos nosotros los responsables, como cuando ponemos todo en unas acciones en alza que están a punto de derrumbarse. Aun cuando leemos la causa del futuro derrumbe en el titular del *Wall Street Journal* —la inflación en China, un CEO francés descubierto in fraganti en un intento de violación—, no alcanzamos a identificarlas como una futura causa y a veces hasta nos alegramos de la mala suerte ajena, sin saber que es nuestra propia ruina.

Sin vueltas, le pidió las cartas a su padre, con la promesa de devolverlas en poco tiempo. Su padre se las dio diciendo que eran suyas, con la única condición de que las cuidase como las había cuidado él por cincuenta años.

Alejandro no supo qué hacer con el resto de los días que le quedaban en Buenos Aires. Estuvo, como cualquier turista, en Caminito y en San Telmo. Puso unos dólares en el sombrero de un bandoneonista que se lo agradeció con *Adiós Nonino*. Por la noche comió solo en Happening. Se paseó por Plaza de Mayo. Rechazó la invitación de una chica a continuar la conversación en su apartamento y se arrepintió más tarde al llegar al hotel del Once.

El día antes de volver a Nueva York pasó por Palermo. Estacionó el auto no muy lejos del apartamento de Beatrice. Confirmó que con la edad había ido perdiendo la capacidad de asombro. Cuando joven podía quedarse por mucho tiempo extasiado mirando el perfil de la ciudad, las luces que comenzaban a encenderse al atardecer. Con el tiempo había aprendido a sobrevivir, a resolver problemas. Se había vuelto un hombre práctico, como le abuelo. Tal vez por eso, pensó, pocas cosas lo conmovían. Rusia había sido una mala experiencia. Ahora ni siquiera la nostalgia de Buenos Aires había llegado a fastidiarlo después de diez años. Nada.

Las cartas de Mijail Polzin

Se bajó del auto, absorto en este tipo de preocupaciones, y no advirtió que Beatrice lo estaba mirando. Aunque llevaba lentes negros, ella debió reconocerlo, tal vez no sin alguna duda. Cuando se dio cuenta, se detuvo y ella apuró el paso hasta que entró en el hall del edificio.

Alejandro caminó en sentido contrario. Dio vuelta a la manzana, amagó entrar en un bar y volvió a salir.

Cuando pensó que Beatrice habría subido, se dirigió hacia el edificio. La ciudad se había oscurecido de repente y las luces de la calle todavía no se encendían.

Cuando finalmente alcanzó la entrada del edificio, la vio sin expresión en el rostro pero con los ojos que revelaban que había estado llorando. No era una simple impresión; Alejandro conocía esos ojos. Habían cambiado algo, pero eran los mismos ojos que lloraban por cualquier tontería y que luego la obligaban a usar lentes oscuros por el resto del día.

Beatrice puso la llave con prisa y entró sin mirar hacia atrás. Recordó esos ojos que le decían "era mi primo, uno de mis mejores amigos". Y él que corregía: "Los buenos amigos no se abrazan así". Y ella: "Se murió el abuelo".

Después de un momento, Alejandro buscó su nombre en el tablero el portero eléctrico. Ninguno revelaba nada. Trató inútilmente de recordar y relacionar apellidos.

Vio entrar a dos mujeres mayores, una joven que le sonrió, tres muchachos con libros que festejaban una broma con estrepito, uno que tocó el timbre en algún apartamento y alguien le abrió la puerta con un insulto. Vio un hombre de su edad, de traje impecable y mirada inexpresiva. Luego una anciana que se quejaba de su poca vista para acertar la llave en la cerradura. Finalmente el portero que lo había visto dudando salió y le preguntó si buscaba a alguien.

El primer sábado en Manhattan fue a la tienda del ruso Glinka. Si no había ido más seguido a su almacén había sido para evitar la excesiva familiaridad con que lo trataba el viejo que se creía poeta. Se sentía incómodo con vendedores de mercachifles, como el viejo Glinka, la japonesa del China Town o los turcos del Bazaar Otoyolu, que se mostraban alegres y amistosos con el propósito de venderle sus chucherías. Se sentía más cómodo con una camarera del upper Manhattan que le sonreía con cariño cada vez que le servía en un restaurante, o una empleada hermosa que le decía "*sweeeeet*", mientras intentaba venderle una camisa o un televisor. La mentira capitalista le parecía más sincera, reconocía, con una orgullosa sonrisa de costado. Para eso pagaba sin regatear, para que le vendieran un poco de alegría cuando salía del trabajo. Y para eso le pagaban a él también, para que les demostrara a su jefe y a sus clientes que es feliz, aunque se estuviese muriendo.

Alejandro procedió de la única forma que podía proceder sin que el exceso de consideraciones terminara por inmovilizarlo. Puso la caja de cartas sobre la mesita donde el viejo Glinka hacía números y bebía vodka al atardecer. Le dijo que necesitaba traducirlas, sin urgencia. La tarea no podía ser un peso para el viejo que tenía aquel negocio más por mantenerse ocupado que por necesidad.

Las cartas de Mijail Polzin

Pero en lugar del entusiasmo que Alejandro había imaginado encontró sorpresa y perplejidad.

El viejo Glinka dudó. Quiso saber más. Puso la mano sobre la cajita para evitar que Alejandro la abriese. Preguntó de quién eran aquellas cartas, si estaba seguro de lo que iba a hacer.

Alejandro también dudó. Aceptó que no estaba seguro. Un profundo olor a vodka le recordó la cocina del abuelo en sus últimos años. Por un momento se le agitó la respiración; no se había curado definitivamente, como pensaba, de la timidez de la adolescencia.

No había siquiera considerado que la traducción de unas cartas viejas y amarillas con más de ochenta años podría ser, de alguna forma, un error. Por algo tenían ochenta años y probablemente casi tantos que se habían convertido en una maraña de símbolos que nadie había podido leer. Por algo el abuelo había sido tan hermético. Por algo ni a él ni a su padre se les había ocurrido nunca saber qué decían.

Durante poco más de un año, Alejandro aprendió a comprar whisky y *kapusta* en una tienda del lower Manhattan. Pasaba sus horas libres leyendo las últimas noticias. Se hizo adicto al *Wall Street Journal* y alguna vez tuvo la intuición de que había descubierto la lógica geométrica del Dow Jones. Cuando no estaba en *Union Square* con su *iPad,* pasaba por alguna casa de Apple y se distraía jugando con las novedades. Siempre había algo nuevo en el mundo digital, pensaba, pero al final todo era lo mismo.

"Entre las infinitas variaciones sobre lo mismo —pensó, casi asombrado de lo que pensaba—, como un cuadro de Andy Warhol, nada es diferente. Esta gente pulcra nunca sabrá lo que es el olor a un rancho de barro en la Pampa, con cocina a leña y luz de farol a querosene".

Apenas había terminado de escribir esto en su correo, lo eliminó. ¿A quién podría mandárselo? ¿A sí mismo? Sí, eso es lo que hacía la mayor parte del tiempo, enviarse correos a sí mismo. Pero lo eliminó.

Cada vez hacía las cosas más por obligación y menos porque quería hacerlas. Por eso, pensaba, cada vez las hacía mejor. No cometía errores. No se deprimía ni se amargaba por ningún fracaso. Y si alguna duda molesta lo visitaba alguna noche, la espantaba con un buen Johnie Walker, que para eso trabajaba, para que lo dejen en paz cuando no estaba trabajando. Un idiota que vive en Santiago de Chile le dijo alguna vez que se estaba americanizando demasiado. Como todos los idiotas, se arrogaba el derecho a moralizar sobre la vida ajena y se sentía superior porque había fracasado en todos sus intentos por hacer algo por su vida.

Cuando algo le salía mal, se lo atribuía a las probabilidades o a un error de cálculo. Como dicen aquí, a una "falta de juicio", aunque en español eso quiere decir otra cosa. ¿Cómo se dirá en ruso "falta de criterio"?

Un día volvió al almacén de Glinka. Si no había ido antes había sido por un exceso de especulaciones, por una pequeña crisis existencial, propia de aquellos que están en sus 33 o en sus 44. El viejo había tenido un infarto y se recuperaba en un rincón oscuro, entre bolsas de arroz y curri, dátiles e higos secos que había incorporado para atender la creciente demanda de árabes en el barrio.

Había adquirido el aspecto moribundo del abuelo Mijail. La misma nariz recta, los labios algo rendidos, los ojos escondidos debajo de unos parpados abundantes, la misma frente despejada y vagamente dibujada por un escaso cabello blanco. La misma ausencia de energías para sonreír. Ese era el abuelo que él había conocido. No imaginó —ahora lo descubría—, que el verdadero, el abuelo que había sido por la mayor parte de su vida, era otro. Otro, tal vez más enérgico, tal vez tan insensible como él en sus cuarentas, un incansable amante de mujeres que no lo amaban a los veinte y un pequeño poeta que disfrutaba de las luces del atardecer en Moscú en su primera adolescencia.

El viejo Glinka le hizo una señal con la mano. Alejandro se acercó.

—*The letters* —dijo.

—No las traje —contestó Alejandro.

—Tráelas —dijo Glinka, como dando una orden sin autoridad que sonaba a plegaria.

Alejandro no contestó.

—Te debo un favor —insistió el viejo—. No ha pasado un día sin que piense en eso. No sé cómo pude negarme…

Alejandro trató de conformarlo. Como siempre, pensó, uno sólo sabe cómo conformar a los demás.

—Ahora eres tú quien debe hacerme ese favor… —insistió el viejo.

Alejandro le prometió las cartas para el sábado.

—No, el sábado no. Estaré muy ocupado el sábado. El viernes…

El viernes, poco antes de las seis, Alejandro llevó las cartas. Glinka dio orden a sus cinco empleados para que cerraran y se fueran.

Se sentaron los dos junto a una mesita que estaba en un rincón, debajo de una luz amarilla y polvorienta.

El viejo Glinka abrió la cajita de cartón como si se tratase de un cofre sagrado o una delicadeza arqueológica. Alejandro se lo atribuyó a la edad y al cansancio: no a la importancia de las cartas. El viejo ojeó una por una y las fue ordenando como un mazo de naipes. Alejandro preguntó si las estaba clasificando por fecha. Después de un "no" distraído, el viejo contestó que sí. Eran las fechas. "Más o menos", se rectificó después.

A lo largo de dos horas el viejo Glinka leyó con dificultad y tradujo del ruso al inglés, línea por línea, tanteando las mejores palabras, corrigiéndose, buscando a veces, como un ciego, algún sentido a tantas expresiones oscuras.

El contenido de las cartas era algo decepcionante. Nada importante, ningún secreto que avergonzase al abuelo, ninguna herencia extraordinaria todavía sin reclamar. La realidad suele ser bastante aburrida, lo consoló Glinka. O parece ser. Tal vez si mirase con más cuidado y sentimiento aquellos hechos tan lejanos, esas recientes confesiones, descubriría lo que sólo un biólogo es capaz de ver en una monótona célula.

Casi la mitad de las cartas abundaban en metáforas. Nueve habían sido escritas por el abuelo Mijail, habían servido como borradores o habían sido devueltas. Casi todas iban dirigidas a su madre, Karina, con excepción de una que parecía hablarle a un hermano. Once cartas eran de su madre, todas más extensas que las del abuelo y más fáciles de leer. Abundaban en consejos de madre, pensó Alejandro. No aportaban nada nuevo, aparte de advertencias sobre las ventajas de una buena alimentación y ciertas indicciones para cuidarse de las infecciones de los oídos, según su madre, propia de los Polzin; tortura que había padecido Alejandro en los últimos años y que había atribuido al frío de Nueva York.

La familia Polzin no había pertenecido a la nobleza pero tampoco el abuelo había sido el hombre pobre que había presumido ser antes de convertirse en un constructor próspero en Buenos Aires. Tenía algunas discrepancias con el nuevo régimen soviético que, se sabía, en pocas décadas terminaría por dominar el mundo entero, pero la política no era su fuerte ni estuvo alguna vez interesado en ella. Menos en discusiones ideológicas. Decía que las ideas no conducían a nada y todas estaban precedidas por los hechos de hombres pragmáticos como él. El abuelo no consideraba que esto era una idea. Alejandro pensó que su pragmatismo lo había salvado de todos los regímenes de la época aunque no de la dignidad de los necios que morían por ciertos ideales. En esto se parecía mucho a él y nada a su padre, quien seguramente debió sufrir con el abuelo tanto como él, Alejandro, tuvo que soportar las moralejas filosóficas de su padre. El silencio ideológico que caracterizaba al abuelo se debía a este desinterés y no al estoico cuidado de un pasado secreto que hábilmente había dejado creer a su alrededor a fuerza de malentendidos.

En suma, la vida del abuelo había sido bastante simple. Casi carecía de interés.

Cerca de las once de la noche, el viejo Glinka intentó con dificultad enderezar la espalda. Suspiró cansado y Alejandro le dijo que debían dejar para otro día. El viejo asintió. Sólo le quedaban dos cartas. Las más difíciles, dijo, por la letra. Entonces quedaron en que Alejandro se las dejaría para que las estudiara mejor y sin prisa, a la luz del día.

Luego supo que una carta, con fecha del 25 de marzo de 1928, era de una tal Aleksandra. Abundaba en preguntas sobre el viaje del abuelo a América. Aleksandra había sido su novia o amante por casi un año.

Aparentemente el abuelo nunca contestó esta carta. En su lugar —especuló Alejandro— bosquejó un largo poema en prosa. Alejandro pensó que la sola forma en versos hubiese avergonzado al abuelo. Pero no sintió vergüenza —tal vez previó que su confesión no sería leída en vida— cuando confesó que la mujer más hermosa de Rusia le había dado el mejor año de su vida. Una mujer puede dar su mejor año una sola vez. Se amaron en los hoteles más finos, en las pensiones más baratas y hasta en los parques de Moscú. Se amaron como locos en invierno y en verano. El abuelo nunca había olvidado su rostro perfecto, su cuerpo de veinte años, sus fantasías de un matrimonio feliz, como de princesa, como de cuentos de hadas. Toda esa locura absurda había durado once meses y medio y después, según la confesión poética del abuelo, ya no había forma de volver a la realidad sin morir. Pero él había decidido seguir viviendo.

—El típico amor romántico del siglo XIX —comentó Alejandro—. El amor es tan perfecto que los amantes o el destino resuelven acabar con él… Supongo que en 1928 toda esa sensiblería ya habría pasado de moda en Rusia.

Glinka sonrió. Quiso ser cómplice con la crítica de Alejandro. De hecho era una crítica incontestable; era verdad, todo eso había pasado.

—Los hombres hacemos cosas que no tienen explicación —reconoció el viejo Glinka—. Si fuésemos más sensatos seríamos menos felices pero no sufriríamos tanto.

Y esa descripción de los ojos azules como el cielo, pensó Alejandro, era terriblemente mala. Suerte que el abuelo no se había dedicado a la poesía. No hubiese ganado mucho.

—Cursi —sentenció Alejandro.

El viejo no replicó. Apretó los labios como hacen los presidentes cuando dan una mala noticia o reconocen alguna infidelidad.

—Ella lo traicionó, dijo Alejandro.

—No está claro —dijo el viejo—. En su carta ella se defiende. Habían sido rumores de su hermano. Aparentemente tu abuelo también lo castigó, o quiso castigarlo con el silencio. Por ningún lado se ve que haya contestado su carta.

Buscó una.

—Ésta —dijo el viejo Glinka—, levantando una de las cartas—, esta es la carta donde el hermano de tu abuelo menciona la historia de la chica con su jefe en un restaurante… Según ella no había sido un almuerzo a solas sino un almuerzo de trabajo. El otro empleado estaba en el baño cuando alguien conocido (¿cómo se llamaba?) pasó por ahí.

—Siento haberlo hecho perder el tiempo, señor Glinka —dijo Alexander.

El viejo lo miró como si no alcanzara a distinguir su rostro en la oscuridad.

—¿Cómo dices?

—Que le pido disculpas por haberle hecho perder tiempo con estas tonterías.

El viejo no respondió. Se apoyó en el hombro de Alejandro, se fue hacia el mostrador y se sentó en su silla habitual.

—Mañana terminamos —dijo. Es muy tarde y estos huesos ya no se mantienen derechos.

Alejandro tomó las cartas, menos la última que quedaba sin traducir, le agradeció al viejo Glinka con una palmada en la espalda y se fue.

El viejo Glinka murió el viernes de noche o el sábado de madrugada. Contradiciendo a su médico, había estado trabajando hasta último momento en la traducción de la última carta. Sobre la mesa había algunos garabatos en ruso y en inglés. Ninguno, pensó Alejandro, tenían algo que ver con Aleksandra y el abuelo Mijail. Eran otros nombres de hombres y de mujeres, otras ciudades de Ukrania. Demasiadas abreviaturas, dijo su mujer, imposible de saber qué significan. Era como si el viejo hubiese temido que alguien más pudiese entenderlas.

Las cartas de Mijail Polzin

"Cuando uno es muy joven —había garabateado el viejo Glinka al margen de una traducción— busca insistentemente ser lo que quiere ser, casi siempre una copia de algún desconocido famoso; la rebeldía lo aproxima a algo diferente a lo que llegará a ser con el tiempo: una tímida variación, más exitosa o mas frustrada de los padres, de los abuelos, de todos aquellos antepasados que uno nunca ha conocido y por lo tanto no puede sospechar todo lo que uno se parece a ellos. La libertad está siempre ahí, pero casi nunca se llega a tener conciencia y ejercicio de ella, al menos no mucho más allá de sus ilusorios sustitutos".

En realidad, ni el viejo mismo las había entendido. Había estado haciendo el esfuerzo de entenderse a sí mismo y probablemente no había tenido el tiempo suficiente.

Alejandro se disculpó y salió del viejo almacén. Supo que estaba huyendo de algo que ahora rodeaba a la viuda. La viuda debía hacerse cargo de toda esa tristeza por las siguientes horas, por los años por venir.

It's not my bussiness, pensó Alejandro. Pronto pasaría por aquella calle y vería una nueva tienda, renovada, más luminosa. Tal vez una tienda de Apple o de Microsoft. Sería bueno para la cuadra, que estaba un poco apagada.

Se fue caminando al *South Cove Plaza*. Oscurecía. A esa hora casi todos los bancos que daban al río estaban vacíos. Se sentó en uno, cerca de una muchacha que parecía reprimir la risa. Leía algo en un teléfono, unas botas negras de cuero resaltaban la elegancia de unas piernas largas y jóvenes. Un momento después advirtió que la joven lloraba desconsoladamente.

Estuvo a punto de acercarse para ofrecerle ayuda. Pero comprendió lo ridículo de la escena y se fue a tiempo. Sabía que si no descansaba bien los domingos no podía rendir en la semana. Y eso lo ponía de muy mal humor.

Jacksonville, 2014

UN FRÍO NUEVO

uadalupe nunca había conocido un frío como aquel de Filadelfia. En la parada del bus se acurrucaba tratando de cubrir con su escaso cuerpo el cuerpito de su hijo. Pero el refugio apenas era como un trozo de cáscara de huevo transparente y el viento se metía por debajo y remolineaba en lo alto. El bus no había pasado aún y probablemente no pasaría. O Guadalupe no sabía que después de las seis no pasaba nunca o pensaba que se había descompuesto en el camino. No había imaginado que a esa hora ya estaría oscuro, si no, habría traído el abrigo de pieles que le regaló José el día de su último cumpleaños en Arizona.

Cuando ya oscurecía pasó un auto y se detuvo. Una voz desde el interior le gritó por el nombre pero Guadalupe no contestó. Volvió a gritarle que subiese al carro de una vez pero Guadalupe no contestó. Así que el carro sonó las ruedas en el asfalto y se fue con prisa.

—No te asustes, bebé —dijo despacio Guadalupe— no se sobresalte chiquito mío.

El niño volvió a dormirse.

Los dedos morados de la madre acariciaron el pelito rubio del niño.

Guerito, había dicho José, cómo es posible que el niño sea guerito si no hay rubios en la familia. No seas bruto, le había dicho Nacho, todos los niños nacen con los ojos así de claritos. Tú eres un chamaquito sin hijos que no sabe nada de eso, le gritó José. Faltaba más que me vengas a educar. No seas loco, José, que no por ser padre vas a hacerte más sabio. Dicen que uno no es pianista por tener un piano. Eso todavía está por verse, así que cállate y termina de una vez con esa masa o el patrón nos corre a los dos. Así me vas a pagar el haberte conseguido la chamba.

A poco que me van a educar a mí estos recién llegados. Los padres latinos y el hijo rubio como un yanqui. Y si es cierto que el pelito y los ojitos del Machito se pusieron más oscuros con el tiempo, sigue siendo güerito. El pelo es como el de la Sofía, la argentinita aquella que nos tenía locos en el Taco Bell. Pelo finito y rubio. ¿Qué tiene el Machito de los Reyes? Nada. Lupe se defiende con que una abuela de ella era rubia. Pero la vieja se murió antes de que Lupe se diera cuenta que tenía una abuela rubia y de ojos celestes. ¿Qué casualidad, no? Si no es mentira de Lupe es mentira de la madre, famosa en San Salvador por inventar cosas. Tal vez la india rubia existió, pero justo me vino a reventar la vida a mí. Le tuve que pedir al Chapo que sabe computación que me retoque unas fotos del Machito, que las ponga más oscura o no sé, que las corrija para mandárselas a la familia. A ver si así me dejan en paz. Ya bastante tienen con los pesos que les mando, no sé qué más quieren.

José Reyes dobló a la derecha y volvió hacia la parada donde estaba Guadalupe.

Un frío nuevo

—La tonta no sabe que no hay buses a esta hora.

Pero antes de llagar supo que Guadalupe no aceptaría subirse al carro. Frenó, apagó la radio, estuvo un momento pensativo y finalmente decidió no pasar por allí. No soportaría otro desplante de Lupe. A ver si así aprende a no hacerse rogar.

Tomó la autopista que va a Camdem. Mientras cruzaba el puente de Nueva Jersey comenzó a nevar. Durante los dos años que estuvieron en Arizona, Guadalupe había esperado que nevara. Nunca había visto nevar en su vida. En Arizona no hay nieve, Guadalupe, por algo tiene ese nombre, Arizona y no Nevada. Pero Guadalupe había visto postales del Gran Canyon en invierno. Eso queda lejos de aquí, Guadalupe, tal vez podemos ir el año que viene. No pudimos ir porque nunca había tiempo, ella fregando los pisos del Radison y yo meta hacer tacos y pizza. Y cuando yo me quedé sin chamba en una redada nos rajamos para el norte. En el Greyhound me decía que iba a ver la nieve. Y tenía razón, de esa no nos escapábamos.

José puso el limpiaparabrisas al máximo. La nieve a sesenta millas por hora es como un viaje a las estrellas en una de aquellas películas ridículas en que las estrellas pasaban al lado de la nave. Más bien como entrar en un tubo, o como nadar entre un cardumen en el Caribe.

Pero más frío, mucho más frío, pensó José. Todo es más frío aquí. Frío como los rubios fríos del norte.

Ewing, 2010

LA SEGUNDA MUERTE DE
JORDI CABALLERO

S u padre volvió a morir cuando Jordi cumplió treinta y cinco años. Tenía esa edad cuando lo vio por última vez en Barcelona, aquel jueves 9 de febrero de 1939.

Hasta entonces podía mirarse en el espejo y ver el rostro de su padre, la mirada ansiosa por una esperanza repentina o cansada por un nuevo fracaso. Todas sus intimidades habían sido también las de su padre. Todas las veces que sus ojos se dirigían al trasero de una mujer que pasaba por la ventana de un bar donde leía el diario al lado de un café humeante, era el gesto de su padre en la Barcelona de los años treinta o en la Madrid de los veinte. Al menos eso era lo que él creía. Creía que uno repite más o menos los sueños y las frustraciones de sus antepasados en diferentes escenarios. Entonces, cerraba los ojos y veía al abuelo que nunca conoció, el abuelo Caballero (se llamaba Jordi, igual que él, igual que su padre, por esa manía que tenía la gente de antes que no se conformaba con pasar sólo el apellido a sus hijos, acomplejados o acosados por un ansia inútil de eternidad) subiendo un camino de piedra al lado de la montaña, protegiéndose de la nieve, arrastrando un carro con una mula flaca, tratando de hacer arrancar una vieja Ford en Oviedo con su hijo que miraba ansioso desde adentro del auto descompuesto. Y veía a su padre descubriendo el mundo en Madrid, en una mesita solitaria en un rincón de un bar de obreros, con una vieja pluma, y era él mismo en el bar de Canelones y Ciudadela con un teléfono celular en la mano.

No podría imaginar en sus detalles a ninguno de aquellas otras personas que antecedieron a su abuelo, que salvaron sus vidas de milagro para que sin querer él, Jordi (Jordi tercero, Jordi cuarto), estuviese allí mirando el cuadrito de Renoir. Pero en definitiva todos esos eran detalles que no cambian lo que realmente importa en la experiencia humana: el amor, los celos, el dolor de la injusticia y la violencia moral, el insulto, la amenaza de un desconocido o de un vecino desencajado, la muerte del abuelo, de un tío, la culpa por haber hecho lo correcto o por haberse equivocado sin remedio. Todo eso es la realidad. Mejor dicho, la realidad más profunda de la realidad. Lo demás son escenarios. Como si en cada época, en cada generación, en cada siglo se pusiera en escena la misma obra. Romeo y Julieta en Verona. Romeo y Julieta en la París de la Segunda Guerra. Romeo y Julieta en la Nueva York de John Lennon o en la Buenos Aires de Tinelli. Romeo y Julieta caminando por las calles polvorientas de un pueblo en China. Romeo y Julieta muriendo en la frontera de Gaza.

Hasta que don Jordi cumplió los treinta y cinco, todas aquellas imágenes de aquel lejano padre comprensivo y a veces ausente fueron adquiriendo cuerpo. El bigote de su padre disimulando una dentadura imperfecta. Sus palabras bondadosas que abrazaban a aquel niño que era don Jordi, como las suyas propias cuando trataba de consolar y, sobre todo, proteger con consejos a su pequeña niña de brazos delgadísimos, más que para aliviar sus miedos y frustraciones para evitar otros dolores en la mujer que él imaginaba iba a ser Lucía.

La segunda muerte de Jordi Caballero

Le faltaba, sin embargo (se decía don Jordi, recurriendo a esas secretaras formas de autoflagelaciones que encuentra siempre una persona acosada por un oculto sentimiento de culpa), todo el idealismo de su padre. Aquel idealismo político, republicano por las circunstancias, que por mucho tiempo miró con displicencia y que sólo al aproximarse a los treinta y cinco años pudo sentir, al menos en parte, cuando en un arranque de locura romántica le regaló una pequeña chacrita en San José a la familia que había tomado para que cuidase los árboles frutales. Cada tanto se daba una vuelta por allí y los cinco hijos del casal lo salían a recibir como si fuese el padre fundador de una microrepública. El padre, al que los vecinos llamaban el Negro Silva, había colgado a la entrada un cartel que decía "Granja Caballero".

Otra vez se metió en un fraude innecesario, allá por los setenta, en plena dictadura. Había logrado evadir el treinta por ciento de los impuestos de ese año. Una jugada que no era digna de don Jordi, se dijo a sí mismo, no por lo deshonesta, si realmente tiene algo de deshonesto no pagar impuestos, sino por lo rudimentario de la maniobra. Alguien lo advirtió y elevó la denuncia. Por unas semanas sintió ese vértigo de ser un perseguido. Podía haberse involucrado con alguno de los bandos, con algún grupo de disidentes en el exilio, con los artistas de la cárcel de Libertad que pintaban palomas abstractas y mariposas que lloraban, o con alguna de esas sectas o logias que cada tanto armaban los militares para sentirse importantes. Podía haber intentado algo más elegante que una burda evasión, pensó cuando pasó la tormenta que le costó un desembolso considerable para salvarse de la cárcel y mantener su nombre lejos de los diarios. Al menos hubiese sido más honroso.

Pero le faltaban algunos ingredientes que hicieron a su padre, pensaba. Le faltaba coraje. Le faltaba ese idealismo estúpido que hizo y deshizo a su padre y a su madre. Al menos eso quiso pensar, ya que la posibilidad de que su padre hubiese sido en realidad bastante más parecido a él de lo que podía pensar, lo aterrorizaba. No quería ensuciar algunos recuerdos. Hubiese sido como demoler los pilares centrales de su existencia. Tal vez prefirió no saber la verdad completamente. O tal vez no tuvo la suficiente sabiduría para entender que también los héroes defecan y participan con algunas acciones en el mercado de las miserias humanas.

Pero cuando cumplió treinta y cinco comprendió que ya no podía seguir descubriendo a su padre en sus propios miedos, en sus alegrías, en sus obsesiones, en sus tics, en sus tristezas injustificadas, en una copa de más. Desde entonces tuvo que seguir caminando solo. Cuando alcanzó la edad que tenía su padre cuando desapareció, cuando se murió o lo asesinaron, supo que todo lo nuevo que podía sentir y experimentar en esta vida le había sido ajeno a aquel otro Jordi Caballero: las depresiones de los cuarenta; las erecciones menos frecuentes; las preocupaciones de criar a un adolescente; el pragmatismo a veces arrogante; la ausencia absoluta de miedo al hablar en público; la incapacidad de emocionarse con el olor a lavanda o con la presencia del mar desnudo; las creciente escasez de mujeres hermosas que se dignaban a mirarlo a los ojos; el cada vez más frecuente odio de los más jóvenes que no encontraban caminos de llegar donde él estaba encumbrado, como un dictador usurpando un espacio público y privado por un tiempo excesivamente prolongado; la sospecha de que las personas comenzaban a ver su muerte con creciente indiferencia; la conciencia de estar en un barco que se aleja de la costa, que se aleja del mundo de los jóvenes que comienzan a ocupar las ciudades y a reescribir la historia de ellos y de sus viejos.

Sabía que nada de esos paisajes interiores había formado parte del mundo de su padre, muerto tan joven. Todo eso era ahora su mundo y él tenía que descubrirlo solo. A partir de aquellos treinta y cinco años tuvo que empezar a vivir solo. Su padre había muerto por segunda vez y, aun así, sabía que tampoco ésta era una muerte definitiva.

Jacksonville, 2011

LA BLASA

a blasa tenía forma de pez. Era, en realidad, un gran trozo de algún otro aparato metálico. A juzgar por algunos detalles, debió ser parte de alguna nave mayor, de una de aquellas naves futuristas que en el pasado surcaban los cielos y el espacio exterior. El futuro había terminado en 1979. La nave tenía algo del Apollo 13 y de los *shuttles* espaciales como el Discovery o el Atlantis que vinieron un poco después.

Tal vez había sido un avión de combate o un submarino en desgracia que había emergido hacia la superficie, como un barco que naufraga al revés. Todavía conservaba parte de los motores o del fuselaje casi inútil; para lo único que servían tantos fierros allí abajo, era para estabilizar en algo los restos a la deriva y prolongar su agonía en la superficie y, sobre todo, para mantener ocupado al único pasajero, quien había vivido desde siempre obsesionado con el enigma de esos fierros retorcidos.

Pero la nave no se mantenía a flote por sí misma. Su único pasajero y tripulante se ocupaba todo el día de que no abandonara la superficie del mar y se dirigiera a puerto. Para eso, cada día debía sacar el agua que se acumulaba en su barriga. Así había sido desde que tenía memoria. Durante más de treinta semanas se las ingenió para mantener a flote aquella mole de acero y aluminio. Los días de lluvia acumulaba agua dulce y los días de tormenta retrasaban la tarea de reducir las aguas del fondo, a veces más allá de los límites tolerables según sus cálculos.

No a pesar de su soledad sino por estar solo, eran pocos los días en que el hombre podía descansar. Siempre había algo urgente que hacer en la blasa. Las pocas y casi excepcionales horas de descanso las dedicaba a echarse bajo la lona verde. Inexplicablemente, lo atraían las manchas de la lona que cobraban vida según los diferentes soles y las diferentes lunas que la penetraban. Unas veces se parecían monstruos marinos. Otras veces eran como dioses que bajaban austeros del cielo o surgían sensuales desde las aguas. Tenía en mente la imagen de una mujer que no conocía pero le era familiar. De todas, era la que más se repetía en los reflejos de la lona verde, sobre todo cuando lo ganaba el cansancio al atardecer y se quedaba tirado exhausto, borracho de sudor y satisfacción por haber reducido al mínimo, en un ataque de furia y hastío, las aguas de la bodega.

Pero no se abandonaba a la simple complacencia. Las horas de descanso eran pocas y estaban estrictamente limitadas por su responsable impaciencia. Sabía que si una emergencia lo encontraba exhausto podría ser el fin de sus días. Su mente debía estar clara y atenta; sus músculos siempre dispuestos a entrar en acción y a resistir largas horas de tensión, subiendo y bajando las escaleras para reducir las aguas, sosteniendo las cuerdas para que el viento no se lleve la vela y el mástil, controlando que ninguna pieza metálica pudiera resbalarse fuera de la nave. En su vida se había arrojado muchas veces al mar para rescatar insignificantes trozos de madera, cajas de plástico, botellas y hasta una silla, pero sabía que una pieza metálica que se caía al agua, sea una herramienta o una simpe tuerca, no paraba de hundirse a la velocidad del rayo hasta encontrar el infinito más oscuro.

En raras excepciones se daba el lujo de mirar las revistas que había en la blasa. No eran muchas, pero él las cuidaba porque eran sagradas. Aunque estaban escritas en algún idioma incomprensible al que nunca renunció a comprender (sabía que los símbolos son como las nubes y las estrellas; quien sabe leerlos puede conocer el presente y predecir el futuro), de todas formas podía comprender sus imágenes. Una mujer muy hermosa, de pelo color pez y vestida de rojo coral, dominaba la revista principal, desde la tapa hasta las páginas centrales. Estaba casi desnuda y él la adoraba como al sol, razón por la cual sólo se permitía admirarla las noches de luna llena, ya que fue una noche de luna cuando la descubrió y una noche de luna cuando sintió todo su cuerpo conmoviéndose ante su presencia. Cuando vio las fotos en su interior supo que ella, la misma en diferentes poses, con diferentes estados de ánimo. Junto con otras mujeres que la rodeaban, esperaban en algún lugar en forma de nave gigante sobre una cubierta infinita, rodeada de nubes verdes sin mar.

En todas las revistas aparecían mujeres y hombres como él, casi siempre sonriendo, echados en la arena de una playa (ese lugar donde termina el mundo y comienza el Paraíso) o caminando por un pasillo enorme, rodeado de edificios muy altos. Había una que lo impresionaba especialmente porque le recordaba sueños que había tenido mucho antes de descubrir las revistas. Era la imagen de una ciudad con muchos edificios muy altos vistos desde el mar. Siempre se imaginaba que una mañana se despertaría y al mirar hacia el horizonte vería la ciudad surgiendo desde las tranquilas aguas del Oeste.

Los días de sol el hombre levantaba la improvisada vela y dirigía la nave hacia la puesta del sol. No estaba seguro por qué ni cuando había elegido esa orientación. Reflexionó meses sobre esta primera decisión y en algún momento concluyó que era la correcta. Primero, porque esa era la dirección que hacía cada día el sol. Segundo, porque era más conveniente mantener el curso de una nave perdida para evitar un rumbo errante o circular que prolongara peligrosamente el naufragio. Tarde o temprano debía llegar a alguna parte o el mundo era un infinito océano, sin treguas.

Sin embargo, tardó mucho en aprender a orientarse usando las estrellas. El movimiento de los astros nocturnos era mucho más complejo que el simple movimiento del sol y, por otra parte, había tomado el hábito de dormir por la noche, no durante el día, lo que le impedía alcanzar alguna ciencia sobre el orden cósmico de las cosas que están muy arriba. Por esta razón, sabía que quizás su navegación no había mantenido siempre la misma dirección. Tal vez por las noches se desviaba hacia algún otro punto cardinal. Tal vez desandaba el camino recorrido durante el día. Sólo la mujer que sonreía podría decirlo algún día.

Con el tiempo descartó esta segunda posibilidad. Efectivamente, había navegado *hacia alguna parte* del universo.
Durante el día el sol hacía un camino diferente, más inclinado
y más frío, como si hubiese envejecido. Como consecuencia
lógica, las aguas se habían enfriado y ya no eran tan trasparentes como al comienzo, según recuerda, aunque con cierta
dulce vaguedad, tal vez atribuible a la nostalgia.

En las dos últimas semanas sobre todo las aguas habían
mostrado un cambio inquietante. Se habían vuelto más frías,
más sucias, más tristes y a veces más interesantes. Casi a diario divisaba en su horizonte algún objeto de plástico, como si
hubiese pertenecido a alguna otra blasa como la suya. No se
imaginaba a otro navegante arrojando trozos de su nave, porque sabía lo valioso que eran estos materiales que, como los
dientes, no se recuperan y en cada pérdida nos acercan más
al destino de los peces que acaban en sus entrañas o en las
entrañas de otros peces. Cada día descubría alguna de estas
muestras de la muerte de algún semejante, y se lanzaba al
agua para rescatarlas.

Los nuevos desperdicios siempre tenían alguna utilidad.
A veces iban a cubrir una necesidad de muchos días, como
un trozo de madera que reemplazó un pequeño pilar que sostenía la loneta verde debajo de la cual dormía la siesta y se
comunicaba con los dioses. Otras veces iban a descansar en
la bodega semi inundada en espera de algún propósito.

Otro cambio importante que siguió al incremento de desperdicios fueron las aves. Unas aves blancas de pico negro
que volaban mucho más alto que los brillantes peces de los
primeros días. Aquellos peces eran inofensivos, como los

delfines y las aguas trasparentes, pero estas creaturas volado-
ras parecían casi tan amenazantes como los tiburones que lo
seguían día y noche esperando el naufragio final.

Supo que ya no tenía salvación. Si se hundía, los tiburones harían pedazo su cuerpo; si moría sobre la nave, las aves
de pico negro harían lo propio bajo la luz del sol antes que la
blasa se hundiese.

Por días lo acosó este pensamiento mientras acomodaba
la vela para acelerar su marcha. Increíblemente, la última semana había logrado duplicar la velocidad gracias a la nueva
posición que le había dado a la vela.

Una mañana se produjo el milagro. La ciudad estaba allí.
Al despertar, como cada mañana, miró hacia el Occidente y
la vio, entre el cielo turbio y el brillo del mar. Se alegró. Casi
levanta los brazos en signo de triunfo. Pero su corazón comenzó a palpitar de una forma violenta. Ni en las peores tor-
mentas había experimentado esa forma de latido incontro-
lable.

Logró controlarse aunque la excitación del descubrimiento perduraba en el parpadeo de los ojos y en los movimientos inútiles de sus manos. Reflexionó un largo rato sobre
el descubrimiento hasta que decidió confiar en su instinto de
supervivencia. Había comprendido justo a tiempo el terrible
error que había cometido y sostenido toda su vida.

Entonces, justo a tiempo, dio vuelta y puso marcha hacia
la región más cálida, donde los peces vuelan y el agua es
transparente. Puso dirección hacia donde había nacido, cuarenta semanas atrás, mucho después que la mujer del pelo de

La blasa

pez sonriera para indicarle el verdadero camino que recién
ahora encontraba.

Jacksonville, 2011

CUENTOS DE ENSAYISTA

LA PALABRA

on creciente nerviosismo hacía figuras triangulares doblando el papelito donde decía 22-A. Trataba de pensar en las ventajas de la A o de la K sobre las letras intermedias. Estaba seguro de que iba a pronunciar la palabra apenas se enfrentase con la mujer de la puerta H.

Esta certeza absurda lo había asustado tanto que sin mirar a ningún lado dio un paso y se salió de la fila. Fingió un malestar. Tomó su maleta y se dirigió al baño. Hizo varios movimientos sospechosos: tomó por un pasillo lleno de gente que se dirigía en dirección contraria; debió forcejear con diez o veinte personas que no advirtieron que alguien iba a contramano. Todos olían a perfume, a limpio. Los hombres llevaban trajes negros y azules. Hasta los homofóbicos llevaban medias y corbatas rosas, porque estaban de moda. Predominaban los perfumes dulces. Alguno, incluso, olía a sandía, pero sin el pegote que produce el azúcar de la sandía secada en la mano. Al menos cinco mujeres llevaban joyas auténticas, con predominancia del oro blanco. Todas se parecían. Todas debían ser hermosas, según los enormes anuncios de belleza de las vidrieras de los free shops. Labios carnosos de una boca que podría abrirse y tragar a una persona. Ojos gigantes de párpados sin arrugas.

Aunque había nacido allí, aunque había vivido cuarenta años allí, 22-A se sentía extranjero, o algo le llamaba la atención. Estaba perturbado por ofender la rigurosa rutina; ultimamente no había cumplido con los servicios habituales de los domingos; una reciente experiencia en la montaña —estuvo una semana sin conexión, alejado por un accidente climático de todos los índices que más ama— lo había mantenido bajo una leve pero sospechosa fiebre. Su nuevo estado se revelaba con enigmáticas freses, quizás pensamientos. "Un día para Dios —le decía a un amigo de la bolsa—; seis días para el Dinero".

Tomó por otro pasillo sólo por salvarse de la corriente que lo arrastraba en un esfuerzo comprometedor. Aunque no sabía hacia dónde estaba la batería de baños que había usado media hora antes, caminó simulando seguridad. Después de varios cambios de dirección que debieron percibir las cámaras ocultas en oscuras esferas de navidad, dio con unos baños.

Entró en un gabinete arrastrando el carrito de su maleta y se forzó a orinar. Pero no tenía nada para hacer y temió que del ducto de aire lo estuviesen vigilando. Un agujero negro no revelaba la presencia de ningún ojo de vidrio. Ni su ausencia tampoco.

Los diálogos obscenos de los años sesenta que durante años fueron borrados por la rigurosa higiene moral en curso, comenzaban a regresar de una forma más digna. Con letras impresas de impecable color rojo, la empresa *W* quería recordarle al feliz orinante que el mundo estaba en peligro y necesitaba de su colaboración. Enfrente, en la puerta, otra leyenda prevenía al defecnate de turno de los engaños de toda forma de alivio y de la necesidad de una permanente alerta máxima.

Guardó el pene con pudor y salió, absurdamente nervioso. ¿Qué diría si alguien lo detenía y lo interrogaba? ¿Por qué estaba nervioso? Si no tuviese nada para ocultar no tendría motivos para esa palidez en el rostro, para ese sudor revelador en las manos.

Mientras se lavaba las manos pudo verlo. Esta vez sí, había una pequeña cámara. O fingía ser una cámara, no importa. Como esas semiesferas que cuelgan en las grandes tiendas. De diez, tal vez una tenga una cámara que vigila. Lo importante no es que exista o no, sino que nadie pueda afirmar con certeza si existe o no. Una especie de agnosticismo de la mirada ajena era el mejor freno a los instintos más bajos. Vigilancia que nadie podría acusar como violación de privacidad, porque todos aquellos eran lugares públicos, incluido el sector del baño donde la gente se lava las manos. Las cámaras (o la sospecha de las cámaras) estaban ahí para seguridad de la misma gente. De hecho nadie estaba en contra de este sistema, sino todo lo contrario. Habría que imaginar qué terrible sería si no existiesen esos puntos de control. Quienes de vez en cuando se atrevían a imaginarlo se horrorizaban o escribían voluminosas novelas que se vendían como pan caliente.

Por alguna razón, 22A comprendió que ir al baño y no poder orinar no podría ser nada extraordinario. Menos sospechoso. Esta idea lo calmó. Tocándose el estómago, luego la cabeza, tratando de pensar qué podía haberle hecho mal, salió de nuevo en dirección a la puerta H.

—El monstruo debe morir. ¿Qué opina usted?

—¿Cuál monstruo?

—¿Cuál más? Barbasucia.

—Oh, cierto, Barbasucia, el monstruo…

—Duda de que es un monstruo?

—¿Yo? No, no dudo. Es un monstruo.

—Entonces, ¿por qué pregunta *cuál* monstruo? ¿Estaba pensando en Barbavieja?

—Bueno, no. No precisamente.

—Qué otro monstruo podría merecer ser juzgado en un tribunal como el que juzgó a Barbasucia? ¿Puede explicárselo a la audiencia de *Tú Noticias Show*?

—Bueno, no sé…

—Pero duda.

—Sí, claro, dudo. Dudo firmemente.

—Increíble. ¿En quién está pensando?

—No puedo decirlo.

—¿Cómo que no puede? ¿No vivimos en un mundo libre, acaso?

—Yes, Sir. Vivimos en un mundo libre.

—Entonces diga lo que está pensando.

—No puedo.

—¿Acaso no es libre de decir que Barbasucia y Barbavieja son dos monstruos?

—Sí, señor, soy libre de decirlo y de repetirlo.

—¿Entonces?

—¿Soy libre de decir todo lo que pienso?

—Por supuesto. ¿Por qué lo duda?

—Cualquier cosa que diga podría ser usado en mi contra. Es mejor ser una buena persona.

—Claro, libertad y libertinaje no son lo mismo.

—Yes, Sir.

—¿Me va a decir lo que estaba pensando?

—Yes, sir.

—¿Estaba pensando que gracias a Dios los dictadores son juzgados por la justicia?

—Sí, señor. Siempre he pensado que todos los dictadores deberían ser juzgados. Me apena un poco que algunos se escapen siempre.

—Excelente. El problema es que no vivimos en un mundo perfecto. Pero sus palabras son muy valientes. Claro que semejante acto de rebeldía no hubiera sido posible bajo una dictadura monstruosa como la de Barbasucia o la de Barbavieja.

—Sí, señor.

—¿Se da cuenta que puede decirlo libremente?

—Sí, señor.

—¿Alguien lo está torturando para decir lo que no quiere decir?

—Señor, no señor.

—Comprende, entonces, el valor de la libertad?

—Sí, señor.

—Excelente. Volvemos a estudios y seguimos con *Tú Noticias Show*, donde Tú eres la estrella protagónica. ¿Me escucha Rene? ¿Aló me escuchan?

Pero no se puso en la fila que estaba esperando para ingresar. Quiso saber si estaba seguro de sí mismo. Por un instante se sintió mejor, ya no tenía los síntomas del pánico. Pero todavía no había alcanzado la certeza de que aunque lo obligaran, no iba a pronunciar la palabra. Sabía que bastaban fracciones de segundo para pronunciarla. Fracciones que habían sido fatales para mucha gente que, ignorantes del peligro, ignorantes de las consecuencias de sus actos, se habían atrevido a usarla en broma. Sabía del caso de un senador extranjero que había entrado en una tienda para comprar una pluma. Cuando pasó por la caja la empleada le preguntó qué era aquello. ¿Para qué diablos preguntó eso? ¿No sabía que una pluma se usa habitualmente para escribir? Aún si la pluma tenía otras funciones, por ejemplo sexuales o para servirse el pan en el desayuno, ¿qué le importaba a ella para qué quería ese objeto diminuto que se vendía en su propio negocio? Es decir, en el negocio de alguien que ella no conocía pero para el cual trabajaba día tras día bajo de aquellas luces que no permitían saber si era de día o de noche, como en los gallineros industrializados donde las buenas ponedoras no ven nunca la luz variable del sol.

Una pluma señorita. Eso debió responder el senador. Pero no, el muy torpe dijo la palabra, como si la ironía fuese reconocida por la ley. Qué tonto; la ironía sólo es reconocida por la inteligencia. Si aquello fuese *aquello* el senador no lo hubiese dicho. Lo dijo porque aquello no era *aquello* y decirlo debía ser gracioso, como cuando los surrealistas ponían en un museo una pipa y de título *Esto no es una pipa*.

El senador tuvo suerte porque era senador. Su país pagó una fortuna y lo dejaron libre después de varios días de cárcel. Un pobre diablo quién sabe qué. Un pobre diablo tiene que cuidarse mucho de no decir la mala palabra y, además, no parecer que está a punto de decirla.

La palabra

Apenas llegó a este punto se dio cuenta que decirla era cuestión de una leve distracción. De una leve traición, de esas que un hombre o una mujer enferma suele ejercer contra su misma integridad física, arrojándose de un balcón sin razones o estampándole un beso a la mujer más puritana del continente, que al mismo tiempo es la jefa de quien depende el trabajo y la vida de un pobre diablo, un diablo enfermo.

Se puso de pié casi con rebeldía. Se puso de pié sin pensarlo. De repente se descubrió de pié, rodeado de gente que sin detener su marcha apurada lo miraba como si estuviese rayado. Comenzaba a parecer sospechoso, ahora ya no solo sospechoso para sí mismo sino para el resto de la gente. Se dio cuenta de que lejos de favorecerlo la prórroga y la meditación le estaban haciendo mal. En malas, en pésimas condiciones llegaría a la mujer de la puerta H. Se enfrentaría a la menos linda de todas las funcionarias y le diría la palabra. Cuanto más pensara más probabilidades tendría. ¿No había estado pensando en ir a la puerta H cuando de repente se vio a sí mismo parado, de un salto, al lado de su maleta gris y de las demás personas que lo veían pasar?

De repente, sin recordar los pasos anteriores, se encontró frente a la mujer de la puerta H que le preguntaba:

—¿Algo para declarar?

A lo que respondió con un silencio que sospechosamente se iba alargando.

La mujer de la puerta H lo miró y miró al guardia. El guardia se acercó sacando un transmisor de la cintura. Enseguida aparecieron dos más.

La mujer repitió la pregunta anterior.

—Algo para declarar?

—Paz —dijo.

Los guardias lo tomaron de los brazos. Sintió que unas pinzas hidráulicas le cortaban los músculos y finalmente le partían los huesos.

—Paz! —gritó esta vez— un poco de *Paz*, sí, eso es, *Paz*! ¡*Paz*, carajo! ¡*Paz*, la concha de tu madre!

Los guardias lo inmovilizaron con una dosis eléctrica de alto amperaje.

Fue acusado ante tribunales de atentar contra la seguridad pública y más tarde condenado por haber ocultado a tiempo la palabra con la palabra Paz, que también es peligrosa en estos tiempos especiales. La defensa apeló el fallo recurriendo a alteraciones psiquiátricas, producto de su traumática experiencia reciente en la montaña.

Atlanta, 2007

EL OMBLIGO DEL MUNDO, 2055

Sospechó, de golpe, lo que todos llegan a comprender, más tarde o más temprano: que era el único hombre vivo en un mundo ocupado por fantasmas, que la comunicación era imposible y ni siquiera deseable, que tanto daba la lástima como el odio, que un tolerante hastío, una participación dividida entre el respeto y la sensualidad eran lo único que podía ser exigido y convenía dar.
Juan Carlos Onetti, *El astillero*, 1961.

A la hora en que el día aún no ha perdido el calor exiguo de los últimos días del verano, cuando la gente termina de salir por fin de sus oficinas y los embotellamientos en las afueras de Manhattan comienzan a disolverse lentamente, a esa hora en que los comercios del downtown cierran sus puertas y bajan sus cortinas de acero hasta las casas de mascotas, adelantándose, con precaución y estrépito, a la oscuridad precoz de los atardeceres de un invierno que todavía no llega, un hombre ligero y sin prisa camina hacia el sur, escondido detrás de una barba blanca, casi amarilla por un misterioso efecto del atardecer, con la mirada fija en sus próximos dos pasos, tal vez pensativo o simplemente cansado, con una bolsa de tela gris en la espalda que deja adivinar el cuerpo ahora frío y tímido de un saxo. Luego se detiene. Deja de murmurar pensamientos largos e indescifrables, pensamientos que arrastran reflexiones poco claras sobre los efectos del atardecer en el ánimo melancólico de alguien que se narra a sí mismo su propia vida, y entra en un viejo edificio del Midtown, reciclado y extremadamente pulcro en su interior, alfombrado contra los pasos indiscretos, iluminado estratégicamente para que sus salas y pasillos dejen ver los pies y los cuerpos que entran y salen, disimulando con imprecisión los rostros que los acompañan. Un olor agradable de velas frutales llena cada recinto, mientras diferentes pantallas informan al cliente sobre los servicios accesibles esa noche.

El hombre de la barba blanca, ahora azul, se acerca a una de las máquinas y lee con cuidado. Con un dedo, también azul, elige una opción en la pantalla y la máquina le extiende un ticket que dice F. y, sin querer o sin pensarlo, como un hombre cansado que se sumerge distraídamente en un sueño profundo, continúa reflexionando sobre las cosas que lo envuelven y se introducen en esa repentina nostalgia, como un huracán mudo e invisible se introduce en una casa y extrae de ella los muebles, los pedazos de puertas, los cuadros que colgaron allí por años y los va desparramando por la ciudad. Diferentes pasillos lo conducen, como en un aeropuerto, a una pequeña puerta que vuelve a repetir F. Entra y deja el bulto en una pequeña mesita. Se sienta al lado y espera. Mira: la cámara F es pequeña y familiar, apenas más grande que un cuarto de baño y desprovista de los aparatos que se pueden encontrar en uno de esos.

El ombligo del mundo, 2055

Una de las paredes mayores es de vidrio y comunica visualmente con la otra cámara gemela, tan parecida a la anterior que cualquiera confundiría el cristal transparente con un espejo, si no fuera por el detalle de que del otro lado no se encuentra el que mira.

Espera que se encienda la luz violeta. Generalmente no demora más de tres o cuatro minutos, pero hay que considerar que a esta altura del año la gente está más concentrada en su trabajo. No tardará; de todas formas, no tardará en encenderse la luz y el tiempo sólo comenzará a correr desde entonces: cinco minutos. Y mientras repite "no tardará", saca el saxo de la bolsa y comienza a tocar algunas notas sin demasiado orden. Sospecha del correcto funcionamiento de uno de los botones. El temor de que el instrumento se descomponga le recuerda los días de su juventud. Hasta que por fin se enciende la luz y aparece alguien.

Alguien. Como era de esperar, es una mujer. Más precisamente, una mujer joven, con uniforme de colegio, aunque nunca es posible determinar si lo que la persona lleva se corresponde realmente con alguna de sus actividades diarias o ha sido elegida para la ocasión. Casi siempre es así. Como la máscara de calavera que lleva puesta. Mucha gente opta por las máscaras, porque si bien Nueva York es infinita, siempre queda la posibilidad de que uno reconozca en la calle a alguien que pudo haber visto en un Confesionario, deformado por la luz azul pero en ocasiones reconocible por la fuerza de sus ojos.

[Por otra parte, todavía hay gente que siente timidez al desnudarse, ya sea en un lugar público o en su propia casa.

Todos saben que en cada momento están siendo filmados o escuchados (por el gobierno o por uno de esos imperios privados que se han arrogado el derecho de decidir por los demás), aunque nadie advierta la presencia de alguna cámara o de algún micrófono oculto. Sin embargo, no todos se han acostumbrado a ese conocimiento con la suficiente naturalidad. Podría ocurrir que el funcionario de turno reconociera a la persona que, en su propia casa, se desnuda o se apresta a defecar en ese momento; o que no resistiera la tentación de publicar esas imágenes en la Red Global. Y si bien esto último es delito federal, nada garantiza que mañana o pasado aparezca el video de un cura católico masturbándose en algún rincón de Nueva Guinea o de la hija de un pobre profesor explorando su cuerpo virgen en su cuarto de San Pablo. Al fin y al cabo, el crimen también es delito federal y no por ello ni por todas estas medidas de seguridad ha disminuido. Tal vez ahora se pueda prevenirlo. Poco tiempo atrás, estudios neurológicos de laboratorio descubrieron que no sólo los sueños producen ondas energéticas en el cerebro sino también el pensamiento hablado. A partir de entonces resultó relativamente sencillo darse cuenta que cada palabra posee un nivel de energía y una frecuencia de onda particular, dependiendo de las lógicas variaciones de los dialectos y de la emotividad diferente que cada palabra tiene en distintas regiones de un mismo país. Y así como en la antigua informática una letra o un número eran la combinación de dos impulsos diferentes, lo que luego se transforma en palabras, en sonidos y en imágenes, se terminó por inventar un sistema decodificador del pensamiento hablado. Como en el pasado, esto tuvo impor-

El ombligo del mundo, 2055

tantes aplicaciones militares, casi exclusivamente. De la red de espionaje Echelon se pasó a espiar el pensamiento de cada individuo. Con el nuevo sistema, se procesaron nueve millones de pensamientos por segundo en todo el mundo. Dependiendo de determinados parámetros de pensamiento, el sistema seleccionaba aquellos que pudieran ser de interés del Gobierno, de la empresa financiadora de la Red o de algún funcionario de turno, motivado más por el azar y el aburrimiento que por intereses de Seguridad Nacional. Así que no sólo se espió a terroristas, a artistas, a posibles filósofos y a inventores de nuevas estrategias comerciales, sino también a conocidas estrellas del cine y de la vida diaria, creándose de esa forma un verdadero tráfico ilegal de fantasías eróticas, casi siempre producidas por mujeres, como solía ocurrir en el pasado con las imágenes de Internet. Sólo unos pocos advirtieron esta actividad secreta y omnipresente de la Inteligencia Militar—que terminaba por cumplir la profecía bíblica del Génesis—y la denunciaron diez minutos antes de ser detenidos por las Fuerzas del Orden. Los que la recibieron por la Red Global de Resistencia la callaron mientras pudieron. De este grupo, una minoría no fue enviada a manicomios, porque tuvieron la rara habilidad—esa habilidad tan particular de los seres humanos y que consiste en romper todas las reglas previsibles a fuerza de genialidad—de crear nuevas formas de pensamiento codificado. Como se comprenderá, no es posible describir qué tipo de forma pudieron ser esas, ya que ningún sistema de lectura pudo compararla con parámetros de pensamiento conocidos hasta el momento de la programación de dicho Dios-máquina. Pero todo ha sido advertido por los resultados: muchas personas en el mundo dejaron de pensar, por lo menos eso registran los sistemas de lectura de pensamientos más avanzados. O de hecho nunca pudieron hacerlo. Y es por esa misma falta de acostumbramiento al progreso de la Sociedad Global, que muchas personas pasaron de los lentes oscuros al uso de máscaras, del pensamiento libre a la distracción y el divertimento. Como el velo trae malos recuerdos a algunas personas, han proliferado otras formas de ocultamiento: hay máscaras para ir al baño, máscaras para dormir en días de calor o para hacer el amor de forma ilícita. Hay una máscara para cada cosa y ninguna deja traslucir algún aspecto de la personalidad de quién la lleva, lo que ha llevado a una perfección en el arte de borrar lo distinto. Porque si no es posible ocultarse del Gran Dios-máquina, por lo menos es posible que nuestros semejantes no nos reconozcan con facilidad, en caso de producirse el milagro de la fama. Sin embargo, en este proceso de abstracción del ser humano, siempre queda algún detalle insignificante que, a la larga, termina por convertirse en un elemento de máxima significación. A veces es un lunar en una nalga, otras veces cierto perfil de un muslo o de los hombros. Todo esto provocaba en la gente un sentimiento de tristeza e insatisfacción que se confundía con la felicidad. Sin embargo, nada de esto era inevitable. Como solía ocurrir antiguamente, tal vez se hubiese sido suficiente el sólo cuestionamiento del actual estado de cosas, de no ser porque Alguien lo había previsto transformándolo en una empresa por lo menos improbable, ya que los críticos y los filósofos habían sido exterminados, condenados al olvido o enterrados bajo una lápida con la misma e irrefutable inscripción: IDIOTA. Por el contrario, es posible que se continúe perfeccionando la solución inicial: no pasará mucho tiempo para que se vean por las calles personas ataviadas de pies a cabeza, sino por un denso paño negro como en Oriente, tal vez por sucesivas manipulaciones de la apariencia personal.]

Por un momento, el músico abandona sus pensamientos melancólicos y vuelve a la salita del confesionario. Mira a la joven con cuidado. A juzgar por sus piernas, se podría decir que aún no ha terminado la secundaria. Hay otros detalles que lo confirman: su timidez, por ejemplo. Ha pasado un minuto y aún se mantiene de pie, explorando con su máscara de muerte la cámara, como si fuese la primera vez que entra a una, mirando a través del cristal como si quisiera reconocer al hombre de barba blanca, sentado en una silla, contra la otra pared, con un saxo sobre las rodillas y con la mirada triste, fija en ninguna parte. Por un instante piensa que el hombre es ciego, pero es sólo una impresión pasajera. Sería absurdo y, además, acaba de mover los ojos hacia sus pies. Es decir, la está mirando. Eso le recuerda que el tiempo se va y hay que comenzar. Entonces tantea con una mano la solidez del cristal, como un movimiento instintivo y que sólo sirve para perder más tiempo. Sabe que tiene tres centímetros de espesor y que es antibalas, pero igual tantea con disimulada fuerza. Hubiese preferido que en su primera vez hubiese un hombre joven, aunque tiene sus ventajas: le da más asco y menos miedo. Luego verifica que ha cerrado la puerta con llave y comienza a desnudarse. Sin duda, es una joven vergonzosa. Sus caderas aún no se han destacado del resto del cuerpo: predomina su altura, cierto parecido con algún personaje de El Greco que ha visto la semana anterior en el MOMA, acentuado por esa luz fría del confesionario, a un paso de ser confirmada o descartada por un sentimiento trágico que amenaza con instalarse del otro lado del cristal. Podría ser su padre, su abuelo. Pero así es esto. "Deseas lo que condenas", le había dicho la amiga. "Necesitas abrir una válvula de escape, y el sexo es la válvula de la moral" Pero la moral estaba ahí, para aumentar la tensión y el deseo, como ese vidrio que la protegía. La máscara no es lo más apropiado, piensa el músico. Una vez un hombre se suicidó en un confesionario. Pero es preferible no recordar esas cosas ahora; bastante tiempo le ha llevado limar las aristas filosas de algunos recuerdos. De acuerdo, el olvido es un arte de moda, aunque es mal practicado: los médicos nos obligan a recordar lo más desagradable de nuestra existencia, aquello que la sensibilidad echó a los sótanos de la memoria, al tiempo que la estupidez mediática se divierte destruyendo lo que queda en el salón principal.

Bien, no ha terminado de desnudarse completamente, pero se detiene. Observa otra vez a través del cristal. El viejo que le ha tocado en la gemela no se ha movido desde que ella entró. No está ciego. Tampoco está muerto. Podrían haberla engañado poniendo un maniquí, uno de esos hologramas animados que alguna vez estuvieron de moda, antes que volvieran los hombres de carne y hueso. Pero no; está tan vivo como triste. Su tristeza se contagia a través del vidrio. Es como la pobreza: salpica. Una amiga le había contado que los hombres, apenas las ven entrar, se pegan contra el cristal, casi siempre exponiendo lo suyo, y tarde o temprano terminaban por ensuciarlo. Incluso, una vez le había tocado una mujer que mordía el cristal como si estuviese rabiosa, allí mismo donde otros hombres habían hecho sus necesidades esparciendo su semen idiota. De esta historia le había quedado en la retina la imagen casi imposible de una mujer mordiendo un vidrio por el lado plano, hasta que en la casa de otra amiga descubrió a una perra haciendo lo mismo para pedirle a su dueña que le abriese la puerta del fondo.

Eso le habían contado de los hombres. No era el caso de este viejo. Así que se sintió segura del todo, y terminó por desnudarse. Se paró cerca del cristal y dio media vuelta, con la punta de los pies resistiéndose al giro. Luego se quedó mirándolo un instante. No había de qué temer, porque así como la seguridad de aquellos recintos era rigurosa, también lo era la higiene: un minuto después de desocupada la sala, se llenaba automáticamente con radiación desinfectante, por lo cual no había posibilidades de contagio alguno. De hecho, no se conocía ningún caso de contagio, por lo cual el Ministerio de Salud certificaba cada año la seguridad de los Confesionarios. Por otro o por el mismo lado, el Gobierno Central invirtió casi la mitad de su presupuesto anual en una campaña moralizadora que ya se ha integrado al consciente colectivo, y que consistió en promover la práctica de la masturbación. Sin duda, todos los estudios científicos habían demostrado las ventajas higiénicas de esta costumbre, a lo que hubo que agregar los beneficios de la clonación y de la reproducción asistida, más tarde llamada "reproducción controlada". Una vez removida la vergüenza de ser filmado en un acto masturbatorio, gracias a la campaña remoralizadora del gobierno y de las instituciones privadas sobre Relaciones Sexuales, la pornografía adquirió un lugar predominante es la sociedad y en la psicología del ciudadano medio. Todo lo que significó un avance en la natural necesidad de libertad que existe en cada ser humano. No disminuyó el interés por el sexo sino todo lo contrario; sólo se produjo una verdadera revolución en la práctica sexual, con la curiosa eliminación del coito en la clase educada.

Él también la miraba, aunque ahora sus ojos demostraban sorpresa, más sorpresa que desinterés. Ella insistió y fue mucho más allá: con el corazón agitado, se sacó la máscara y lo miró a los ojos. Una sonrisa viva ocurrió en él, un segundo antes que sonara la chicharra. Excederse un minuto del tiempo límite significaría el pago de un ticket nuevo, por lo que la joven tomó apresuradamente la ropa que estaba en el suelo, se vistió y salió sin volver a mirar hacia atrás.

El músico salió sin la misma prisa, notando que la joven había olvidado su máscara en el piso. Imaginó que en ese preciso instante ella estaría saliendo por la Quinta, mientras su camino lo conducía lentamente a la Sexta. En la Quinta tal vez tomaría un taxi y se perdería entre los diez millones de anónimos que habitan la ciudad. No volvería a ver esa sonrisa que había esperado ver (eso lo pensaba ahora) durante años, desde que se inventaron los confesionarios. Durante años había visto mujeres de todo tipo, hombres a veces, ensayando y repitiendo esas poses que debían ser consideradas obscenas, esperando furiosas que él reaccionara intentando romper el cristal irrompible, o algo así, como si les hiciera falta algo del peligro que se evitaban en los confesionarios.

Para ser más exactos, había estado esperando esa sonrisa desde que llegó a Nueva York, cuarenta y tantos años atrás. Era la sonrisa, incluso diría que era la mirada, el gesto, la presencia fantasmal de aquella joven que amó cuarenta y tantos años atrás. Es decir que tal vez nunca había entrado nadie a la cámara gemela del confesionario, la última vez, sino su atormentada imaginación, afiebrada por el primer resfrío del invierno del año 2055, que casi lo mató, impidiéndole trabajar en el Central Park y, lo que era peor, sumergiéndolo en una profunda y comprensible nostalgia de viejo.

Tacuarembó, 2000

EL PURO FUEGO DE LAS IDEAS

a rata pasa desafiante frente al fuego, a paso de cazador. Los movimientos de un felino, de un filósofo. No de una rata. Me sorprende que no me tenga miedo. Me despertó el ruido que hacía al roer uno de los libros que olvidé en el suelo antes de quedarme dormido. O tal vez se me cayó de las manos y fue a dar unos centímetros antes del fuego que arde como si el tiempo se repitiese en su infierno. Las nueve y media.

Confundí el ruido de sus dientes en la tapa del libro con la destrucción de la leña. De niño confundía el viento de la noche entre las ramas de los árboles con las olas del mar entre las rocas. Luego comprendí que comprender era devalar la metáfora. Develar la metáfora con palabras que, a su vez, cada una era una antigua metáfora escondida, con una larga historia de olas y de vientos procurando explicar lo invisible. O peor: lo que se ve.

Por suerte me despertó. La rata. Esta noche tuve un sueño espantoso. No tengo supersticiones; sólo sospecho del subconsciente. Mis ideas están cambiando. Mi lenguaje. Para mal, ahora entiendo. He dejado de creer en el valor de la inconsecuencia. ¿Hasta cuándo, señor Unamuno? Sus odas a la contradicción, sus elogios a la duda retórica y su abuso de las metáforas: si el dinero es bueno para el cuerpo, las ideas son buenas para el espíritu, ya que las ideas son como el dinero. Pero ¿quién dijo que las ideas son como el dinero? Él, claro, el señor Unamuno. Pero vaya usted a decirle algo; tendrá que escucharlo por una hora antes que lo despida amablemente a patadas. Preferirá esto último, se lo aseguro.

Antes o después de sentarme frente al fuego había estado leyendo, con fastidio, un ataque a *La ideocracia*, publicado en 1944. Sin duda, ésta es la parte central de mi pesadilla. Una carta dirigida a mi amigo Ramiro de Maeztu. Antes o después me quedé dormido frente al fuego y soñé que me ardía un pié. Literalmente, se me hacía llama un pié y no podía moverlo. Estaba Ulises allí, mi gato, entre el fuego y yo, probablemente fuera del sueño. Ulises desapareció en un cerrar y abrir de ojos; quizás fue persiguiendo un llanto de mujer que llegaba desde la calle. Yo también quise ir a ver y no pude. Un cansancio infinito me lo impidió. Pensé que alguien vendría en mi ayuda pero solo pude contemplar las llamas subiéndome por la tela del pantalón. Al principio sentí un poco de dolor y luego casi nada. Una puerta que se golpeó violentamente con el viento y poca cosa más. Me tranquilizó la idea de que ya no podía volver a golpearse, que la corriente de aire no me amenazaría más con una de esas horribles pestes que tiene a la gente incómoda, y que no tendría que levantarme ya.

Ahora volvamos a lo que interesa. No recuerdo haber escrito alguna vez esa carta, ese ensayito incendiario, según la nota al pie, hace 36 años. Luego —¿o fue antes?— soñé que leía un ensayo escrito por mí mismo en el que defendía públicamente el valor del dinero como conciencia colectiva y el valor de las ideas puras como guías del espíritu, que no son vida y forma sino esencia. Fue un sueño, una advertencia de un subconsciente que se está volviendo más sabio que mi propia conciencia, que mi verdadero yo. Fue un sueño y algo más. Debió ser un sueño porque no estaba Ulises y la mujer lloraba sin parar. Pero hubiese sido un sueño más, absurdo como casi todos, si no me hubiese despertado agitado, al borde de un ataque, sudando y abrazado por las llamas del infierno. La mujer, la rata, el fuego, *La ideocracia*. Hubiese sido un sueño más si hubiese sido sólo el sueño de esta madrugada y no el mismo sueño que tuve hace siete días y que todavía me perturba la razón. Hubiese sido sólo un sueño más si en lugar de defender la idea del dinero como *conciencia colectiva* la hubiese atacado y si en lugar de mi firma y una fecha futura al pie —diciembre, 1944—, dijese 1907 o 1920.

Ahora lo sé. Es una advertencia. ¿Cómo no me di cuenta antes? Mis ideas están cambiando *peligrosamente*. Mis adversarios que han luchado siempre por la República o por la Monarquía siempre han corrido todos los riesgos, como el cobarde y miserable riesgo de morir. Pero nunca pasaron por esto, estoy seguro. Nunca tuvieron miedo de cambiar algún día alguna de esas ideas que servían para poner en riesgo sus propias vidas. ¡Fortuna de los necios, pero fortuna al fin! Los necios comparten símbolos como el de "la patria", "la libertad", "los ideales" y el "honor", pero se matan por sus significados. Y yo, vaya el diablo a saber, he vivido durante mucho tiempo orgulloso de mi principio filosófico de impune contradicción. La heroica coherencia de ser contradictorio toda la vida, porque los hombres son contradictorios, porque la vida lo es. Porque las razones del *coeur* no son las del *air*, sino las razones del *cul*... Pero, quizás ahora lo advierto, todo puede ser contradictorio, menos un filósofo.

Debería tomar nota de esto antes que me olvide. Luego ando todo el día tratando de recordar una idea que había concebido en sueños o poco antes de dormir, y que por alguna razón consideraba clave para develar un misterio que nunca se resuelve. Pero cuando estoy cayendo en sueño, no tengo fuerzas para reponerme y tomar lápiz y papel. Conozco mis debilidades de gusano problemático, y por eso siempre tengo una pluma al lado de la cama, en la mesa de noche o en el suelo, en el bolsillo de un pantalón o en la camisa. También es cierto que cuando más la necesito no la encuentro o no puedo llegar hasta ella. Cuando no tengo papel escribo en la mano izquierda, en un brazo o en el ombligo. Cuando no tengo pluma desordeno la mesa de noche para recordarme al despertar que algo debo recordar. Con frecuencia lo logro. Es como si hablase directamente con un viejo conocido, con el que seré mañana o algún día. Como en este preciso momento. Debería tomar nota de todo esto, pero ¿cómo debo escribirlo para ponerme a salvo del terrorista dialéctico que dentro de nueve años levantará su espada contra éstas, que serán sus viejas ideas? Recurriré a la ficción. Un cuento, por ejemplo, que describa fielmente este preciso momento. Algo que por incomprensible sea irrefutable. Recordaré este momento, aunque mis críticos de siempre dirán que es una sucia ficción recargada de ideas. No me importará; siempre han dicho lo mismo y lo mismo he seguido haciendo yo. Que mi estilo es torpe, que no tengo estilo o que repito los mismos recursos, que me contradigo o que no sé definir lo que pienso. Pero si todo eso es verdad no menos cierto es que pocos como yo han dejado la sangre sobre el papel. Yo soy más importante que mis escritos, que mis ideas y mis críticos no hacen más que confirmarlo insulto tras insulto. Pero al final, ellos siempre son ellos, en plural para la Historia, y Unamuno soy yo. Es decir, el único adversario que puedo temer soy yo mismo, ese que seré dentro de nueve años.

Las nueve treinta y tres. Ya he despertado, estoy sentado pero no puedo moverme para tomar la pluma. Es como si tampoco quisiera hacerlo. Me dura la angustia, la ansiedad de la pesadilla con forma de texto. Pero no lloro; la mujer llora por mí. Mi rostro debe ser la misma piedra de siempre, inexpresiva, tallada como una locura de Gaudí. Me limito a mirar mi pie derecho que ha comenzado a arder. Es una llamita muy pequeña, pero así comienzan todos los grandes incendios. Como... Y, sin embargo, no me preocupa. Hasta diría que en su feroz belleza encierra una pequeña esperanza. ¿Por qué habría de preocuparme si ni siquiera me duele? En otro momento hubiese pateado con fuerza o me hubiese arrancado el zapato. Como si fuese algo verdaderamente urgente. No lo es, claro. Lo urgente debe ser siempre lo más importante, y lo más importante es resolver cómo evitar ser aquel que seré en 1944, cómo evitar perderme en el infierno equívoco de la historia, donde cabalgan el Gengis Khan, el falso Alfonso III y el verdadero Ortega y Gasset.

Ulises no está. Simplemente se ha marchado, por ilógico que parezca. Ese es su lugar, lo he visto defenderlo con uñas y dientes. Odia el frío de esta época, pero más odia que usurpen su territorio. Su alfombra. Confundí su ausencia con un sueño, pero debo pensar que simplemente se ha marchado en búsqueda de la mujer. Los gatos son habitantes de la noche, de los sueños. Es decir, no puedo estar soñando con su ausencia. Pero su alfombra está desprotegida y una rata le ha pasado por encima.

No quiero ver esto como otra premonición, como un símbolo o una metáfora que sólo ven los místicos en estados muy agudos del espíritu. Sólo me hace pensar muchas cosas. Pienso, por ejemplo, en mi propia ausencia. No debería preocuparle esto a alguien que se ha ganado el Paraíso o el Infierno hace mucho tiempo. No pienso en mi muerte, sino en mi *ausencia*. En 1944 seguiré escribiendo, pero estaré ausente. Y mis enemigos pisarán impunemente mi alfombra. Esto último no podría publicarlo nunca; las ratas me acusarían de soberbia, y nada más difícil de refutar que el quejido de una horda de ratas cuando las arrastra la corriente.

Debo evitar disolverme en el caos, y para ello me encuentro en la difícil situación ya no de refutar o contradecir lo que he afirmado en otro lugar y en otro tiempo, cuando se supone que era más ignorante que hoy y menos sabio, sino que debo refutar algo que diré con furor y convencimiento dentro de diez años más.

Es una tarea totalmente nueva. Me he pasado lo mejor de mi vida refutando al que fui años atrás, con la autoridad de la madurez. Nunca, he de creer, me sentí en el compromiso de combatir a quien seré dentro de un tiempo desconocido e inimaginable. Deberé hacerlo ahora, también desde la superioridad de la madurez, pero con la atroz desventaja de la incomprensión ajena: pocos o nadie aceptará que quien seré será inferior a quien soy, que quien seré dentro de ocho años será un filósofo en decadencia, un hombre repentinamente senil, con la siempre engañosa pretensión de una mayor experiencia, con el abuso religioso que confieren unas barbas más blancas y una mirada más perdida, una voz incomprensible. Porque nuestra Europa sigue confiando más en la vejez que en la juventud. De España ni que hablar; no es confianza lo que tenemos por los viejos sino miedo, miedo profundo a los jóvenes. Yo mismo quería ser viejo a los veinte. Imitaba el cansancio de los viejos mientras esperaba con paciencia los primeros trazos blancos en mi barba. Pero en el fondo, mi espíritu fue siempre joven. Ligero, eufórico, contradictorio. Claro, es fácil decirlo ahora que soy irremediablemente un anciano. Ya no puedo esperar cambios alentadores en mi cuerpo. Mucho menos en mi mente, en esta mente fatigada que amenaza con perder el control. Fatigada y, lo que es peor, desilusionada.

Las nueve treinta y tres. No hace tanto, entonces, que llora la mujer; no hace tanto que se fue Ulises y detrás vino la rata para rescatarme de esa pesadilla.

Si sólo creyera que fue un sueño y nada más... Pero debería darme cuenta de que no sólo voy camino a destruir todas mis actuales convicciones, sino que además el riesgo corro de pasarme al bando enemigo, al bando de aquellos políticos y pensadores que, de este lado y del otro del Atlántico, defienden la idea de la naturaleza divina del dinero, de las ciencias y de las ideas puras, de la lucha armada y de la lucha de clases. El fuego podría destruir a quien no soy todavía, a quien seré después de hoy, pero el que seré mañana puede destruir todo lo que fui hasta hoy y no estaré presente para defenderme. Así ha sido siempre sin que nadie lo advierta. Por esta razón, nadie puede afirmar que con el tiempo los hombres se vuelven más lúcidos, pero es seguro que se hacen más cobardes... Quizás por eso me angustia tanto este sueño, esta misteriosa revelación.

Todos saben que odio las ideas puras, las ideas que nos gobiernan. Ya lo dije. Lo digo una vez más sólo para no olvidarlo, antes de hundirme en lo aparente, en la inconciencia de quien seré. Pero de nada sirve que lo escriba. He escrito demasiado, en vano. Luego me ha servido para derramar fuego de tinta fresca sobre la tinta apagada en el papel. ¿Qué dirán mis amigos, mis discípulos, mis seguidores, cuando me vean (otra vez) cambiar sin pudor? Si hubiese perdido la fe en Dios podría seguir predicando, en el convencimiento de que la creencia, verdadera o engañosa, es buena para la gente. Pero cuando uno deja de creer en las ideas que hasta ayer creyó, que hasta ayer eran útiles y beneficiosas, deja de tener razones para seguir defendiéndolas.

Es cierto que uno cambia con los años, cambia de ideas como cambia de ropa. Cambia uno mismo, cambia Unamuno. Vaya novedad. Acerca de los cambios físicos prefiero no hablar. Para eso están los médicos y las viejas quejumbrosas. Pero algo permanece igual y ha de ser el espíritu. Por verdad o por ilusión, uno espera de él lo opuesto al vergonzoso espectáculo del cuerpo, y quizás por eso uno se hace filósofo. Para vencer a la muerte, para distraer o para despreciar el dolor. Son verdaderos los hombres que pasan por la entrada de la cueva, pero las sombras no lo son menos. *Ni más ni menos.* (No olvidar subrayar ese *ni más ni menos*; ahora está tan de moda atribuirle más realidad a las sombras que a los cuerpos que las proyectan.) Pero los hombres no podemos con nuestras manías de antiguos guerreros y hacemos de cada nueva idea una nueva arma de combate, y de nuestra identidad una trinchera. Entonces ya no basta con afirmar algo nuevo; también es necesario negar algo viejo. O todo lo demás.

Si al menos la rata que seré tuviese esta lucidez y dejara en pie esto último que estoy diciendo y que no dije hasta hoy. Pero no. Aseguro que no lo hará. Yo me negaré otra vez, me destruiré, me hundiré en la vergüenza y en el ridículo ajeno. La rata roerá lo mejor que fui, lo mejor que dejé a la humanidad. *No estaré presente para defenderme de mí mismo.*

Por eso es hora de actuar. Ya tengo una estrategia precisa. Desde hoy en delante, y hasta que la lucidez me lo permita, articularé un pensamiento que justifique todas las locuras por venir. Es más, todo lo que diga en el futuro, procurando negar mis ideas de hoy, deberán ser *confirmaciones*, no de las ideas que tendré sino de las ideas que defiendo hoy, confirmaciones de las ideas que pretenderé negar. Podría comenzar diciendo, "para demostrar esta hipótesis, yo mismo la atacaré dentro de diez años, yo mismo afirmaré lo contrario".

Dejaré de atacar al pobre pensador que fui hace diez años y comenzaré a atacar al perverso pensador que seré de aquí a tantos más. Claro, algún necio pensará, ¿cómo saber si el pensador lúcido es el que soy hoy? Simplemente, mi querido lector, porque uno debe actuar conforme a sus convicciones. Y si fui capaz de advertir este problema hoy y no ayer ni mañana, ha de ser porque hoy soy el mejor de los tres que fui y seré. Hoy soy el mejor de los tres Unamunos y, por lo tanto, ganará el que hoy soy. Si mañana no soy capaz de desarticular el plan que concibo hoy, no mereceré la pena. Yo, el verdadero Yo, el mejor de los Yo, el más lúcido, vencerá. La verdad está en el éxito, el triunfo es la verdad. Por esta lógica razón, no estoy dispuesto a escuchar a nadie más que a mí mismo. Ni siquiera a los otros que no soy ahora mismo, aquí y ahora.

Comenzaré esta misma noche. O tal vez mañana, cuando esté más repuesto. Estoy muy cansado, como un escultor que ha debido luchar por mucho tiempo con un gran bloque de piedra para rescatar de sus entrañas una delicada imagen de mujer, de la virgen con su hijo caído en brazos. He estado intentando despertar desde hace tres minutos. O más, porque es probable que el reloj se haya descompuesto. Se quedó en las nueve treinta y tres. No quiero especular sobre este hecho, pero comienzo a hacer cosas de forma inevitable. A los treinta y tres años tuve mi crisis espiritual. A la misma edad Jesús y todos los demás líderes espirituales que han sobrevivido a la muerte.

Bueno, basta, pongamos manos a la obra. Apenas pueda moverme me moveré. Apenas pueda salir de este infierno, saldré. Al menos que el fuego haga innecesaria la realización de tan genial tarea, al menos que...

El puro fuego de las ideas

He visto a la rata volver sobre sus pasos y pasar entre mis pies. Tenía manchas de sangre en el hocico, aunque no podría decirlo con certeza. Mi profundo cansancio, la luz infernal del fuego deforma los colores y la rata ha desaparecido debajo de mi sillón donde arde la pequeña llamita de mi pié derecho. Sólo siento el ruido que hacen sus dientes en las tapas del libro, en sus páginas, como si fuese carne o papel que se quema en la cocina a leña. Es probable que ni siquiera sea necesario el fuego.

Athens, 2005

LA ELECCIÓN

Papá, tenemos que hablar. Sé que te resultará difícil lo que tengo que decirte pero también sé que aprenderás a aceptarlo con el tiempo…

Tu esposa y yo nos vamos a separar. Ambas vamos a formar nuevas familias. Tú vendrás conmigo y vivirás con Amalia. Amalia es la mamá que conocí en la guardería. ¿Recuerdas aquella señora de pelo negro que siempre iba con un niño rubio que usaba lentes? Bueno, es ella. No fue un amor a primera vista. Fue algo que se fue dando con el tiempo. No sé cómo explicártelo. Sé que en este momento estarás pensando, "¿cómo es posible que una hija deje de querer a una madre para querer a otra?". Pero hay cosas, sentimientos que tenemos los niños que un adulto no podría comprender jamás. Seguramente cuando seas un anciano logres comprenderlo. Los ancianos recuerdan mejor la infancia que el resto de sus vidas marcadas por la confusión y las fantasías propias de los adultos. Es por eso que te pido que no pretendas entenderlo todo. Solo acéptalo como es, ya que es una decisión tomada. Cuanto más tardes, mas sufrirás.

Amalia tiene un hijo de cinco años, casi la misma edad que yo, por lo que estoy seguro que aprenderás a quererlo como mamá aprenderá a querer a la chica de Ignacio como si fuese yo misma.

Ya lo hemos hablado con tu esposa. A veces la relación de un hijo con alguno de sus padres no funciona y lo mejor, para evitar conflictos que hacen mal a los dos, es la separación.

Sabes que las cosas entre mamá y yo no iban bien desde hace un buen tiempo. Alguna vez, incluso, llegó a pegarme en las nalgas porque le eche el café en su computadora. Esa maldita computadora que destruyó nuestra relación de madre e hija. No la denuncié a la maestra de la escuela para no llevar las cosas a un extremo que podrían perjudicarla aún más. Las nalgadas, esa reacción primitiva, propia de padres cavernícolas, sólo fueron la gota que colmaron el vaso. Resolvimos separarnos en bueno términos. Si, sé que amas a tu esposa pero aprenderás a vivir sin ella y a querer a Amalia como quieres a mama. Podrás visitarla los fines de semana. ¿Qué pretendes? No hay una solución intermedia. Ni yo puedo vivir ya con tu esposa ni tú puedes vivir con ella y conmigo bajo el mismo techo. Imagina que ella deba cruzarse cada mañana con mi nueva madre y yo tenga ver a sus nuevos hijos abrazados a ella y llenándola de besos y ella felizmente realizada como madre. En el fondo, tampoco yo lo soportaría, por más justo que sea.

No, tampoco es posible una tercer casa donde puedas vivir vos y mamá solos. Yo necesito a un padre y tú me necesitas también. Cuando yo cumpla dieciocho entonces sí, serás libre y podrás volver con mamá si quieres. Soy una niña todavía y tengo derecho a rehacer mi vida. Tu eres adulto, ya

La elección

has vivido gran parte de tu vida, tienes experiencia y no te traumarás por este cambio. Aprenderás a aceptarlo con el tiempo.

También deberás a ser un padre comprensivo y juicioso. Amalia tiene sus defectos y virtudes, pero es una Buena mujer y una Buena madre. No es Buena en la cocina así que espero que aprendas a cocinar para los cuatro y cuando ella cocina tengas la delicadeza de elogiar su esfuerzo.

Yo sé que esto te toma un poco por sorpresa, aunque lo habrás adivinado desde hace algún tiempo. Sé que no es fácil tener que vivir y querer a otra madre como querías a tu esposa. No se trata de reemplazar tus sentimientos. Seguirás queriendo a tu esposa como siempre, solo que además deberás aprender a vivir con otra esposa y hacer tu mejor esfuerzo por quererla como yo la quiero.

Imagina que absurdo si hubiese sido tú, el padre, el que resolviera irse con otra mujer y yo, la niña, la que tuviese que enfrentar y adaptarme a un problema semejante, un problema de adultos, a un capricho de adultos? Yo tendría que querer a una nueva mamá que tú eligieras. Tal vez no lo soportaría, porque soy una niña muy pequeña. Pero tú eres un adulto y sabrás adaptarte. Obvio, eso pasaba en las sociedades salvajes de tus tatarabuelos, pero afortunadamente hoy los niños tenemos nuestros derechos conquistados. Ya no somos pequeños saquitos de lana dónde los adultos descargan todos sus caprichos y frustraciones. Ya me tocará a mí cuando sea adulta, proteger a mis niños de mis amores y desamores.

Al margen del camino

Yo sé que duele, que a tu corazón viejo le costará aceptarlo, pero no hay vuelta atrás. Tendrás que aprender a querer a Amalia como yo aprenderé a querer a Pablito como si fuese mi hermano. De hecho, va a ser mi hermano a partir de hoy. Ya verás que Amalia es una esposa encantadora…

Qué le vas a hacer, papá. No llores. La vida es así.

Athens, GA, 2007

www.ingramcontent.com/pod-product-compliance
Lightning Source LLC
Chambersburg PA
CBHW031100260626
47172CB00001B/146